O POMAR DAS ALMAS PERDIDAS

NADIFA MOHAMED

Tradução
Otacílio Nunes

TORÐSILHAS

Copyright © 2013 Nadifa Mohamed
Copyright da tradução © 2014/2021 Tordesilhas

Todos os direitos reservados. Nenhuma parte desta edição pode ser utilizada ou reproduzida – em qualquer meio ou forma, seja mecânico ou eletrônico –, nem apropriada ou estocada em sistema de banco de dados, sem a expressa autorização da editora.

O texto deste livro foi fixado conforme o acordo ortográfico vigente no Brasil desde 1º de janeiro de 2009.

EDIÇÃO UTILIZADA PARA ESTA TRADUÇÃO Nadifa Mohamed, *The Orchard of Lost Souls*, Londres, Simon & Schuster, 2013.
PREPARAÇÃO Katia Rossini
REVISÃO Bárbara Parente, Bia Nunes de Sousa
PROJETO GRÁFICO Kiko Farkas e Thiago Lacaz/Máquina Estúdio
CAPA Leticia Quintilhano

1ª edição, 2016 / 2ª edição, 2021

Dados Internacionais de Catalogação na Publicação (CIP)
(Câmara Brasileira do Livro, SP, Brasil)

Mohamed, Nadifa
O pomar das almas perdidas / Nadifa Mohamed ; tradução de Otacílio Nunes. – 2. ed. – São Paulo : Tordesilhas, 2021.

Título original: The orchard of lost souls
ISBN 978-65-5568-026-3

1. Ficção inglesa - Escritores africanos I. Título.

21-73274   CDD-823

Índice para catálogo sistemático:
1. Ficção : Literatura africana em inglês 823
Cibele Maria Dias - Bibliotecária - CRB-8/9427

2021
Tordesilhas é um selo da Alaúde Editorial Ltda.
Avenida Paulista, 1337, conjunto 11
01311-200 – São Paulo – SP
www.tordesilhaslivros.com.br
blog.tordesilhaslivros.com.br

Para Hooyo, Aabbo e Abtiyo Kildi.

Se a primeira mulher que Deus fez foi forte o bastante para virar, sozinha, o mundo de cabeça para baixo, todas as mulheres juntas deveriam ser capazes de virá-lo de cabeça para cima de novo.

"Ain't I a Woman?", Sojourner Truth

Parte 1

Cinco da manhã. Cedo demais para comer. Quase não há luz, talvez só o suficiente para distinguir um fio escuro de um branco, mas Kawsar lava o rosto na pia do banheiro, passa um *caday* nos dentes e veste a roupa do dia sem desperdiçar querosene. Entra com cuidado na anágua e no vestido vermelho, enfia grossos braceletes âmbar acima de cada um dos cotovelos e ajeita um pesado colar de prata sobre o peito caído, depois arruma os lençóis da cama de solteiro. Termina de tomar o copo de água que está na mesa de cabeceira, sacode as sandálias de couro, para o caso de aranhas ou escorpiões terem buscado abrigo nelas à noite, e finalmente tranca a porta que leva do quarto à cozinha. Ela sabe que o dia será longo e que deve se forçar a engolir um pequeno café da manhã, mas seu estômago é um punho fechado. Com as sandálias nos pés e um xale comprido sobre os ombros, Kawsar abre a porta externa e encontra as vizinhas, Maryam English, Fadumo, Zahra e Dahabo, reunidas no pátio da casa.

— Por que demorou tanto, *saamaleyl*? — pergunta Dahabo, acenando com o cantil para Kawsar.

— Estava passando óleo nos joelhos — Kawsar responde sorrindo, dando o braço à amiga de infância.

Os homens e as mulheres da Guddi, a guarda de bairro do regime, passaram a noite gritando em megafones ordens sobre que roupa usar e onde se reunir. Todas as mulheres se vestiram com o mesmo traje tradicional, e Zahra, arrancando ramos de uma árvore *miri-miri*, entrega-os às mulheres para que os agitem no estádio – mais uma instrução dos megafones. A estreita rua de terra adiante está cheia de mulheres em vestimentas semelhantes, e atrás delas outras mais seguem languidamente. Passam pelo hotel de dezoito quartos de Umar Farey, cujas janelas e persianas estão fechadas como se o próprio prédio estivesse dormindo; nenhuma canção híndi, nem som de *kung fu*, vem do salão de vídeo de Zahra; e a loja de Raage, na esquina, é apenas uma cabana de folhas de flandres, não sua costumeira caverna de Aladim.

– Olhe como eles nos tiram da cama cedo. Nada é demais pra eles, os porcos. – Maryam English aperta a tira que prende seu bebê às costas; teve de deixar os outros dois filhos trancados em casa.

Kawsar passa a mão nas costas do bebê adormecido e deseja que ele fosse Hodan, sua filha, de volta como criança, com a chance de uma segunda vida.

– Olhe pra nós, somos a mesma mulher em idades diferentes – ri Fadumo, com a bengala oscilando à sua frente.

É verdade: elas são idênticas, só que Maryam English tem vinte e poucos anos, Zahra está na faixa dos quarenta, Dahabo e Kawsar quase chegando aos sessenta, e a pobre Fadumo é uma encurvada com mais de setenta. Parecem ilustrações de um livro didático, todas iguais nas mesmas roupas, com apenas algumas rugas no rosto ou as costas curvadas para marcar a idade. É desse jeito que o governo parece querê-las – cartuns sorridentes sem nenhuma exigência nem necessidade própria. Agora esses cartuns ganharam vida – não arando a terra, tecendo ou trabalhando em uma fábrica como nas notas de xelim, mas marchando penosamente para uma celebração a que são obrigados a comparecer.

Elas caminham pelas ruas secundárias, debaixo de um céu que aos poucos se torna mais claro, até chegar ao estádio esportivo. Os ativistas da Guddi, com braçadeiras, perguntam de qual bairro elas são e as contam quando elas entram pelo portão.

– Lá está Oodweyne nos observando – grita Dahabo, apontando para cima.

– *Psiu* – sussurra Maryam. – Eles vão ouvi-la.

Kawsar olha de novo para os membros da Guddi a fim de se certificar, mas eles estão preocupados com as levas de pessoas que se espremem para cruzar o portão. As mães da revolução foram chamadas de sua cozinha, de suas tarefas, para mostrar a dignitários estrangeiros como o regime é amado, quanto elas são gratas pelo leite e pela paz que ele lhes trouxe. Ele precisa de mulheres que o façam parecer humano.

Para além do dedo apontado de Dahabo há uma pintura gigantesca do ditador pendendo sobre o estádio como um sol nascente, com raios emergindo em volta da cabeça. Os pintores tentaram suavizar aquele rosto impiedoso e desprezível, mas só conseguiram deixá-lo desequilibrado – o queixo comprido demais, o nariz muito bulboso, os olhos assimétricos. A única parte precisa é o bigode curto e aparado ao estilo daquele líder alemão.

Trabalhadores penduram apressadamente outras pinturas, um pouco menores, dos acólitos do ditador, os ministros intercambiáveis da Defesa, das Finanças e da Segurança Interna, que ocupam cargos tão instáveis que, no fim do dia, novas pinturas podem ser encomendadas. Fadumo segue à frente para as arquibancadas e as outras a acompanham, sabendo que não se sentirão confortáveis em lugar nenhum; não haverá sombra, nem descanso, nem comida pelas próximas sete horas. O ano de 1987 é de seca, e o sol da manhã se instala mais uma vez sobre um azul inflexível e sem nuvens.

* * *

Filsan não dormia há três dias. Ficara encarregada de três unidades da Guddi, e elas lhe criaram um problema atrás do outro; nem em seus pesadelos poderia ter imaginado um grupo mais intratável, ineficiente e fofoqueiro. No fim, mandou uma das unidades de volta ao campo de refugiados de Saba'ad, para treinar um grupo de crianças na dança tradicional, mas duvida que elas consigam fazer sequer isso direito. Uma das unidades está agora estacionada no portão norte do estádio, enquanto a outra reúne extraviados e retira pessoas adormecidas e entulho da rota do desfile. Os VIPs são esperados apenas para daqui a uma hora, mas o estádio parece vazio, desorganizado; a maioria dos participantes ainda vai chegar, e quando isso acontecer só Deus sabe se eles estarão em forma.

Este é o primeiro Vinte e Um de Outubro de Filsan em Hargeisa, e ele parece raquítico comparado ao que conheceu em Mogadíscio. Agora faz exatamente dezoito anos que o presidente ascendeu ao poder depois de um golpe militar, e as comemorações na capital mostram o sistema em sua melhor forma, todos trabalhando juntos para criar algo belo. O governador militar da região noroeste, general Haaruun, será o avatar do presidente em Hargeisa, e organizou o desfile militar com um sobrevoo de aviões no início e no fim do dia. A parte civil da cerimônia foi montada pela Guddi, que a está usando como desculpa para exibir seu canto, sua dança e sua oratória de amadores.

Filsan dedilha os dentes do pente de plástico no bolso da calça e morde os lábios; olha para o palanque vazio onde o general Haaruun ficará sentado com os dignitários e se imagina no centro, não como companheira dele, mas como sua sucessora, acenando para os súditos. Suas botas estão belamente engraxadas, o uniforme cáqui limpo e bem passado, e a boina preta na cabeça, escovada e posicionada no ângulo certo. Ela delineou os olhos discretamente com *kohl* e passou pigmento nos lábios com os dedos. Parece apenas um pouco melhor, com um toque mais feminino; resistiu a jogar esses jogos até agora, mas, se as outras soldados são notadas assim, talvez ela também possa ser.

Enfia o pente no fundo do bolso e estica a túnica nas costas. Enquanto passa apressadamente pelo portão sul, dois policiais a saúdam, entreolhando-se com sorrisos nos olhos. O rosto de Filsan se contrai de aborrecimento, pois ela sabe que eles olharão para seu traseiro assim que puderem. Além do portão sul, os comboios militares estão se enfileirando: tanques, jipes, veículos blindados, caminhões carregados com todo tipo de foguete e míssil, soldados com capacete verde de metal esperando pacientemente, dentro e ao lado dos veículos. Filsan sente orgulho ao olhar para eles. Ela faz parte do terceiro maior exército da África, uma força que teria conquistado toda a Etiópia, e não apenas Ogaden, em 1978, se os russos e os cubanos não tivessem mudado de lado.

Filsan caminha pelo comboio, e aqui os soldados não olham para ela, nem sorriem como a polícia mal treinada; demonstram o respeito devido a outro soldado. Sua vida sempre girou em torno desses homens, do pai aos professores de ciência política do Halane College; é o julgamento deles que pesa para ela, e ainda se sente pequena na avaliação deles. Filsan se ofereceu como voluntária para vir para o norte, esperando mostrar que, apesar de ser mulher, tem mais comprometimento com a revolução do que qualquer um de seus colegas homens. Esta é a parte mais difícil da segurança interna, na qual se pode trabalhar de verdade para derrotar os bandidos da Frente de Libertação Nacional, que persistem em morder o rabo do governo. Ao olhar em volta, ela se dá conta de que não é inconcebível que membros do grupo banido estejam aqui agora, infiltrados anonimamente pelos portões, entre as mães em trajes cerimoniais e os escolares uniformizados. É impossível distinguir inimigo de amigo.

Foi muito difícil ganhar um novo par de sapatos, mas, para Deqo, valeu a pena. Um mês de aulas de dança lhe ensinou a *Hilgo*, a *Belwo*, a *Dudi* e a complicadíssima *Halawalaq*. Ela não dança mal, mas é melhor no improviso do que em acompanhar os passos, e mesmo agora vira para a esquerda em vez de virar para a direita, ou salta para a frente em vez de saltar para trás. Eles ainda não viram os sapatos, mas foi só sobre eles que Milgo Desdentada falou durante as aulas. Eles os ganharam com suor e lágrimas, e Deqo pretende usá-los como um soldado usa suas medalhas.

– Pensem nos sapatos. Vocês não querem os sapatos? Querem ficar descalços pra sempre? Então concentrem-se! – Um golpe brusco nos pés deles com um galho de acácia.

Tiveram de aprender a dançar seguindo a batida da palma áspera de Milgo contra o fundo de uma bacia de plástico, mas no desfile haverá tambores de verdade, trompetes, violões, tudo. Eles dançarão na frente de milhares de pessoas, até o governador de toda a região estará assistindo, então têm de *praticar, praticar, praticar*.

Agora o dia do desfile finalmente chegou. Antes do amanhecer, a trupe de cinco meninas e cinco meninos, todos do orfanato, é conduzida para o pátio atrás do posto médico do campo, e eles são esfregados até ficarem meio mortos. Os olhos de Deqo estão vermelhos do sabão de cheiro forte, e ela não para de esfregá-los para aliviar a coceira. Um caminhão espera ao lado da barraca do posto, e eles são vestidos nos tradicionais *macaweis* e *guntiino* e depois carregados na traseira. O caminhão dá a partida, uma coluna de fumaça marrom explode de seu escapamento, e Deqo agarra a lateral enquanto ganham velocidade. É sua primeira vez em um veículo, e ela está surpresa de sentir uma brisa tão forte no rosto, com as pontas dos cabelos chicoteadas como se num dia de tempestade. Quando o caminhão reduz a velocidade, a brisa desaparece de novo; Deqo semicerra os olhos para protegê-los da areia que sobe e aperta os lábios.

Enquanto as outras crianças praticam as canções que cantarão no desfile, a atenção de Deqo é atraída para o campo de refugiados; de repente, os *aqals* de madeira semicirculares não passam de salpicos na superfície da terra. O armazém de grãos e vários postos médicos, constantemente cercados por refugiados que andam sem rumo, são invisíveis daqui; as discussões, a amargura, a tristeza estão longe. A estrada serpeia na direção de Hargeisa, a paisagem descampada exceto por um ou outro arbusto de aloé, um osso de animal e um sapato plástico; a única diferença do campo é o frescor do ar. O horizonte é todo céu azul com apenas uma listra amarela levando-os adiante, e é difícil imaginar qualquer coisa substancial à frente. Deqo meio espera que o caminhão alcance aquela listra amarela e depois tombe sobre a borda da terra, mas, em vez disso, ele segue em frente pela estrada mal asfaltada até alcançar o primeiro posto de controle nos arredores da cidade.

Kawsar e suas vizinhas se espremem para entrar na segunda arquibancada; o estádio foi feito para três mil espectadores, mas hoje está apinhado com mais de dez mil. Mulheres corpulentas seguem pela passarela estreita, ocupadas em conversas, pisando nos dedos dos pés de Kawsar e usando o braço dela como apoio sem sequer um olhar de relance em sua direção. A temperatura ainda está baixa, mas subirá regularmente até que elas se sintam como couro secando ao sol. Os joelhos de Kawsar estão inchados, e ela já começa a mudar o pé de apoio a intervalos de poucos minutos.

As comemorações do Vinte e Um de Outubro são imitações pobres das celebrações do Dia da Independência, pensa Kawsar – como um marido ruim lembrando à mulher infeliz os bons tempos que um dia tiveram ao mesmo tempo que reconhece que eles nunca retornarão. Quando os britânicos partiram, em 26 de junho de 1960, todos tinham saído de casa em suas melhores roupas e se reunido no *khayriyo* municipal, entre o banco nacional e a prisão. Era como se estivessem bêbados, descontrolados; as moças engravidaram naquela noite, e, quando lhes perguntavam quem era o pai da criança, respondiam: "Pergunte à bandeira". Naquela noite, esmagada pela multidão enquanto a bandeira somali era hasteada pela primeira vez, Kawsar perdeu um comprido brinco de ouro que fazia parte de seu dote, mas Farah não se importou – disse que era um presente para a nova nação. A festa mudou para o Parque da Liberdade e durou até a manhã seguinte, com a cidade adormecida transformada em parque de diversões, a juventude do país acreditando que tinha conseguido o que seus pais não conseguiram. Depois as pessoas passaram a dizer meio de brincadeira que aquele dia havia mudado as mulheres de Hargeisa, que elas nunca mais voltaram à vida recatada e tranquila depois daquela demonstração de licenciosidade, que o gosto de um tipo de liberdade levara a um desejo insaciável por todos os tipos.

Uma contração no útero distrai Kawsar da fanfarra, que afina os instrumentos por perto. É uma sensação que ocorre regularmente agora, como unhas arranhando a parte interna da pele, uma pulsação no fundo de seu mar. A filha de Maryam já está inquieta, com as mãos gorduchas puxando o cabelo da mãe enquanto ela tenta escapar do *sling*. Maryam dá um tapa na coxa da criança para fazê-la sossegar, mas isso só a enfurece ainda mais. Como esse estágio era fácil: a única vontade da criança era andar um pouco antes de desabar de volta em seus braços. Hodan dormia aninhada no ombro de Kawsar em dias como este, quando as pessoas ainda eram crédulas o bastante para celebrar o regime com verdadeira emoção, quando o brilho da independência tornara tudo mágico – nossos primeiros livros didáticos somalianos, nossa primeira linha aérea, tudo uma maravilha. Era a estrela que causava toda a aflição: aquela estrela de cinco pontas na bandeira, cada uma delas representante de uma parte da pátria somali, tinha levado o país à guerra com o Quênia e depois com a Etiópia, tinha alimentado um desejo ruinoso de recuperar território que havia sido perdido fazia muito tempo. A última derrota mudou tudo. Depois de 1979, as armas que estavam voltadas para fora inverteram a posição e foram apontadas para os somalis, e a fúria de homens humilhados explodiu de volta sobre o deserto do Haud.

Filsan odeia a pequenez de Hargeisa. Em Mogadíscio, os prédios se elevam e cegam o olho com sua brancura; aqui tudo se agarra à terra, encolhido e subserviente, os baratos bangalôs de tijolo de barro com frequência deixados sem pintura, como se a cidade fosse habitada por cupins gigantes que emendam suas casas com terra e cuspe. Em Mogadíscio, as residências mais antigas são feitas de coral e têm delicadas treliças de madeira e tetos abobadados que dão às pessoas uma sensação de maravilhamento. No centro da cidade, onde as vielas se estreitam em alguns pontos na medida da largura das omoplatas de um homem, é possível caminhar como se num sonho, sem nunca ter certeza do que pode aparecer depois da próxima curva: um homem sem camisa com um peixe-espada dependurado às costas negras e magras, uma multidão de crianças recitando o Corão gravado nas lousas de madeira, uma moça ordenhando uma vaca branca com chifres em formato de lira. O lugar tem encantamento, mistério, vai e volta no tempo a cada virada dos pés; é adequado que ele se situe ao lado de um oceano sobre o qual sua alma pode respirar, em vez de ser cercado por montanhas, como um *jinn* em uma garrafa.

A banda marcial da Guddi, em túnicas índigo e quepes brancos, está ao lado dela, com seus homens velhos afinando os velhos instrumentos. O que lhes falta em habilidade eles compensam com disposição de agradar; grasnam e batem os pés no chão até que lhes digam que parem. Os músicos de Hargeisa são amadores; aqueles que não conseguiram se dar bem em Mogadíscio exercem seu ofício aqui, no teatro solitário, ou nos casamentos que ocorrem nos bangalôs durante o dia. É preciso uma cidade verdadeira para extrair novos ritmos da vida – o tique-taque do relógio da prefeitura, o raspar de uma pá, o apito de um policial de trânsito – é preciso tudo isso para que novos estilos estimulantes germinem e floresçam.

Os dignitários estrangeiros descem de seu desfile de carros na hora marcada, e Filsan reconhece um casal de fotografias publicadas no *October Star*, o jornal nacional. O adido econômico americano lidera o grupo, seguido pelo embaixador egípcio e por um homem de túnica branca esvoaçante e *keffiyah*. Uma dúzia de outros oficiais se alinha ao longo do palanque azul e branco para esperar o general.

O barulho de buzinas de carro anuncia sua chegada. Um soldado espalha desajeitadamente um tapete vermelho surrado do portão até o palanque, e então o general Haaruun desce de um Mercedes preto. Enquanto ele caminha até seu lugar cercado de guarda-costas, é como se uma corrente elétrica passasse pelas arquibancadas, a atmosfera tensa, todos os sons amplificados pela quietude repentina e severa. Filsan se vira depressa para monitorar a situação atrás de si: os moradores locais não gritam, nem lançam mísseis, mas têm os olhos fixos no homem alto e descarnado de uniforme militar. Postados em seus lugares, esticam o pescoço para a frente e parecem uma avalanche de corpos prestes a cair sobre os outros e enterrar o estádio.

Quando Kawsar vê o general Haaruun, seu coração bate forte no peito. Ele lembra uma hiena – exíguo, ameaçador, sua presença parece anunciar a morte. Ela o culpa não apenas pela morte de Hodan, mas por sua prisão, seu desaparecimento e sua transformação em uma figura encolhida, diminuída. Apesar da multidão, Kawsar sente uma parede de mágoa sombria descer sobre si, deixando-a cega, surda e sem voz, como se estivesse no fundo de um poço, capaz apenas de escalá-lo até a metade antes de perder mais uma vez a força.

– Fique conosco. – Dahabo bate de leve na mão de Kawsar, e através da pele dormente ela sente o calor da mão da amiga.

– Quando esta maldita coisa vai começar? – Kawsar finge retornar aos acontecimentos à sua volta, mas sua mente ainda está naquele poço.

– Agora! Olhe!

Três aviões MiG em formação de flecha zumbem no alto, como abutres cinzentos de pescoço longo precipitando-se para um cadáver em algum lugar, com as seis faixas de fumaça atrás deles encorpando e depois separando-se. Os dignitários se põem em posição de sentido; são abutres de outro nível, mais parecidos com marabus em sua elegância, empoleirados, com a barriga cheia por ora, os olhos atrás de óculos escuros sempre alertas e vigilantes.

É apenas Dahabo quem toca Kawsar agora. Mais ou menos a cada mês elas se encontram na casa desta para tomar chá e se lamentar, e Dahabo faz questão de descansar a mão na coxa da amiga enquanto ela fala, como se soubesse como é aterrorizante viver sozinha, sem nenhum som ou toque humano. Dahabo aperta, massageia, bate de leve, de acordo com o tópico da conversa, mas sua mão nunca está muito longe; é uma mão dura, calejada, com unhas roídas bem curtas, mas ela conforta, transfunde mais que apenas calor. Essa é outra coisa que acontece quando se envelhece, a necessidade constante de calor. Os ossos de Kawsar anseiam pela luz do sol, e ela passou a ficar fora de casa por uma ou duas horas na maior parte dos dias, logo depois do pior do sol do meio-dia, lagarteando em seu pomar. Mas sua sensação de isolamento e solidão não está mudando hoje, apesar do calor que sobe pelo céu e da proximidade de tantos corpos.

Os grandes alto-falantes emitem anúncios distorcidos, mas isso não tem importância porque a sequência do desfile já está bem estabelecida. Os soldados vêm primeiro, com as pernas fechando-se e abrindo-se como tesouras, depois os pesados policiais mais velhos, homens e mulheres em uniformes azuis, a seguir civis em roupas de trabalho – professores, funcionários públicos, estudantes. A única coisa agradável para Kawsar é localizar suas vizinhas com os filhos entre os que marcham, com seus olhos cegos e seus sorrisos lunáticos enquanto se esticam para tentar encontrar membros da família entre figuras idênticas nas arquibancadas. A Guddi vem por último, agitando ramos e carregando imagens de Lênin, Kim Il Jung e Mao, os comunistas que antes forneciam inspiração para a ditadura, mas cujos retratos desbotaram, carregados apenas uma vez por ano como relíquias de igreja. O regime agora busca amigos de qualquer tipo, sejam eles árabes, americanos ou albaneses.

No caminho para o estádio, Deqo vê meninas de sua idade, com aspecto maltrapilho, reunidas no mercado, varrendo com vassourinhas feitas de grama seca. Mesmo sendo muito pobres, cada uma tem um par de sandálias de plástico nos pés.

Agora ela observa por detrás das pernas de Milgo os soldados começarem seu desfile. Eles marcham como um só, uma tribo de insetos com carapaça verde na cabeça, milhares de pés andando rápido pela terra, milhares de olhos apontando na mesma direção. Ela nunca vira tantos homens em um mesmo lugar; o campo de refugiados é majoritariamente composto de mulheres e crianças, todas discutindo e brigando umas com as outras. Os soldados são jovens, vigorosos e unificados. Parecem integrados um ao outro, enquanto ela não se integra a ninguém. Milgo ulula quando os homens passam ao lado e Deqo tenta imitá-la, agitando a língua na boca e cantando em falsete. Ao olhar para os soldados, para a multidão, para os aviões no alto, ela decide que este é o melhor dia de sua vida, o dia em que tudo no mundo foi disposto para que ela veja e desfrute. Chega do campo com sua poeira e suas moscas! Deqo sente um frio no estômago; logo ela estará lá fora para tomar seu lugar no centro da Terra.

Na arquibancada em frente a Kawsar há uma mudança repentina, a exalação de milhares de pulmões à medida que os espectadores se abaixam e se levantam com placas nas mãos. Seguindo instruções de ativistas da Guddi em vestimentas tradicionais, essas placas são viradas e mantidas no alto. Em poucos segundos, a arquibancada desaparece e um retrato tremulante de Oodweyne encara Kawsar. Alguns rebeldes se recusam a erguer as placas, formando pequenos buracos no rosto dele, mas a mensagem é clara: o presidente é um gigante, um deus que toma conta deles, que pode se dissolver em pedaços e ouvir e ver tudo o que eles fazem. O garoto nômade que sabia como prender as pernas de um camelo e tirar um carrapato da carne de uma ovelha se tornou uma divindade. *Um blasfemo*, pensa Kawsar enquanto o rosto dele flutua, encarando-a, ele e seu servo Haaruun. Antes que se lembre de onde está, ela cospe violentamente diante da visão, fazendo ofegar os espectadores que a cercam.

– O que você está fazendo? – exclama Dahabo, apertando com força o antebraço de Kawsar.

Kawsar não sabe, não está realmente ali; apenas vira um rosto que a enojara e reagira a ele. As expressões na fileira de baixo refletem choque e medo de que ela tenha atraído a atenção para eles, mas Kawsar não consegue mais compreender esse medo, ele parece muito insignificante e inútil em comparação com o que ela viveu. O que mais eles podem sequestrar, quando já levaram sua única filha? É o medo que torna os soldados corajosos, que estimula os policiais a saquear, que dá vida àquele velho em Mogadíscio. Ela não se preocupa com sua vida ou suas posses o bastante para ficar se humilhando.

– Agora! Vamos, vamos! – grita Milgo.

As crianças saem para o gramado, Deqo é a terceira da fila. O som explode de todos os cantos: tambores, gritos, bramidos. Deqo não consegue ouvir a própria voz quando canta. Toda a rotina já lhe fugiu da mente. Ela segue os movimentos de Safiya, mas seus membros estão pesados, sua cabeça está girando. Ela conhece estas danças, era melhor nelas do que Safiya, mas agora está perdida. Esmagada pela expectativa de não cometer nenhum erro, agora ela anseia pela invisibilidade que tinha no campo de refugiados, mas não consegue evitar os olhos que a observam e julgam. É sufocada pela poeira, levantada pelos dançarinos com escudo e lança, que ainda paira no ar, e a banda de música dissonante a perturba mais. Não era assim que deveria ser.

Milgo vem correndo em sua direção, com a mão levantada, pronta para bater.

Deqo continua a dançar, mas seus olhos estão fixos no rosto enraivecido de Milgo. Outras mulheres vêm atrás dela, igualmente zangadas. Um fio fino e escuro de urina escorre por seus pés.

Milgo agarra o braço de Deqo e a arrasta tão depressa que, quando ela abre os olhos, está num recesso escuro entre duas arquibancadas.

Os golpes vêm assim que ela fica fora da vista da multidão; mãos e pés atacam de todos os lados e palavras ferroam seus ouvidos. Milgo grita um xingamento atrás do outro, com a música alta ainda berrando atrás delas.

No centro da massa rodopiante de dançarinos, Kawsar nota um ponto imóvel, um vazio que parece refletir como ela se sente. Dentro do círculo está uma menina desamparada, vestida de vermelho, olhando para os próprios pés, inconsciente de onde está. A visão toca Kawsar, um momento de verdade dentro de uma ficção. O momento sereno dura um segundo antes que integrantes da Guddi caiam sobre ela, e Kawsar vê quando a menina é puxada pelo braço por quatro ou cinco mulheres que se amontoam à sua volta; sabe, pelas expressões delas, o que vão fazer, e levanta-se antes que a levem. Kawsar sente que alguma coisa foi liberada dentro de si, algo que esteve contido – amor, raiva, até um senso de justiça; não sabe o que é, mas isso lhe esquenta o sangue.

– Aonde você vai? – pergunta Dahabo.

– Eu volto, fique aqui.

– Kawsar, espere!

Mas ela já vai, empurrando as mulheres no corredor, pisando em seus dedos e subindo nelas quando não se mexem suficientemente rápido. Um par de degraus abaixo e ela está livre do aperto.

– Puta... imbecil... vaca – grita alguém da Guddi ao lado da arquibancada, e lá está ela: um rosto angustiado implorando por misericórdia.

– Deem ela pra mim – diz Kawsar, com mais calma do que sente.

– Vá cuidar de suas obrigações – responde uma jovem, dispensando-a.

– Isto é minha obrigação. Eu disse pra me darem ela. – Kawsar avança e estende a mão para a garota.

A jovem detém Kawsar.

– Quer que chamemos a segurança, idiota? Quer ser jogada na cadeia? – ela grita.

– Façam o que quiserem, vocês não podem me machucar. Eu sou desta cidade, nasci aqui, vocês não vão me dizer o que eu tenho que fazer. – Sua voz é esganiçada, e ela faz mais uma tentativa de pegar a menina.

As integrantes da Guddi a impedem, formando um semicírculo em volta da garota.

– Milgo, vá chamar a segurança, esta louca quer arrumar encrenca – diz a jovem, e uma mulher mais velha, esquelética, corre para a entrada.

A garotinha se solta de suas captoras e corre a toda a velocidade.

– *Naayaa! Naayaa!* Não se preocupem, eu vou pegá-la. – A mais jovem do grupo sai atrás da menina.

A atenção delas se volta a Kawsar.

– Quer passar uma noite na cadeia pra aprender como são as coisas? Velhas têm cabeça dura e às vezes aprendem tarde demais. – Para enfatizar, a líder do grupo pressiona o dedo na testa de Kawsar.

Kawsar empurra a mão dela. Estão paradas a centímetros uma da outra, como se num duelo.

Uma militar baixinha, de boina, se aproxima, seguida por outras duas. Parece enfastiada com toda a cena e gesticula impacientemente para que Kawsar a siga. As mulheres da Guddi abrem espaço, e Kawsar parte com a cabeça erguida.

– Kawsar! Pra onde elas estão te levando? – Dahabo pergunta, inclinando-se sobre a borda da arquibancada, com Maryam ao lado.

– Pra cadeia – responde a soldado –, e vamos levar vocês também se não voltarem a seus lugares.

– Voltem, vejo vocês mais tarde. – Kawsar está estranhamente triunfante; agora é ela quem faz as coisas acontecerem.

Deqo segue às cegas pela cidade estranha. Olhando para trás, vê sua perseguidora ainda correndo desajeitadamente em seu encalço. Acelera, dando passos largos, elegantes. Em Saba'ad ela nunca conseguira correr livremente entre os *buuls* atulhados de gente por causa das pernas das mulheres esticadas nos pequenos espaços entre elas; era um ambiente que obrigava à lentidão, à prudência, e não à despreocupação infantil. Ela imagina agora que havia mãos agarrando sua saia e puxando-a para trás, para dentro da terra que sugava pessoas todos os dias. Aqui há espaço, espaço infinito, ruas amplas e construções enormes.

Impulsiona pernas e braços, testando o corpo até o limite de sua capacidade, com os pulmões arfando e o coração acelerado. Sente-se mais rápida do que os carros na rua, os corvos no céu, as balas nos fuzis dos soldados. Corre contra si mesma até deixar o estádio bem para trás; as pancadas dos pés na terra acompanham as batidas do coração. Ela é uma máquina azeitada em completa posse de si. Chega a uma ponte e cruza o concreto vibrante. Passa pelo prédio de dois andares do Oriental Hotel, com Land Rovers embicados perto da entrada, pela farmácia com fachada de vidro, pela oficina mecânica com pneus pretos empilhados do lado de fora, pela cabana de zinco do comerciante de refugos de metal. As ruas estão vazias de pessoas, com pequenas pilhas de terra e folhas reunidas em cantos a cada poucos metros, como se os varredores tivessem acabado de estar ali; um único ônibus a ultrapassa enquanto ela acelera na direção do mercado.

A velha está quieta na traseira da caminhonete, com o nariz apontado para o ar como se estivesse em um táxi; a altivez é a única coisa atrás da qual ela pode se esconder agora, mas não funciona. Terá de passar a noite no chão como todos os outros delinquentes, usar um balde para se aliviar e esperar até que lhe digam que pode ir embora. Esta não é a mais velha das encrenqueiras com quem Filsan já teve de lidar – a mulher do mercado que jogou pedras no desfile de carros do general Haaruun aparentava ter mais de oitenta anos –, mas esta parece mais rica, bem-educada.

Eles param ao lado da delegacia central de polícia. Filsan não se preocupou em algemá-la – para quê? Dificilmente ela poderia escapar. A velha põe o lenço em volta da cabeça, mas Filsan o puxa para revelar seu rosto. Só então os olhos das duas se encontram, os da velha cheios de reprovação e desprezo. Filsan a agarra pelo braço e a conduz para a delegacia; vai relatar seu comportamento no estádio às policiais e, depois, deixar que tomem conta dela.

– As celas estão cheias – diz a policial que está à mesa, sem sequer levantar os olhos de um jornal que tem nas mãos.

– Ela causou um transtorno público durante a comemoração.

A policial levanta a mão e olha para a suspeita.

– O que ela fez?

– Intimidou e ameaçou mulheres da Guddi.

A policial ri e se inclina na direção do pequeno transtorno público.

– Não está velha demais pra isso? Não tem vergonha? – Ela deve ter uns vinte anos, e mechas de cabelo loiro desbotado escapam do quepe. – Onde a senhora mora?

– Guryo Samo.

– Nome?

– Kawsar Ilmi Bootaan.

A policial anota os dados em um formulário e depois enfia a caneta atrás da orelha.

– Imagino que ela não vá ocupar muito espaço. – A policial suspira. – Levem-na.

Filsan observa enquanto Kawsar é escoltada até uma cela coletiva. Ela caminha devagar, mas não demonstra nenhuma emoção; desloca-se como uma turista em uma excursão, olhando à esquerda e à direita como se dissesse: "Sim, sim, é assim que deve ser". As grades se fecham com um clique atrás de Kawsar e ela desaparece, engolida pelas entranhas da delegacia de polícia para ser digerida e excretada outro dia.

Saylada dadka, pensa Kawsar. É aqui que sua jornada termina, no "mercado de pessoas". Daqui, os afortunados são resgatados enquanto outros terminam no necrotério do hospital ou desaparecem em prisões por todo o país. Este foi o lugar que despedaçou sua filha. Ela olha em volta, imaginando onde Hodan poderia ter sentado naquela primeira noite, depois de ser presa com suas colegas de classe. A cela é grande, com paredes que antes eram pintadas, mas agora estão gangrenadas e escurecidas pelo mofo. É pouco mais que uma masmorra com cerca de trinta mulheres e meninas espalhadas pelo piso de concreto.

– Sente-se, *eddo* – grita uma prisioneira que amamenta uma criança.

Kawsar hesita. Está claro, a julgar pelos olhos amarelados e pelo vestido berrante da mulher, que é uma prostituta. A mulher muda de lugar na esteira e bate com a mão no chão.

– O que uma senhora assim está fazendo num lugar como este?

– Percebi que não conseguia mais aguentá-los. – Kawsar se agacha devagar na esteira de palha trançada.

– O que a senhora fez? – a outra estimula, empurrando o mamilo de volta na boca do bebê.

Kawsar dá de ombros.

– O que eu posso fazer? Apenas disse às mulheres da Guddi que parassem de bater numa criança.

– Aquelas filhas da mãe. A senhora teve sorte de elas não lhe baterem. Olhe aqui – ela aponta para a testa do menino –, veja este afundamento. Foi onde o cassetete de um policial pegou ele durante uma batida. Nada de desculpa, nada de nada.

Kawsar acaricia a pele fina e macia da testa do menino. Antes mesmo de ele ter feito o primeiro aniversário, foi marcado pelo mundo violento que o cerca; talvez se torne incapaz de ver, ouvir ou andar no futuro, e isso não vai importar para ninguém além desta mãe desleixada e bêbada que o alimenta, envenenando-o com seu leite.

– Ele é bonito – ela diz.

– Tinha que ser, o pai dele era muito bonito, um verdadeiro Ilmi Boodari.

Kawsar sorri.

– Você parece muito jovem pra saber alguma coisa de Ilmi Boodari.

– Ele morreu no ano em que eu nasci.

– De amor...

– Claro, de amor! Era o somali mais romântico que já viveu ou escreveu poesia, mas ninguém conhece suas canções melhor do que eu. Tenho todas elas gravadas em fita.

Além de bêbada, viciada em amor, pensa Kawsar. Isso tem sentido, de uma euforia a outra.

– Como você se chama?

– As pessoas me chamam de China.

Um riso escapa de Kawsar.

– Por quê? Você é cule? Constrói estradas nas horas vagas? *

– Não, mas ajudo homens que fazem isso. – China fita Kawsar e ergue uma sobrancelha.

Kawsar imagina o bebê em uma gaveta embaixo da cama enquanto cules de mãos sujas sobem na cama com sua mãe.

– Não faça essa cara. Quando não são os cules, é provavelmente seu marido ou seu filho.

Kawsar se levanta da esteira, sentindo-se pequena e vulnerável.

– Vá pro inferno, vá! Não devia ter sido gentil com você. Vá sentar lá no chão frio – berra China, empurrando-a.

Kawsar caminha até a parede oposta, onde o cheiro do balde de excrementos abriu um espaço circular. Sua respiração é rasa e dolorida. Ela sabe que mulheres como China sempre carregam uma arma.

– Por favor, Dahabo, venha depressa, me tire daqui – ela reza. Toda a agitação que sentiu ao enfrentar a Guddi se evaporava agora. Ela não quer nada além de tomar uma xícara de chá forte e voltar para sua casa, limpa e segura.

Deqo se contém e para. À frente está a mulher que tinha vindo salvá-la no estádio, descendo de um dos jipes que a haviam ultrapassado. Ela parecia muito alta e brava quando confrontou Milgo, mas agora as soldados se erguem muito acima dela. A mulher segue atrás de uma delas, sobe a escada de concreto, e seus joelhos

---

* Os cules eram trabalhadores braçais das colônias portuguesas na Índia e na China. (N. da E.)

parecem dobrar-se no quarto degrau antes de ela retomar o equilíbrio e entrar no prédio. Deqo atravessa a rua e olha para cima, do pé da escada. O incenso fragrante das roupas da mulher é forte e doce, e Deqo inala-o profundamente, imaginando a casa de onde vem esse cheiro – deve ter panelas fervilhando no fogão, roupas secando em um varal ao sol e uma cama com uma pilha alta de travesseiros e cobertores macios. É preciso um estômago cheio e uma boa noite de sono para tornar as pessoas gentis, Milgo dizia quando exagerava nas surras.

Deqo decide esperar na sombra do outro lado da rua até a senhora gentil voltar, para agradecer-lhe; foi grosseiro sair correndo daquele jeito e deixá-la em apuros. Talvez a senhora não tenha filhos e a deixe viver com ela, Deqo já viu isso acontecer – mulheres chegarem ao hospital, procurarem nos berços e levarem um bebê para casa. Ela cozinharia, limparia, faria tarefas; era melhor para uma velha do que um bebê chorão.

Algumas pessoas surgem na entrada larga e escura da cadeia, mas não quem Deqo quer. Elas saem protegendo os olhos da luz, com as roupas amarfanhadas e manchadas, mas Deqo tem certeza de que sua mulher é imaculada; ela vai cheirar tão bem ao ser solta como cheirava quando entrou.

Uma reverberação emana dos lados da ponte que ela acabou de atravessar. Deqo dá alguns passos em sua direção e vê um grupo de mulheres, todas vestidas como sua salvadora, surgir lentamente, em uma onda de vermelho, branco e marrom que se desloca ruidosamente pela rua, cantando em louvor do presidente e da Somália, brandindo ramos no ar. Elas marcham em fileiras de dez, algumas na rua, algumas subindo com dificuldade na calçada, um exército de donas de casa invadindo o silêncio. Deqo se enfia em uma passagem estreita para o caso de Milgo aparecer ao lado delas.

Uma equipe de filmagem somali passa correndo. Com câmeras, bolsas e microfones barulhentos, eles a lembram dos fotógrafos estrangeiros que chegaram a Saba'ad durante o surto de cólera, pisando nos dedos das pessoas e enfiando câmeras em seu rosto enquanto elas morriam em silêncio no chão. Pareciam amistosos até começarem a trabalhar, dominando o posto médico ao enchê-lo desordenadamente de cabos, geradores e muitas máquinas diferentes. Filmaram o velho Sulaiman chorando sobre a família morta, os quatro filhos e a esposa embrulhados em lençóis finos, prontos para o enterro, com suas lágrimas descendo até a barba e as câmeras a menos de um passo de distância. Ele tinha sobrevivido, mas deixara o campo sem ao menos uma trouxa nas costas, abandonando seus pertences para que os vizinhos os pegassem. Algumas pessoas diziam que ele tinha voltado para Ogaden, outras para a cidade, mas ele nunca mais foi visto.

As mulheres balançam os cartazes e agitam os ramos até que o fluxo termina e folhas e galhos ficam pisoteados no asfalto. Elas levam consigo a vida da rua e deixam Deqo em companhia de imagens de cadáveres enfileirados, prontos para serem enterrados fora do posto médico; o cheiro deles gruda em sua pele como óleo.

Os eventos no estádio finalmente acabaram, e os dignitários se levantam enquanto o hino nacional soa nos alto-falantes. Filsan está em uma falange de soldados logo abaixo do general Haaruun. Com as unidades da Guddi despachadas em segurança, ela caminha devagar para o palanque. Há duas outras oficiais por perto, mas ela é a mais próxima e lança-lhes um olhar competitivo, esperando que o general note o refinamento de seu uniforme, a retidão de suas costas, a elegância de sua continência. Não comeu o dia inteiro e seus olhos estão transformando as cenas em paisagens de sonho: figuras espectrais acenam para ela dos cantos de sua visão, as arquibancadas oscilam com mãos erguidas como ondas do mar, fogueiras queimam nos pontos em que o sol atinge o metal. Uma batidinha no ombro a faz sobressaltar-se enquanto os últimos acordes do hino flutuam pelo ar.

– Sua Excelência quer que você seja apresentada a ele. – Um sargento com uma estrela em cada dragona lhe fala ao ouvido.

– Como? – Filsan esperara tanto tempo por este momento... e é só isso que consegue dizer.

– Depressa, ele está esperando. – O sargento se vira de costas e estala os dedos para que ela o siga.

Ela circunda a barreira correndo e sobe os degraus. Grandes ventiladores elétricos agitam os panos de seda azuis e brancos que cobrem o palanque, e ela tem a sensação de estar em uma nuvem enquanto o vento a empurra pelo céu.

Filsan passa a mão pela testa para retirar o suor e bate continência para o general.

– Descansar, soldado. – Ele tem a voz serena, gentil, está tão à vontade no poder que não precisa elevá-la. – Gosto de conhecer as camaradas mulheres, encorajá-las em sua carreira. Como você se chama?

– Adan Ali, Filsan, senhor. – Ela não consegue olhar para ele.

– Em que órgão você está?

– Segurança Interna, senhor.

– Olhe pra cima, camarada.

Filsan ergue o rosto e o fita nos olhos.

– Você é de uma família de militares?

– Sim, senhor, meu pai é Irroleh.

– Treinei com ele em Berlim Oriental. Um soldado maravilhoso.

Funcionou. O nome do pai é como uma chave que destranca a fechadura; Filsan quase consegue ouvir a porta se abrindo para ela.

– Como ele está?

– Muito bem, senhor, está no Ministério da Defesa – Filsan mente. Seu pai fora suspenso e está em casa enquanto é investigado.

– Vou ter que procurá-lo da próxima vez que vier a Mogadíscio. E você, há quanto tempo está aqui?

– Apenas três semanas, senhor.

Ele sorri.

– É uma aldeia, não?

Ela responde com um sorriso. Ele é como os homens que a carregavam nos ombros quando ela era criança, gigantes amistosos com mãos e risadas largas.

Ele se vira para um dos estrangeiros e empurra a cadeira, ainda se dirigindo a ela.

– Por que não nos acompanha até o Oriental Hotel? Podemos conversar mais lá.

Filsan sorri e revela os dentes pequenos, sobrepostos.

– Sim, senhor.

Um bando de guardas cerca o general, e ela se junta ao grupo externo que o protege.

Ele entra no Mercedes preto e sai em um comboio. O sargento que a chamou agora a convoca para seu jipe. Que a Guddi ponha ordem nas coisas e cuide dos vagabundos e das velhas briguentas. Ela estudara e treinara para ocupar seu lugar no centro das coisas. O jipe segue em velocidade para o Oriental Hotel, perto da ponte, o mais refinado e antigo da cidade.

O general Haaruun entra na frente, com a mão levemente apoiada nas costas da esposa de um embaixador árabe; ele se inclina e a deixa entrar antes.

Filsan salta do jipe e segue os dignitários em direção ao salão principal. Sente um impulso de correr para o banheiro e verificar a maquiagem e o cabelo no espelho, mas seu lado profissional zomba da ideia. Ela nunca tinha posto os pés neste lugar, mas fora praticamente criada nos hotéis de Mogadíscio, onde fazia as refeições enquanto seu pai tomava café e passava o dia inteiro fazendo contatos. Depois de a mãe partir e antes de eles encontrarem a criada, Intisaar, mal ficavam em sua aldeia, só voltando à noite para dormir. Filsan tem muita intimidade com hotéis – sua estrutura e seus horários, o cheiro dos sabonetes azuis encontrados em todos os banheiros –, mas aqui, cercada por essas pessoas sofisticadas, sente-se como um *bedu*, um nômade de botas grandes olhando para os espelhos e os candelabros dourados. Tem vontade de se embrulhar nas longas cortinas das janelas e se esconder, como fazia na infância quando havia estranhos demais na casa.

O general Haaruun traz um copo de bebida na mão, da mesma cor do uísque que o pai dela aprecia; faz girar os cubos de gelo enquanto fala. Não olha para Filsan, mas ela espera desajeitada, próximo dele, ocupando-se com os detalhes da sala: as gravatas-borboleta vermelhas dos garçons, o tecido dos sofás e das cortinas, que combinavam entre si, o acabamento laqueado da mesa de jantar no centro da sala. Não está segura do que fazer com o corpo, de qual papel deve desempenhar – protetora, suplicante, filial. Suas costas se enrijecem, relaxam e voltam a se enrijecer. Virando-se por um momento, ela pega um copo de uma bandeja que passa e entorna a bebida na garganta seca. O vinho branco barato espirra sobre suas papilas gustativas e atinge o estômago; fazendo uma careta, ela devolve o copo à bandeja e retoma sua posição. Vai esperar até que Haaruun esteja pronto para ela.

Ele está entretido em uma conversa alegre com o adido americano. Frases em inglês dos tempos de escola vêm à mente de Filsan e a fazem sorrir: "*Could you please tell me how to get to*

Buckingham Palace?"; "I am waiting for the ten thirty to York"; "I have an urgent need to see a physician". Ela imagina Haaruun e o adido dizendo essas frases um ao outro, uma conversa cheia de declarações e perguntas aleatórias.

Nenhum dos outros convidados se aproxima dela. Se não estivesse de uniforme, talvez eles pensassem que valia a pena lhe falar, mas agora apenas esticam o pescoço e olham ao redor. Há soldados lá fora com quem pode conversar, mas o general Haaruun poderia se esquecer dela, entrar em seu carro e ir embora na meia-luz do fim da tarde. Precisa da paciência de um *bawab*, aqueles negros nus da cintura para cima, de turbante, que ficam no fundo dos haréns, imóveis como pedra, simultaneamente ausentes e presentes, com olhos brilhantes como os de uma cobra no escuro. Ela não tem nenhum lugar melhor para estar – apenas o quarto pequeno e vazio do alojamento, com o banheiro coberto de limo e o colchão cheio de protuberâncias.

– Camarada! Venha se juntar a nós. – É Haaruun.

Os joelhos de Filsan estalam à medida que ela se aproxima.

O americano está com a mão no ombro de Haaruun; sua camisa, molhada de suor.

– Você fala inglês, certo?

– Falo, senhor. – Filsan sente-se constrangida com seu forte sotaque, mas estudara bastante.

– Eu estava justamente dizendo a nosso amigo americano como as mulheres somalis são fortes, que não temos nenhum *purdah* * aqui. As mulheres trabalham, combatem em nossas forças armadas, servem como engenheiras, espiãs, médicas. Não é assim?

---

*   Sistema indiano que obriga à reclusão as mulheres de alta condição social. (N. da E.)

– Com toda a certeza, nós não somos como outras mulheres – ela assente fervorosamente.

– Aposto com você que esta moça poderia desmontar um Kalashnikov em um minuto – o general se gaba, pondo os óculos de aros dourados no alto da cabeça careca.

– Sim, e poderia aniquilar um batalhão etíope andando de monociclo. Não duvido disso – ri o americano.

– Olhe, amigo... – o general Haaruun agarra a mão de Filsan e a ergue, depois a faz girar. – Você vai me dizer que as mulheres americanas podem ser treinadas para matar e ainda terem uma aparência tão boa?

Filsan fixa o olhar no chão; pode sentir outros olhos examinando-a de cima a baixo, percorrendo-a como línguas.

– Nada mau, nada mau. Eu não ia querer encontrá-la em um beco escuro. Ou talvez quisesse, se fosse o tipo certo de beco.

O general Haaruun aperta o ombro do adido e assobia em aprovação antes de se recompor.

– Contenha suas mãos capitalistas. – Brande o dedo na cara do americano.

O rosto de Filsan queima, seus olhos se enchem de lágrimas. Ela sai depressa antes que elas caiam, volta a seu canto enquanto lampiões e candelabros são acesos em toda a sala. Endireita as costas e fica ereta. Mesmo estando de uniforme, os homens não veem nada além de peitos e um buraco. Ele sabe quem é o pai dela, mas mesmo assim a faz desfilar como uma prostituta. Um garçom para e a observa; de peito estufado e respiração contida, deve estar parecendo a ponto de explodir.

– Vá pro inferno – ela sussurra.

Ele aperta os lábios para soprar um beijo e pega um copo vazio de uma mesa próxima.

Uma lágrima escapa e desce pela face esquerda de Filsan; ela a enxuga depressa com a mão. Agora o céu está preto lá fora, o reflexo de Filsan na janela está reduzido e atarracado; parece uma criança abandonada prestes a desabar.

– Camarada. Por que não me deixa levá-la para o quartel? – O general Haaruun se aproxima e gesticula na direção da porta.

Ela hesita, mas quer salvar algumas das esperanças que tinha a respeito do encontro, ele ainda pode lhe oferecer apadrinhamento. Rearranjando os traços em uma expressão de gratidão, ela aquiesce.

O Mercedes está estacionado a dois metros da entrada do hotel. Um jovem soldado se inclina para abrir a porta, mas o general o dispensa com um gesto.

– Fique no jipe – ordena.

O general Haaruun segura a porta aberta para Filsan e ela entra, mantendo as botas longe do estofamento. As janelas têm uma película escura, e quando a porta é fechada eles ficam em completa escuridão, exceto pelos mostradores do painel, que emitem uma tênue luz vermelha.

Hargeisa é sinistra à noite. O fornecimento de eletricidade fora cortado para tornar a vida difícil para os rebeldes, mas a escuridão parece portentosa, e aparições atravessam os vidros escurecidos enquanto eles correm, com o brilho eventual de uma lamparina irradiando de uma cabana numa rua lateral. Eles são ocupantes de um submarino que passa pelo mar profundo, talvez capazes de chegar a terra, talvez não, estranhas criaturas gorgolejando do outro lado do vidro.

– Tire seu quepe. – A voz do general está mais sóbria agora.

Filsan desprende o quepe da cabeça. Seu cabelo está enfeixado no alto.

– Solte-o. Deixe-me vê-lo cair.

Filsan responde rapidamente aos comandos; sempre fez isso, seu pai garantira que fosse assim. "Faça depressa e bem", ele ensinara.

Ela demora um pouco para encontrar e remover todos os grampos de metal; junta-os no colo e remexe os cabelos, que caem sobre seus ombros. A sensação de aliviar a tensão na cabeça é boa; seu couro cabeludo agora formiga, e ela o massageia em círculos com a ponta dos dedos.

O general Haaruun se aproxima, e o banco traseiro range sob seu peso. Filsan olha para fora pelo para-brisa, vê cachorros vira-latas e civis mergulhando nos faróis.

A mão dele está em seu rosto, acariciando-o; a pele é mais macia do que ela esperava e há um leve cheiro de loção em seus dedos.

Ele se aproxima ainda mais.

Os olhos do motorista, emoldurados pelo espelho retrovisor, fitam-na.

– *Ina* Irroleh, filha de Irroleh, olhe pra mim.

A menção do nome do pai é como um trovão nos ouvidos de Filsan. Ele a observa agora, ela sabe; pode vê-la sentada no banco de trás deste carro, e as veias de sua testa estão crescendo e se tensionando.

O general Haaruun segura-lhe o queixo e vira seu rosto para ele.

– Posso tornar sua vida muito fácil, o que você quiser será seu.

– Meu pai não gostaria disso.

Ele desliza a mão para baixo, esfregando suas coxas e depois apertando seu joelho.

– Você acha que seu pai não faz isso com as moças que conhece? – Ele desliza a mão para cima e pressiona entre as pernas de Filsan. – Você é virgem, não é? Uma mulher limpa – sussurra em seu ouvido.

Filsan está no fundo da água agora, incapaz de respirar ou mesmo engolir; jamais conseguirá chegar a terra firme.

– Por favor, pare, meu pai... – ela se ouve murmurar.

– Quem liga pra ele? É um velho bêbado. Pense no que é bom pra você. – Ele a envolve com os dois braços e com uma das mãos a apalpa em busca do cinto e do zíper.

Os olhos do motorista continuam fixos neles.

Filsan agarra a mão do general Haaruun e a afasta.

– Não! Não! Não! – A cada palavra, ela bate no peito dele com as duas mãos. – Não toque em mim.

– Pare o carro! – ele grita.

O carro para cantando pneu, e o jipe que vem atrás o circunda. Esticando a mão para a maçaneta, ele abre a porta do passageiro e empurra Filsan para fora.

– *Abu kintiro*, sua babaca, vá pra casa sozinha.

Filsan cai de joelhos na frente de uns vinte soldados, com os faróis do jipe iluminando a cena como se fosse dia.

A porta se fecha atrás dela, e o Mercedes derrapa e vai embora. A escuridão avulta enquanto o comboio se afasta. Filsan se levanta, com a cabeça rodopiando, e caminha para a luz mais próxima.

A *cadeia é onde termina a história das pessoas*, pensa Kawsar. Seja você quem for, sejam quais forem suas ambições, por mais que tenha havido reviravoltas até ali, é como o centro de uma teia de aranha para o qual você acaba se dirigindo. Mais mulheres e meninas entraram na cela, e agora há cerca de cinquenta prisioneiras. Ninguém usou o balde, mas o filho da prostituta fez uma sujeira que ainda fede uma hora depois. A falta de espaço significa que as presas mais jovens são obrigadas a ficar em pé; algumas são moças de aparência muito pobre que parecem não se perturbar pela experiência, enquanto outras tremem em uniformes escolares. Amontoam-se em torno dela em busca de conforto, e ela deseja poder envolver a todas em seus braços; Hodan deve ter chorado a noite inteira neste buraco úmido.

– Kawsar? Quem é Kawsar? – A policial bate nas grades.

– Aqui! – São necessárias três tentativas para que ela fique em pé, e seus joelhos emitem um estalo alto quando ela finalmente consegue.

– Chegou pra senhora. – A policial levanta um pacote enrolado em uma toalha.

– Ela ainda está aqui? – Kawsar pergunta, chorosa.

– Não, mandei-a pra casa. – A policial destranca a grade e lhe entrega o pacote. – Cuidado, está quente.

O cheiro é bom, mesmo através do algodão: coentro, pimenta, cravo, alho.

Ela é a primeira a receber comida, mas não pode comer enquanto as outras sentem fome. Aproxima-se das garotas e faz um gesto para que comam com ela.

Kawsar desenrola a toalha, e dentro dela há uma panela de cabo com uma pilha de *roodhis* dobrados ao lado. O vapor escapa quando ela levanta a tampa. Um cozido de carneiro e batata enche a panela, mais do que ela jamais seria capaz de comer sozinha. Cautelosas, como gatos, as mulheres se reúnem em volta da comida.

Kawsar passa o pão entre elas, e ainda há quatro ou cinco em sua mão; ela se vira para China:

– Venha comer, você precisa de leite pro seu filho.

China franze o nariz e sacode a cabeça.

– Estou esperando meu próprio *asho*.

Kawsar mergulha um pedaço de pão no cozido, girando-o em volta de um cubo de batata. O pão é de Maryam English e o cozido, de Dahabo – ela conhece bem a cozinha das amigas. Elas devem ter pagado *laluush* para garantir que a comida não se tornasse o jantar das guardas; Kawsar faz uma anotação mental para lhes retribuir.

Superando a timidez, as mulheres enfiam a mão no fundo do cozido. Seus dedos estão sujos, assim como os dela, não há jeito de limpá-los, mas Kawsar ainda assim fica nauseada de olhar para a linha grossa de sujeira debaixo das unhas de uma das garotas. Seu estômago é minúsculo atualmente, uma pequena refeição por dia é suficiente; termina um *roodhi* e deixa o resto para elas.

– Kawsar! Venha, estão procurando você – a policial berra através das grades.

– O que é isto? O hotel Kawsar? E nós? Eu fiquei sentada aqui o dia todo com meu filho – grita China.

– *Psiu, dhilloyeh*! Puta! Mantenha a boca fechada se não quiser que a fechemos por você.

Kawsar fica constrangida. Imagina se Dahabo lhes contou que seu marido já foi chefe da polícia de Hargeisa.

– Por aqui. – Uma luz âmbar enche o corredor; elas seguem no sentido oposto ao da saída, ainda mais para o fundo do prédio, e depois por estreitos degraus de concreto, até o porão.

– Minhas vizinhas voltaram? Elas pagaram? – pergunta à policial.

– Não vai ficar livre tão facilmente. – Ela bate em uma porta amarela e depois empurra a maçaneta e olha dentro da sala. – Aqui está.

– Faça-a entrar – diz uma voz.

– Cuidado com o que diz – sussurra a policial, e então abre bem a porta.

É a oficial que a trouxera para a delegacia de polícia. Está menos elegante agora, com o cabelo enfiado desajeitadamente debaixo da boina e a maquiagem dos olhos borrada. Uma lâmpada fraca, de baixa voltagem, ilumina apenas a mesa, seu rosto e suas mãos pálidas. A sala sem janelas ainda recende às prisioneiras que passaram por ali – o ar que exalaram, seu suor e o cheiro penetrante de seu sangue.

A policial aponta para uma cadeira de metal à sua frente. Ela range quando Kawsar a arrasta pelo piso de concreto. A cadeira é alta, e os dedos dos pés de Kawsar mal alcançam o piso quando ela se senta; emite um pequeno murmúrio de prazer quando relaxa no assento de plástico almofadado.

– Sou a policial Adan Ali. – A mulher limpa a garganta antes de continuar. – Estou investigando o distúrbio de hoje, no desfile do

Vinte e Um de Outubro, no estádio. Como a senhora se chama? – Ela pega um caderno e uma caneta do colo e anota nome, bairro, idade, estado civil e detalhes do clã de Kawsar. Tem no rosto a mesma intensidade concentrada que Hodan tivera um dia.

Há uma pausa. Kawsar observa o único adorno da sala – um cartaz colado torto na parede do fundo, que mostra, em uma das metades, refugiados de Ogaden escondidos embaixo de uma acácia, e, na outra metade, os mesmos refugiados com um sorriso largo em um barco de pesca depois de terem sido reassentados pelo governo; os olhos dela não param de fitar os de um adolescente da foto, em vez dos da interrogadora.

A policial Adan Ali ajeita a gola e arruma um cacho de cabelo atrás da orelha.

– Segundo os registros, a senhora tentou atacar membros da Guddi. O que tem a dizer em resposta a essa acusação?

– Eu não levantei a mão pra ninguém, nem ameacei fazer isso – Kawsar explica.

– Está dizendo que a Guddi está mentindo?

Kawsar hesita e respira fundo.

– Sim.

Escrita violenta no caderno.

– A senhora entende que a difamação de funcionários públicos é uma ofensa?

– Uma ofensa a Deus? A você? A mim?

– Ao país.

Kawsar dá de ombros, expressando seu desdém.

A policial Adan Ali bate na mesa com a caneta e recosta-se com força na cadeira; mais uma mocinha petulante munida de autoridade.

* * *

Filsan sente a perna tremer sob a mesa; é um tique nervoso que aparece quando ela está prestes a perder o controle. Este é seu primeiro interrogatório; ela fora para a delegacia de polícia e exigira ver a velha. As guardas do turno da noite já estavam com os olhos vermelhos e sonolentos e a deixaram entrar sem muita discussão. Ela queria esvaziar a cabeça, concentrar-se no trabalho, e não no que acabara de acontecer no carro de Haaruun. No fundo, está aterrorizada de voltar sozinha para seu quartinho. Esta velha, Kawsar, não só lhe clareou a mente como também está acendendo uma chama de raiva nela; acha que é uma gângster, ou algo do tipo, pois recusa-se a olhar para Filsan e dá de ombros despreocupadamente a todas as perguntas.

Filsan esquecera uma pergunta padrão e a faz agora.

– A senhora tem filhos?

– Não mais.

A suspeita de Filsan cresce; se a mãe é assim desrespeitosa, deve ter filhos entre os rebeldes na Etiópia ou no golfo, deve mandar dinheiro para eles.

– Quando eles deixaram o país?

Kawsar suspira.

– Faz cinco anos.

– Para onde foram?

– Para o céu.

Outra pausa.

– A senhora acha que isto é um jogo? Se eu quiser, posso fazê-la desaparecer em Mandera ou em prisões de que nunca ouviu falar, onde ninguém vai encontrá-la.

Filsan tem vontade de atirar um martelo contra o rosto dela. Por alguma razão, as pessoas acham que não precisam respeitá-la.

– Vou lhe dar uma última chance: me conte o que aconteceu entre a senhora e as integrantes da Guddi.

Kawsar apoia as mãos na mesa, os punhos só osso e veias saltadas, os dedos curvados como se as juntas precisassem de óleo, a hena das unhas meio crescidas, formando pequenas luas cheias nas pontas.

– Eu fui ao estádio, como me instruíram. Fiquei sentada calmamente com minhas vizinhas, assistindo ao desfile. Sou velha, estou cansada, não tenho energia pra esses eventos de dia inteiro, mas obedeci. Vi uma menininha dançando no estádio ser arrastada pela Guddi.

– Foi aí que a senhora interveio? – O coração de Filsan se desacelerou.

– Sim. Elas a estavam espancando, quatro ou cinco contra uma criança. Eu não quis só ficar assistindo.

– O que fez então?

– Eu me aproximei e disse a elas que parassem. Não toquei em ninguém, mas fui empurrada mais de uma vez.

– O que aconteceu com a menina depois que a senhora tentou salvá-la?

– Ela saiu correndo.

– Este é seu primeiro conflito com funcionários públicos?

– Uma vez eu fui multada.

– Por quê?

– Fui acusada indevidamente.

– Do quê? – Filsan pergunta com rispidez.

– De ouvir a rádio da Frente de Libertação – murmura Kawsar.

– Alguém da sua família está envolvido com os rebeldes?

– Eu não tenho família. Sou sozinha.

– E por que uma mulher da sua idade estava ouvindo essa propaganda infantil no rádio?

– Eu não estava, mas, mesmo que estivesse, estes ouvidos não são meus? Dados por Deus para eu fazer o que quiser com eles? – A mão de Kawsar bate no lóbulo da orelha direita.

* * *

Os golpes vêm um atrás do outro. O primeiro, na orelha, ressoa alto como uma onda contra uma rocha; depois na testa, no rosto, no pescoço. Por um momento eles param, quando Kawsar agarra as mãos da policial Adan Ali, mas depois de alguns instantes recomeçam. Um turbilhão de sons e imagens a engolfa, até que um soco no peito a derruba da cadeira no chão de cimento. Caindo sobre o quadril, Kawsar ouve um estalo e então sente um rio de dor subir da barriga para a garganta, obstruindo-lhe a respiração. Apoiando o peso em uma das mãos, ergue uma palma aberta para a soldado.

– Por favor, pare! – ela grita.

A moça meneia a cabeça, com lágrimas nos olhos, e sai correndo da sala. À medida que ela avança pelo corredor, o barulho de suas botas vai diminuindo até desaparecer.

Cada milímetro de movimento eletrifica os nervos de Kawsar. Ela não consegue se levantar, nem ficar deitada no chão, está imobilizada em uma posição estranha, desequilibrada. Sua cabeça se agita com a enormidade da dor que pulsa através do corpo, há bile na parte de trás da língua. Mesmo que alguém chegasse para ajudar, como poderia deixar que a movessem? Seria melhor levar uma bala na nuca. Suas mãos estão pegajosas, e ela perde a capacidade de agarrar, escorregando para mais perto do chão, cujo concreto branco está manchado por gotas de sangue. Kawsar lambe o lábio superior e sente gosto de mais sangue. Passa a mão embaixo do nariz; ela sai vermelha.

A porta é aberta, e a policial com luzes no cabelo e um homem se aproximam.

– Que diabo a senhora disse? – pergunta a policial, inclinando-se sobre o rosto de Kawsar.

– Não toque em mim! Não toque em mim! Eu lhe imploro – soluça Kawsar.

A policial a suspende por baixo dos braços, enquanto o homem a segura pelas ancas.

– Minha bacia está quebrada. Em nome de Deus, me ponham no chão, eu imploro, me ponham no chão... – Suas palavras se tornam berros quando eles a erguem no ar.

Os dois deixam a sala de interrogatório e uma cortina escura cai sobre os olhos de Kawsar; todas as sensações e todos os sons desaparecem.

Escondida em um beco estreito, Deqo espia a multidão que se juntara em frente à delegacia. Cerca de dez mulheres com robes vermelhos gritam para um policial, mais policiais chegam e as mulheres recuam, mas continuam a gritar.

– Entregue-a para nós – Deqo ouve uma delas dizer.

Um carro civil passa e uma mulher pula na frente dele, batendo no para-brisa até que ele pare e o motorista desça para falar com ela. Atrás, os gritos cessam quando uma figura prostrada surge em uma maca entre dois policiais.

Deqo tateia para sair à rua, a área de repente iluminada à medida que os carros reduzem a velocidade para observar a comoção, com os faróis revelando o rosto da mulher na maca.

É ela.

Deqo atravessa a rua correndo. Ninguém parece vê-la; este é um truque seu, o poder de se tornar invisível. Enxuga o sangue do rosto de sua salvadora e bate nele de leve. As mulheres gritam acima de sua cabeça, uma mais velha ameaça a polícia com uma bengala; duas delas se apossam da maca e a empurram contra as portas abertas do carro que está à espera.

As portas se fecham antes que Deqo consiga escorregar para dentro do carro com as outras. Um rangido, um ruído de moer, e o motor dá a partida, lançando uma coluna de fumaça em seu rosto. Ela corre atrás das luzes na escuridão, e um par de olhos fita-a através do vidro traseiro do carro. Deqo olha para a própria roupa, que brilha fantasmagoricamente, e para seus membros igualmente empalidecidos. Percebe como Saba'ad está longe, como sua vida se tornara empolgante nas poucas horas em que esteve em Hargeisa, e sabe que não pode voltar. O carro começa a se distanciar e ela acelera o ritmo, suas pernas comem a rua; o carro vira e ela o segue, os pés agora amortecidos. Mais uma arrancada, e Deqo se esforça para acompanhar, com o coração batendo nas costelas. De olhos concentrados nas luzes à frente, ela não vê o buraco bem à frente e cai, desabando dentro dele e arranhando o joelho. O carro reduz a velocidade para dobrar outra esquina e então desaparece. Deqo está mais uma vez sozinha.

Parte 2

DEQO

Deqo caminha descalça sobre restos vegetais em decomposição, que escorregam sob seus pés. As sandálias de plástico pendem delicadamente de sua mão, e gotas de água caem das árvores como se os ramos estivessem secando os dedos, borrifando, como numa travessura, o rosto e o pescoço da menina. Ela se esconde atrás do tronco largo de um salgueiro próximo a duas figuras agachadas, com o rosto emoldurado por uma fenda chamuscada onde um raio caiu em um ataque descuidado. Sussurra o próprio nome para se insuflar coragem. A conversa dos homens é distorcida pela música de gotas de chuva que caem sobre milhares de árvores do canal, suas folhas projetadas como línguas de cera verdes. A seca que atormentava Deqo em Saba'ad acabou, mas ela não está com disposição para desfrutar do aguaceiro.

De cada lado das árvores estão os cães sem dono, os ladrões e os fantasmas caminhantes de Hargeisa. O silvo de carros que cruzam a ponte e os sussurros de integrantes da polícia secreta lhe chegam através da escuridão. O tambor em que ela dorme é frio, frio demais. Os retalhos de tecido que normalmente forram o fundo flutuam em água misturada a querosene, com os tons esmeralda e safira de um rabo de pavão reluzindo na superfície ondulada e iluminada pela lua. Suportou quanto pôde a pele arrepiada por calafrios, e então, em um momento de desespero e descuido, procurou os bêbados e sua fogueira; imagina o que farão por ela, com ela. Quer saber se hienas são hienas apenas quando confrontadas com uma ovelha. O calor da fogueira dos homens sopra sobre ela, seus estalos e suas cores a aquecem. Eles fizeram uma fogueira bombástica, cheia de seu álcool; o fogo cambaleia no escuro, fazendo tremeluzir as árvores, antes de tropeçar e cair de volta no tambor. Deqo sente o cheiro de fumaça úmida, o gosto de cinza fresca.

– *Waryaa, hus!* Está ouvindo alguma coisa, Coelho? – engrola um dos bêbados para seu companheiro.

– Oh, irmão Faruur, só as queixas de meu pobre estômago – o outro responde.

Faruur não replica, inclina o ouvido para o lado, com o rosto concentrado e inflexível. Ele lembra a Deqo um cachorro, o corpo tenso, o ouvido sintonizado para o silvo da respiração débil, os pelos do nariz contraídos, captando e sentindo o odor agridoce de sangue.

– Há alguém lá nos arbustos – Faruur diz, triunfante.

Deqo dá um passo, com o coração batendo forte, preferindo revelar-se a ser apanhada; caminha diretamente para o tambor em chamas e estende a palma das mãos, a fim de absorver o calor. Seu atrevimento funciona; Faruur e o outro homem olham para baixo, em um silêncio confuso, ambos ansiosos porque suas alucinações voltaram.

O fogo prende as mãos dela e a atrai para mais perto. É como tomar banho, mas sem a picada da água nos olhos ou a exposição embaraçosa do corpo nu diante de observadores ocultos.

Os olhos de Faruur são sopas de amarelo e rosa, lustrosos como os de uma criança, com as pálpebras inferiores frouxas. Ele olha Deqo de cima a baixo.

– Vá embora daqui, de nosso fogo! – Ele pega um pedaço de madeira com um prego na ponta e o sustenta no alto, como se para bater nela. Uma garrafa de álcool cirúrgico pela metade está inclinada sobre seus sapatos desamarrados.

Deqo o fita nos olhos. Ele acha que pode obrigá-la a ir embora, todos acham.

– Cara, seja um muçulmano. Deixe eu me aquecer e então eu deixo você em paz.

Faruur mantém o braço erguido, e Deqo permanece calmamente ao lado da fogueira, com as mãos parecendo duas explosões. Lentamente, o braço do homem relaxa e cai ao lado do corpo, com a arma ainda na mão.

O outro bêbado estende o braço para agarrar a coxa dela; ela pula depressa para fora do seu alcance.

– Ei! Vá agarrar seu pai, sua lagartixa velha e nojenta – grita.

Os dois se entreolham e riem, uma risada curta, rouca, ofegante de homens com tuberculose.

– Ora, olhe aqui, Coelho, nós tivemos o trabalho de fazer uma fogueira, juntar madeira, comprar fósforos, sacrificar nosso precioso álcool para acendê-la nesta noite úmida e triste, e então esta... esta *kintir*... esta cadela vem roubar nosso calor. – Uma mariposa voa em torno da cabeça de Faruur enquanto ele fala. – A que ponto o mundo chegou?

Coelho levanta as mãos, imitando uma prece, e ergue os olhos para o céu velado de breu.

– Que o fim esteja próximo, há um limite para as injustiças que um homem consegue aguentar antes de se desesperar.

Deqo se prepara para correr caso os dois se aproximem dela; sua pele está quente, seus músculos, ágeis, ela é capaz de desaparecer na noite como se tivesse asas.

Faruur joga o porrete no chão e acena para Deqo num gesto de dispensa.

– Faça o que quiser. Estou velho, bêbado e com frio demais pra tentar agarrar alguém. – Ele se abaixa e pega a garrafa.

Deqo espera que eles adormeçam logo, para que ela possa passar a noite ao lado da fogueira quente e confortável em vez de ficar de olhos arregalados em seu tambor, com os joelhos pressionados contra o queixo, as costas no metal frio, presa como um bebê em posição invertida num útero duro e morto.

Coelho e Faruur bebem de suas garrafas de olhos selados, calmos e distantes como crianças drogadas com leite do peito e canções de ninar suaves e perfumadas.

Ela os vira na cidade, deitados nos degraus dos armazéns perto do hospital, dormindo nas horas quentes e sem atividade entre o meio-dia e as preces da tarde; as horas que ela passa coletando goiabas, romãs, mangas, bananas e mamões nas chácaras ao longo do canal. Ela os junta em um pedaço de pano que estende no mercado *faqir*, guardando seu lugar até que o sol se abrande e as empregadas e cozinheiras apareçam, com suas cestas de palha, para comprar comida barata para as famílias. Assim ela consegue até cinquenta xelins por dia – o bastante para comprar uma baguete recheada de carneiro frito, cebolas e batatas. Meninas são proibidas de entrar nas casas de chá; então ela tem de observar com cuidado os escolares até encontrar algum com aparência suficientemente honesta que entre por ela. Só foi enganada uma vez, escarnecida através da porta de vidro enquanto o garoto de uniforme cáqui enfiava sua baguete na boca sorridente, sacudindo o quadril de um lado para outro enquanto zombava dela. Ela o chutou com força no estômago quando ele finalmente saiu da casa de chá, seu pão diário apertado e inchado debaixo da pele dele.

Deqo odeia meninos de escola. Há de fato poucas pessoas de quem ela gosta: Bashir, que vende água de poço nas costas de seu jumento, mas enche o copo de latão dela de graça; Qamar, a divorciada alta, gorducha, cheirosa, que a abraça com seus braços gordos e a beija no mercado; e Eid, o *ma'alim* cego que ensina *Kitab* a meninos e meninas do mercado sob um salgueiro perto do museu.

O sarongue de Coelho se juntara em volta dos joelhos, seus roncos são audíveis por baixo do crepitar da fogueira. As pernas de Deqo estão cansadas, as pálpebras, ansiosas por cair, mas ela não pode dormir ali com eles. Senta-se pesadamente sobre a camada de restos vegetais e cruza as pernas. Vai esperar até que o sol nasça para então tirar a água de seu tambor e dormir um par de horas.

Um amanhecer cheio do canto de pássaros irrompe em volta dela, com asas pretas batendo no sol difuso entre as árvores. Deqo se vira depressa para onde os bêbados estavam dormindo e fica aliviada de encontrá-los ainda ressonando em uma pilha ao lado da fogueira extinta. Ela se põe de pé e segue para a trilha que leva à Hargeisa Bridge. É cedo o bastante para que ela chegue à mesquita central antes que o pão e o chá distribuídos de graça pela manhã tenham se esgotado. O calor já secou a chuva da noite; resta apenas uma leve umidade no chão sob a vegetação rasteira, fazendo suas sandálias de plástico ranger. Certa noite, ela as encontrou extraviadas sob uma banca de roupas *whodead*,[*] surradas demais para o dono da banca se incomodar em guardá-las antes de correr para casa para atender ao toque de recolher. As sandálias não casam, uma é maior que a outra, mas ficam em seus pés. Ela tomou todas as suas roupas do vento: uma camisa branca presa em uma árvore com espinhos, um vestido vermelho que rolava, abandonado, à beira da estrada, uma calça de algodão jogada sobre um fio de eletricidade. Veste peças que fantasmas deixaram para trás e se torna, ela própria, um fantasma ainda maior, invisível aos passantes, que tropeçam ou pisam nela.

---

[*] Roupas de segunda mão. *"Whodead"* é uma expressão somali derivada do inglês "Who's dead?" ("Quem morreu?"). (N. da E.)

Agarrando-se ao arbusto, Deqo se impulsiona e sobe a margem íngreme, evitando os espinhos que lhe pressionam a pele e o excremento acumulado na terra. Há somente duas pontes sobre o canal, esta de concreto e outra perto do bairro Sha'ab, feita de corda, que oscila precariamente quando alguém a atravessa. Os arbustos sob a ponte de concreto estão apinhados do lixo dos pedestres acima. Nas cerca de seis semanas em que Deqo estava em Hargeisa, encontrara nesta ponte muitas pessoas que conhece ou reconhece vagamente do campo de refugiados. Os homens se destacam em sarongues quadriculados de azul-marinho e marrom, provavelmente vendidos em toda a região de Ogaden por um comerciante de Dire Dawa. Esses homens parecem uniformemente velhos e familiares: corcundas, com rostos encovados, pernas arqueadas e cabelos desgrenhados. Alguns a fitam nos olhos com uma expressão atenta, de esguelha, que lhe perfura as nuvens da memória, e então ela se lembra deles de Saba'ad: ele alugava um carrinho de mão, ele prestava serviço voluntário no posto médico, ele vendia leite de cabra.

Há apenas algumas pessoas atravessando a ponte hoje, e Deqo pode correr as mãos pelas balaustradas de ferro branco descascado sem se afastar para que alguém passe. Toyotas e caminhões desaceleram ao seu lado, a fim de manobrar sobre o asfalto destruído da ponte. Quando cruza Hargeisa, do norte para o sul, ouve o canto. Um grupo de pequenos punhos fechados aparece ao longe, aproximando-se dela como se puxado pela maré. Alunos e alunas em uniformes em tom pastel socam o ar, gritando: "Chega de prisões, chega de mortes, chega de ditadura!" Seus rostos são francos e felizes, os contornos do corpo de cada um obscurecidos pelo fluxo de seu movimento. Bloqueiam a rua adiante; então Deqo espera na ponte para vê-los mais de perto. A ponte vibra com uma ou duas centenas de pés tamborilando sobre sua frágil estrutura. Deqo vê no grupo algumas crianças sem uniforme e alguns jovens, velhos demais para a escola. Eles cantam uma canção que ela nunca ouviu: "Hargeisa *ha noolaato*, vida longa a Hargeisa". As crianças mais próximas a olham de cima a baixo e franzem o nariz.

Deqo põe os braços em volta das balaustradas e olha enquanto as crianças se exibem. Passou a vida inteira observando; são dela os olhos que sempre espiam atrás de muros ou matacões, enfurecendo a todos com sua vigilância. Mas, desde que perdeu a amiga Anab, não há ninguém com quem deitar à noite, ninguém a quem revelar seus segredos; em vez disso, eles lançam raízes em sua mente e crescem no canteiro de sua vida confusa.

Os estudantes estão reunidos compactamente na ponte, uma massa variável de azul, rosa e cáqui. Ela olha na direção norte da ponte e vê soldados de boina vermelha enfileirados na rua. Deqo os acha atraentes: gosta do verde-garrafa escuro de seu uniforme, do dourado de suas dragonas, do ângulo garboso de seu famoso quepe; gosta até das pistolas prateadas que pendem como joias de seu quadril.

Os estudantes estão em silêncio, nervosos, e quando um apito soa eles gritam e correm de volta na direção de onde vieram. Os soldados, esguios e altos, sacam cassetetes e caçam as crianças. Deqo é apanhada na confusão e se junta à debandada, a fim de evitar ser pisoteada. Sente-se como uma ovelha pastoreada para um cercado. Mãos a agarram e empurram ao passar, algumas quase a arrastando para o chão, mas não há para onde escapar, o lado sul da ponte está bloqueado por outra fileira de soldados. Os estudantes caem uns sobre os outros, tentando evitar os cassetetes duros e pungentes. Seus punhos estão agora abertos em rendição, erguidos como se numa promessa de bom comportamento.

Deqo tropeça em um garoto e cai aos pés de um soldado; ele agarra o vestido dela com uma das mãos e o braço do garoto com a outra e os arrasta até um caminhão enorme que espera ao lado da estrada. A carroceria do caminhão é tão alta que o soldado tem de soltar o garoto para jogar Deqo nela, com ambas as mãos; a seguir vão o garoto e outros estudantes detidos. Estendendo a mão para o soldado, Deqo tenta implorar-lhe que a deixe ir embora, mas ele lhe dá um tapa na boca. Sentindo gosto de sangue na língua, olha em volta, chocada, para saias e membros voando, à medida que mais e mais crianças são empurradas para dentro do veículo. Redes pretas cobrem a lateral do caminhão, mas esta é a única diferença entre ele e os caminhões de gado. Um garoto mais velho, com longas argolas no pescoço, rasga um buraco na rede e escala a lateral do caminhão, e outros bravos o seguem. Deqo dá uma espiada no chão, distante, muito amedrontada para tentar.

O veículo logo está cheio de escolares aos gritos, pressionando-a de todos os lados. Uma menina senta-se ao seu lado, chorando de boca aberta, sufocada com os soluços. Deqo sente os ossos e a carne da menina esmagarem os seus quando o motor do caminhão dá a partida e sai rugindo pela rua irregular. Mesmo nesse caminhão apinhado, o cheiro da menina é fresco, a pele e o uniforme tão esfregados com sabão que sua transpiração tem o cheiro forte do detergente que sopra das casas de *dhobi*.

– Não chore – diz Deqo, tocando-lhe o braço.

– Não toque em mim! – grita a menina, empurrando Deqo.

Uma menina mais velha, de saia rosa, joga o braço, com ar de proprietária, sobre os ombros da garota que chora e lhe beija a cabeça.

– Calma, calma, Waris, estou com você.

Deqo volta a cabeça para o outro lado e comprime os lábios. *Não devo nada a você*, pensa. *Na verdade, devia estar com raiva de você por causar problema, sua garota estúpida.* Ela não entende por que os estudantes e os soldados ficam brigando. Todos eles têm comida, têm casa e pais, pelo que brigam? Deveriam ir para o campo de refugiados e ver como é a vida lá. Cobre os pés com as mãos, com vergonha dos dedos empoeirados, das unhas compridas, da pele calejada e escamosa, da bata de algodão vermelho com a bainha descosturada. Juntando os joelhos, ela se afasta dos meninos que estão sentados por perto. Eles não mantêm o corpo tão longe dela quanto as meninas, ela nota; há, no máximo, uns três centímetros entre ela e a perna ou o braço de algum deles. Eles sempre a cutucam na rua também, fazendo-a sentir--se pequena e suja. Não há nenhum cheiro de *dhobi* neles, só um odor almiscarado, picante como o de vinagre, que roça sua pele quando eles caem contra ela devido aos solavancos do caminhão.

O veículo mergulha em um último buraco e para, com o motor ainda estremecendo sob o capô. À direita está a delegacia central de polícia, o primeiro lugar que ela viu em Hargeisa depois do estádio. Um soldado de boina vermelha abaixa a tampa da carroceria e faz sinal para que as crianças saiam. Policiais comuns de camisa branca as levam para a delegacia, segurando duas em cada mão pela gola da camisa.

Finalmente chega a vez de Deqo, e ela se encolhe quando o soldado de boina vermelha estica o braço para pegá-la; ele parece uma figura de pesadelo, silenciosa, cruel e persistente. Ela grita de dor quando suas mãos maldosas lhe agarram o tornozelo, outra mão se desloca para a coxa e ele a puxa para fora do caminhão. Seu corpo não é seu, ela pensa; é uma concha que eles estão tentando abrir. Um policial com as calças presas por um cinto na pança volumosa e a braguilha semiabotoada xinga os prisioneiros, batendo na parte de trás das pernas de Deqo com a palma aberta, dura, segurando seus braços nas costas. Agarrando os pulsos de Deqo e os da menina cheirosa com uma das mãos, ele as conduz através da nuvem de poeira que os manifestantes levantaram do chão e sobe os degraus altos de concreto, manchados de chuva, em direção à delegacia de polícia.

No corredor sujo e escuro, um jovem guarda está sentado em uma cadeira de metal à direita. Ele olha para os escolares que passam com olhos grandes e melancólicos.

– Me ajude – ela balbucia enquanto escorrega pelo piso de lajotas verdes, mas ele não se mexe, apenas pousa sobre a arma a mão com dedos compridos de nós grossos e as veias se contorcendo sob a pele macia. Deqo tem a sensação de andar na água, empurrada por uma corrente da qual não consegue escapar.

Os escolares são levados para as celas; as meninas, postas em uma cela coletiva e os meninos, empurrados mais para o fundo da delegacia. Os pulsos de Deqo queimam onde o policial barrigudo os apertou, e ela os agita no ar para esfriá-los. Alguns passos cela adentro ela é tomada pelo cheiro de excremento. Prisioneiras mais antigas têm de se sentar e se deslocar para abrir espaço para as manifestantes, e se queixam em voz alta da intromissão. Quatro jovens com o cabelo arrumado em tranças grossas se apinham contra a parede do fundo. Uma das mulheres grandes as chuta e grita:

– *Roohi*, mexam-se.

Elas obedecem, e a mulher espalha sua esteira de junco no pequeno espaço que elas dividiam.

Algumas das escolares começam a choramingar de novo quando olham em volta. Deqo revira os olhos; sente-se superior a essas meninas ingênuas e protegidas que protestam sem saber nada do que é o mundo real. Elas são incapazes de apreciar o teto que as manterá secas, os corpos que as manterão aquecidas, a torneira que, pingando no canto, saciará sua sede. As mulheres e as meninas se mexem constantemente, tentando ficar o mais longe possível do balde de excrementos. A respiração de Deqo é superficial e cuidadosa; aquele cheiro a manda de volta ao campo de refugiados e ao surto de cólera que acabou com a vida de Anab e quase pôs fim à sua – ambas adormeceram, mas só uma acordou. No canal, ela pelo menos se acostumou ao espaço e ao aroma fresco das árvores.

Algumas das prisioneiras parecem bem à vontade. Uma jovem conversa enquanto amamenta seu bebê, com as pernas estendidas.

Sua amiga usa uma roupa deslumbrante, rosa e prateada, o cabelo preto tingido de dourado nas pontas. Elas parecem intocadas pela situação que as cerca. Em contraste, as meninas de trança parecem estar na cela há semanas. Uma delas está descalça, as calças manchadas de sangue perto da virilha; outra tem pequenas queimaduras circulares por toda a extensão dos braços nus. Todas estão emaciadas, seus quadris parecem estruturas de metal sob as calças frouxas, os pescoços longos e tensos, os olhos de cílios longos afundados em buracos negros. As policiais de uniforme azul-marinho passam pelas grades da cela com suas calças justas nas nádegas. Deqo se pergunta o que as meninas fizeram para serem tratadas tão mal e se ela também será mantida ali. Passando a vista entre as meninas e as mulheres bonitas, consegue se aproximar destas para ver se a sorte delas se espalha.

– ... que ele é livre, que o último filho nem era dele – diz a que tem o cabelo tingido de dourado.

– Você acredita nele? – replica a mãe.

– Não, mas o que eu posso fazer? Fui picada pelo amor.

– Bom, pique de volta – a outra ri.

Deqo também ri, e as duas erguem os olhos para ela, desconfiadas.

– Ninguém lhe disse que ficar escutando a conversa alheia é falta de educação?

Deqo sorri, desculpando-se.

– Deixe ela, não vai fazer mal nenhum. O que você está fazendo aqui? Você roubou?

Deqo meneia a cabeça violentamente.

– Eu não sei, pergunte a essas pessoas – ela faz um gesto de repúdio na direção das estudantes –, elas me puseram em apuros.

– Foi isso? – ela sorri. – Como você se chama?

– Deqo. E você?

– Nasra, e estes são China e seu filho Nuh.

– Por que vocês estão aqui?

As mulheres se entreolham e riem.

– Faz parte de nosso trabalho – Nasra responde timidamente.

A policial está com uma boina bem ajeitada de lado sobre os cabelos presos e tem uma estranha combinação de feminilidade e agressividade.

– Qual de vocês é Waris Abdiweli Geedi? – ela grita num tom de voz áspero.

A menina cheirosa empurra as outras para passar e se apresenta diante da policial, que faz sinal com um dedo tatuado de hena para que ela saia da cela e depois tranca de novo a porta. As prisioneiras se acomodam no pequeno espaço deixado por ela. Para diversão de Deqo, a menina cheirosa nem olha para aquelas que ficam para trás; a menina que a havia abraçado no caminhão é deixada lá, com a cabeça caída. Deqo fica contente: quando pessoas arrogantes como estas são obrigadas a ver como são insignificantes, ela sente uma pequena dose de satisfação.

Uma a uma, as escolares são chamadas, liberadas e levadas com rudeza para casa por seus pais, mães, tios e irmãos mais velhos. São liberadas antes dos garotos, a fim de ser protegidas da vergonha; a vergonha que cresce e se alarga com os seios e o quadril e as segue como uma amiga indesejada. Faz muito tempo que Deqo sabe como a carne macia de seu corpo é uma desvantagem; a primeira palavra que se lembra de ter aprendido é "vergonha". A única educação que recebeu das mulheres, no campo de refugiados, dizia respeito a como evitar essa vergonha: não sente com as pernas abertas, não toque as partes íntimas, não brinque com meninos. A evitação da vergonha parece estar no centro da vida de uma menina. Nesta cela só de mulheres há pelo menos uma chance de deixar a vergonha de lado por algum tempo e se sentar desajeitadamente, sem se preocupar com quem pode ver suas pernas ou agarrá-la enquanto dorme. Ela encontra um espaço perto de uma velha sobre uma esteira de junco.

– Pegue um copo de água pra mim – a mulher diz com a voz áspera.

Deqo olha para a figura reclinada, tão velha e tão metida.

– Pegue você.

A mulher suspira. Deqo percebe que ela não tem nenhum dos dentes da frente. A mulher a cutuca com os pés.

– Vá, meu docinho, pegue um pouco de água pra mim, estou com dor de cabeça. – A mulher faz ruído de beijinhos para persuadi-la.

Deqo se levanta com um gesto de impaciência; vai pedir água para si também, encher um pouco o estômago. Espera ao lado das grades; ouve a policial conversando no fim do corredor.

– *Jaalle, Jaalle*! Camarada, camarada! – Deqo chama.

Nenhuma resposta.

– Camarada policial com os dedos tatuados de hena e *koofiyaad* preto, precisamos de copos.

A policial se aproxima e empurra um copinho através das grades.

– Não tente ser engraçada aqui, menina.

– Eu não estava tentando ser engraçada, só queria água.

– Você não é nova demais pra estar se vendendo? Ou andou roubando?

– Não! Eu não fiz nada, verdade. Eles me confundiram com uma manifestante.

– De onde você é?

– De Saba'ad.

– Então o que está fazendo aqui?

– Eu trabalho no mercado. Nunca roubei, nunca!

O rosto da policial se suaviza um pouco; ela inclina a cabeça para o lado e olha para a colega.

– Luul, esta refugiada está aqui por engano; foi trazida com todos aqueles manifestantes hoje de manhã.

A outra policial vem se juntar a ela. É alta e tem o peito chato, incapaz de preencher o uniforme como a amiga.

Faz uma careta.

– Deixe ela sair, não vamos conseguir nada por ela.

– É verdade, é um desperdício de pão – ri a policial com hena nos dedos.

A porta se abre rangendo mais uma vez, e Deqo corre para a velha na esteira, entrega-lhe o copo e sai para o corredor da liberdade.

– Vejo você outra hora, Deqo – grita Nasra.

Deqo acena para ela.

As policiais caminham uma de cada lado, em silêncio.

– *Jaalle*, quando aquela mulher vai ser solta? – pergunta Deqo antes de ser levada para fora da delegacia.

– Não se preocupe, você deve ficar longe de mulheres como aquelas, elas vão arrastá-la pra seus hábitos indecentes. Fique longe, está ouvindo? – Ajeita a boina na cabeça.

– Ela é uma... – Deqo hesita diante da palavra poderosa que a perseguiu por toda sua curta vida.

– Uma puta? Com toda a certeza, e muita coisa mais.

Deqo caminha de volta para o canal com os olhos baixos, afundada em pensamentos. Ainda tem tempo de coletar frutas das chácaras e chegar ao mercado antes que ele feche para o almoço. As pernas a impulsionam para a frente roboticamente, mas sua mente rodopia com lembranças de Saba'ad, incitadas pelo encontro com Nasra e China na cela. "Filha da puta, filha da puta, filha da puta!" Era o que as outras crianças no campo lhe gritavam, pelo tempo que ela consegue se lembrar, mas não sabia o que era uma puta; parecia algo ruim, como um canibal, uma bruxa ou um tipo de *jinn*, mas nenhum adulto descrevia o que tornava uma puta puta, e as crianças não pareciam saber muito mais do que ela. Era filha do pecado, diziam, a bastarda de uma mulher perdida. Pela história das crianças, o nascimento dela fora assim: uma jovem chegou ao campo sozinha e a pé, em gravidez avançada e com os pés esfolados por espinhos. As enfermeiras do posto médico puseram ataduras em seus pés e a deixaram esperar que a criança nascesse. Ela se recusou a informar o próprio nome ou o do marido, e quando Deqo nasceu ela abandonou a filha sem tampouco lhe dar um nome. Deqo foi batizada um ano depois, pelas enfermeiras, quando saiu do berço de metal onde os órfãos eram mantidos, e começou a desaparecer; Deqo-wareego era seu nome completo, Deqo perambuladora, e ela aprendeu que a única coisa que podia fazer e as outras crianças do campo não podiam era andar até onde quisesse. Pertencia ao vento e às trilhas na terra e a nenhuma outra pessoa; nenhuma mãe vigilante ia atrás dela gritando seu nome em todas as direções.

A princípio, acreditara que sua mãe era uma *jinn* que havia se transmudado em humana apenas por algum tempo, e depois tivera de mudar de volta, mas ela estava sempre fria demais para ter tido uma mãe feita de fogo. Então, pensou que a mãe poderia ter sido levada por um tufão, mas um número muito grande de órfãos mais velhos a tinha visto ir embora caminhando sobre os próprios pés. Finalmente, ela decidiu que sua mãe, essa "puta" de quem eles falavam, não era como outras mulheres que viviam e morriam ao lado dos filhos, mas um tipo totalmente diferente, que sabia que a filha seria vestida e alimentada, só que não por ela, como um pássaro que põe seu ovo no ninho de outro.

Então Deqo cresceu se vendo como um cuco entre outras crianças do campo, cujos pais eram, todos, refugiados da luta e da fome que havia engolfado a Etiópia oriental dos anos 1970 aos 1980; alguns eram somalis, alguns eram oromos, mas todos tinham família, ou mesmo apenas o nome de família e de clã para ajudá-los. Deqo deseja profundamente ter recebido um segundo e um terceiro nome; não será gananciosa e pedirá a Deus um *abtiris* inteiro de dezessete nomes, ou algo do tipo; só mais dois permitiriam que estufasse o peito e anunciasse sua existência às pessoas. Quando ela era jovem demais para saber que não devia fazer isso, adotara o nome Deqo Cruz Vermelha, porque este era o nome do posto médico em que vivia, mas o cenho franzido das enfermeiras de uniforme branco a informou de que ele não serviria como nome substituto. Vivia apenas como Deqo, ou às vezes Deqo-wareego, quando as enfermeiras gritavam com ela, e esperava que suas preces fossem atendidas.

Quando Anab Hirsi Mattan chegou ao orfanato, com cerca de seis anos de idade, de cabeça raspada por causa dos piolhos e louca de tristeza, Deqo ficou encarregada de tomar conta dela. Quando fugiu para o cemitério, Deqo a seguiu de perto, esperando e observando nervosamente enquanto a menininha com orelhas de abano batia as mãos no monte de terra que cobria sua mãe. Os túmulos mais velhos eram marcados com pedras, pranchas de madeira ou ramos de acácia espinhentos, mas os mais novos não tinham enfeite, subiam colina acima em uma onda. O cemitério lembrava a horta entre o posto médico e o orfanato, prenhe de plantações que nunca cresceriam, aguada com nada senão lágrimas. Anab enfiou as mãos na terra como se estivesse tentando desencavar a mãe, ou se enterrar; afinal se cansou, derrotada, e pousou o rosto no alto da cova. Deqo então se aproximou e estendeu a mão; Anab a pegou, com os dedos sangrando, e desceu com ela de volta ao orfanato.

A partir desse dia, Deqo se apropriou de Anab, dormindo e comendo ao lado dela na grande tenda que abrigava cinquenta e dois órfãos e extraviados. Todo dia, ela e Anab comiam *canjeero* no café da manhã, brincavam ao lado do reservatório de água, onde a terra era úmida e maleável, acompanhavam procissões fúnebres ao cemitério, tiravam uma soneca à tarde e depois jogavam *shaax* com fichas de barro, antes da invariável refeição de arroz e feijão e do apagar das luzes. Deitadas no escuro, sussurrando e prendendo o riso, Anab a chamava de Deqo-wareego Hirsi Mattan; elas eram irmãs recém-descobertas, reunidas como folhas em uma tempestade.

A miríade de prédios cujo nome e propósito Deqo está lentamente aprendendo aparece no canto de seus olhos enquanto ela caminha pela rua esburacada. A biblioteca para guardar livros com os quais aprender, o museu para objetos interessantes do passado, as escolas em que crianças são cercadas e domadas, os hotéis para viandantes com dinheiro no bolso – a existência de todos esses lugares lhe traz prazer, apesar de ela acreditar que, como refugiada, não é bem-vinda dentro deles.

No decorrer das semanas desde sua chegada a Hargeisa, ela aprendera alguma coisa, todo dia, apenas de observar a vida à sua volta. Nos primeiros dias, dormiu no mercado, guiada até lá por luzes elétricas e vozes de crianças. Escondeu-se, imóvel, sob as bancas com algumas meninas e muitos, muitos meninos que brigavam e cheiravam a noite inteira saquinhos que os deixavam com o nariz escorrendo. Saiu de lá e encontrou uma área de concreto em frente a um armazém, que estava varrida e ficava acima da poeira da rua. Dormiu um pouco ali até que, numa noite, um grupo de cães vira-latas de pelo curto a encontrou, rosnando e latindo enquanto ela escondia o rosto nas mãos. Os cães atraíram a atenção do guarda, que os afugentou e depois a baniu também. Então, Deqo ficou uma semana do lado de fora da delegacia de polícia, esperando que eles a protegessem de meninos e animais desgarrados, mas, em vez disso, o que havia era a constante perturbação de carros de polícia, patrulhas a pé e veículos militares correndo de um lado para outro. Por fim, ela gravitou cada vez mais para perto do canal, atraída por sua vegetação e seu isolamento tranquilo, a ponto de agora estar perfeitamente adormecida em sua escuridão profunda, sem medo e imperturbada, a menos que chova e um frio profundo se infiltre em seus ossos.

Deqo chega ao canal e vira nos arbustos com frutas vermelhas que assinalam o caminho para seu tambor, descendo o morro depressa e só parando quando o vê. É um santuário misterioso que a engole à noite; ela não sabe quem o trouxe até ali e só o encontrou por acidente, numa noite clara de luar. Com as mãos em concha, ela recolhe a água da chuva que a atormentara tanto na noite anterior e sacia a sede, um leve gosto de querosene no fundo da garganta. Então derrama o resto na cabeça e no tronco, espremendo o excesso deposto na bata fina. A bata vai secar durante o tempo que ela levar para colher das chácaras todas as frutas de que precisa.

Deqo corre para o lote de Murayo, que fica perto da margem direita do leito de água seco, longe do barulho da rua, onde um bando de pássaros se empoleira e conversa. Eles alçam voo e piam quando Deqo se aproxima, como se para avisar Murayo. Depende de como Murayo está se sentindo a cada dia para saber se ela vai autorizá-la a catar as frutas, mas, desde que Deqo a alertara para o ladrão agachado no teto de sua casa de taipa, ela tem sido generosa. Deqo esquadrinha o chão em busca de mangas moles, amadurecidas além do ponto, que ela própria pode comer, antes de se preocupar com as frutas verdes e duras que ainda amadurecem nos galhos. Hoje há uma só caída, derramando líquido nas ervas daninhas, com a carne laranja tremendo com formigas pretas.

No alto das árvores, ela verifica a folhagem em busca de cobras. Uma vez ela agarrou uma cobra verde adormecida enquanto subia, cuja boca de repente se abriu, rígida e branca, fazendo-a cair da árvore. Deqo cospe na palma das mãos e abraça o tronco mais fino, acima do qual está um cacho de mangas de uma bela cor rosada, prontas para serem colhidas; ela mantém as mãos erguidas enquanto os dedos dos pés escorregam pelo tronco liso. Estica-se até o galho com as mangas e as puxa uma por uma, jogando-as gentilmente no chão; depois volta para o tronco e desce escorregando, apreciando o contato dele contra a pele. Recolhe as mangas na saia úmida e sai correndo antes que Murayo venha aguar suas plantas. O lote seguinte é maior, dominado por densas bananeiras, algumas tão carregadas que as bananas pendem perto de sua cabeça; pega seis, todas que consegue carregar na saia, e volta para a cidade.

No mercado *faqir*, Deqo recupera seu pedaço de papelão, com a faixa de anúncio ainda visível, da pilha no chão, e estende sua mercadoria em duas fileiras de seis, alternando bananas e mangas. Tentara outros trabalhos: coletar restos de *qat* para vender a traficantes de drogas, arrancar capim para vender como comida de cabra a donas de casa, varrer o mercado principal quando não havia meninas suficientes à noite, mas este é seu favorito. O dia de trabalho termina cedo, ela não tem chefe para lhe dizer o que fazer e nos dias em que não há cliente ela mesma pode comer as frutas surrupiadas.

A maioria dos outros vendedores é de mulheres de meia-idade, com braços pesados e pés saindo para fora das sandálias. A única delas que é sempre gentil, Qamar, não está lá hoje; então Deqo senta no chão e espera os clientes. Eles vêm devagar, olhando as outras bancas antes de decidir que podem obter dela o preço mais baixo. Ela observa como os outros vendedores regateiam e imita seus gestos de impaciência e suas palavras ásperas. "Tire sua sombra de cima de mim se não está interessado", grita. "Você está atrapalhando as pessoas que têm mais do que bolinhas de pano no bolso." Diz isso com a cara impassível, a despeito de seu corpinho maltrapilho e dos galhos nos cabelos.

As bananas vão primeiro, para uma mulher que carrega uma criança pequena nas costas, e depois as mangas desaparecem, sozinhas ou aos pares. Ela segura o dinheiro com satisfação; hoje não há nenhum drama, nenhum ladrão a usurpa e não ocorre nenhuma discussão. Odeia os dias em que mulheres desajeitadas e falando alto passam por cima de seu cantinho em busca de alguma pessoa.

Deqo se levanta e sacode a poeira do papelão.

– *Yaari*, pequena, venha aqui um minuto – grita uma mulher de turbante azul e dourado.

Deqo caminha até ela e para, de cara fechada, com as mãos no quadril.

– Eu lhe dou alguns xelins se você entregar uma coisa pra mim.

– Quanto?

– Vinte?

– Quarenta.

– Trinta.

– Ótimo – Deqo sorri em triunfo. – O que você quer que eu entregue?

A mulher leva as mãos às costas e puxa um pacote embrulhado no jornal oficial, o *October Star*, impresso em tinta preta e azul.

Deqo o pega com as duas mãos e sente a forma de uma garrafa de vidro.

– Não deixe cair e não se atreva a abrir. A pessoa que está esperando se chama China. Entregue a ela e a mais ninguém. Se algum policial se aproximar, jogue fora, está ouvindo?

Deqo assente com a cabeça, intrigada.

– Segure assim! – O antebraço da mulher balança enquanto ela arruma o pacote numa posição vertical debaixo do braço de Deqo. – Apertado, apertado, aperte isso. – Toda essa conversa fez surgir gotas de suor na testa da mulher. – Vá, mantenha a cabeça baixa e procure a casa pintada de azul na rua à esquerda, no final desta.

A área para a qual a mulher aponta é uma parte da cidade em que Deqo sentiu medo de se aventurar antes. As mulheres do mercado se referem ao lugar como um tipo de inferno em que vivem almas vivas; pessoas que deixaram para trás qualquer resquício de bondade se congregam em suas cabanas – bêbados, ladrões, devassos e mulheres sujas.

A rua se afunila em um pequeno beco, e o mercado desaparece um pouco a cada metro, até restarem apenas fragmentos dele: um pano, um tomate esmagado, uma nota de xelim rasgada, que Deqo recolhe para aumentar seu butim. O sol está bem no alto, e o cheiro de cocô de cabra e jumento chega mais forte em suas narinas. Ela passa por alguns bangalôs de pedra e outros de tijolo, além de *aqals* tradicionais, modernizados com encerado e folhas de metal no lugar da madeira e da pele de animais. Vai ser fácil distinguir um bangalô azul em meio a estes vizinhos. Vê crianças em todo lugar, de bunda de fora e cabelo desgrenhado, as de cinco anos carregando as de dois no quadril ou olhando da entrada das casas com expressão solene e hostil.

– *Dhillo*! Puta! – grita para ela um garotinho de camisa vermelha que lhe chega aos joelhos.

Ela pega uma pedrinha e a joga nele, errando por pouco; ele recua para sua choça soltando um guincho.

As sandálias de Deqo estão cheias de pedriscos; ela para a fim de sacudi-las e nota um rego de água suja correndo ao lado da trilha, ossinhos quebrados atolados na lama, além de pedaços de plástico e arame torcido. Este lado da cidade parece ter sido abandonado, deixado a afundar, decair e apodrecer; ela imagina por que alguém ficaria aqui se tem toda Hargeisa para escolher.

Finalmente, vê um pequeno bangalô azul de blocos de concreto e bate em uma porta de metal pintada com losangos laranja e verdes. O teto de zinco se dobra ruidosamente sob o sol, e moscas zumbem na tela de arame que cobre as janelas. Ao lado do bangalô azul há um jacarandá com uma cabra alegremente perdida nos galhos mais altos, mordiscando brotos novos.

Deqo espera um bom tempo antes de bater de novo; verifica as laterais da casa, atenta a qualquer movimento.

– Quem é? – alguém grita de dentro.

– Tenho uma entrega – Deqo responde nervosamente.

Três fechaduras se abrem, e uma figura toma forma na escuridão do corredor.

Deqo reconhece primeiro o cabelo, a faixa larga de amarelo na ponta das ondas.

– Dê – diz Nasra, bocejando.

– Não posso. Tenho de entregar pra China. – Deqo olha para baixo enquanto fala.

Nasra joga a cabeça para trás e resmunga; não parece reconhecê-la.

– Leve pra ela. – Puxa Deqo para dentro do bangalô e tranca de novo as três fechaduras.

Nasra a conduz para o pátio, e seu *diric* rosa-claro se ilumina ao sol, engolfando-lhe o corpo como um botão de flor. O bangalô tem um cheiro incrivelmente doce, apesar das erupções de umidade preta que crescem no interior das paredes, e Deqo inala o ar profundamente.

Nasra bate à porta de madeira crua do lado oposto do pátio caiado.

– *Isbiirtoole*, bêbada, seu néctar está aqui – ela grita.

China abre a porta, e o pátio se enche de música em uma língua estrangeira.

– Dê aqui. – Ela pega o pacote antes que Deqo o entregue. – Eu conheço você... É nossa prisioneirinha. Não sabia que estava no negócio.

– Que negócio?

– O negócio de bebida, é claro.

– Não estou. Tenho uma banca no mercado.

– Não precisa fingir aqui; uma coisa boa da Rua da Foda é que você pode ser você mesma.

– Onde sua família mora? – pergunta Nasra.

– Não tenho família.

– Nenhuma avó, nenhuma tia, nenhum primo?

Deqo meneia a cabeça.

– Nenhum avô, nenhum meio-irmão, nenhum tio por afinidade. Sou eu quem cuida de mim. – A cada vez que diz isso, sente que é mais verdadeiro.

– Então, onde você dorme?

– Lá no canal.

As duas mulheres aspiram o ar com a língua entre os dentes, numa expressão de desaprovação.

– Uau, você tem um coração mais forte do que eu pra dormir naquele descampado assombrado – diz China, desembrulhando o jornal e desenroscando a tampa da garrafa.

O etanol elimina todos os outros cheiros do nariz de Deqo.

– Não é assombrado, eu não sou incomodada lá.

– Até que alguém venha cortar sua garganta enquanto você está dormindo – diz Nasra.

– Isso não vai acontecer, ninguém pode me encontrar onde eu durmo. – Deqo sente um calafrio na espinha, apesar de suas palavras.

As mulheres a olham nos olhos. Parecem vê-la de um modo como a maioria das outras pessoas não vê; ela não perde a atenção delas o tempo todo.

Nasra passa a mão pelos cabelos de Deqo.

– Como é estar completamente sozinha no mundo com sua idade?

A pergunta atinge Deqo como um galho que cai. Ela remexe um pouco os pés e tenta escolher entre as palavras que tem nos lábios: assustada, cansada, livre, confusa, empolgada, solitária. Murmura algo sem coerência e então para.

– Eu ainda posso ter uma vida boa.

Nasra olha para ela com lágrimas nos olhos.

– Se tiver bastante sorte, você pode. Você tem sorte? – pergunta China, em um tom de repente mais alto por causa da bebida.

Deqo levanta a cabeça e sorri.

– Às vezes. Acabei de achar esta nota de xelim rasgada lá fora, isso é muita sorte.

– Você vai precisar de mais sorte do que isso, criança. – China joga a cabeça para trás e solta uma risada que ecoa pelas paredes e no teto de zinco. Seu bebê acorda e começa a chorar dentro do quarto. – Ah, cale a boca – ela grita, antes de fechar a porta com força.

– Dê este dinheiro à mulher que a enviou. – China separa, contando em voz alta, cento e cinquenta xelins de um rolo enorme e depois volta a se comprimir no quartinho. – Boa sorte, menina – ela diz ao se despedir de Deqo.

Nasra leva Deqo até a porta da frente e empurra mais dez xelins na palma da mão da menina.

Quando está prestes a sair andando, Deqo para e se vira para Nasra.

– Posso perguntar uma coisa? – ela sussurra baixinho.

– O quê? Não consigo ouvir você.

Deqo se inclina para mais perto.

– Posso perguntar uma coisa?

Nasra assente num gesto cauteloso de cabeça.

Deqo lambe os lábios nervosamente.

– Você é puta?

Nasra se enrijece de raiva, mas Deqo não corre, nem ri, está esperando, de olhos arregalados, por uma resposta.

Alguns momentos se passam e então um brilho surge nos olhos de Nasra e seu sorriso responde à pergunta.

Deqo se agacha na margem da rua uma hora depois, mastigando um sanduíche de carneiro; o pão está seco e o carneiro, frio, mas ela não se importa. Mentalmente, repassa sem parar a conversa com Nasra. Se ela é puta, China também deve ser; então por que manteve o filho? Se não foi necessário abandoná-lo, por que sua mãe a abandonou? Deqo engole com dificuldade enquanto a ideia de que sua mãe deveria ter ficado com ela lhe passa pela cabeça. A mãe vira algo de errado nela? Estava fugindo de uma criança cuja má sorte estava escrita no rosto? Como se para pontuar esse pensamento, um carro passa e espirra água suja de uma poça em suas pernas. Ela se levanta, esfrega as gotas e as migalhas e, frustrada, chuta uma pedra na traseira do carro. Carrancuda e melancólica, caminha de volta na direção da casa de Nasra.

Os céus se abrem, e ela segue em frente, pulando e escorregando. A chuva cai fresca, impetuosa e verde; ela limpa a cidade e faz a pintura dos prédios brilhar de novo. Em um muro ao lado do mercado, há um retrato do velho com dentes projetados, o presidente. Ela o notara muitas vezes, mas as gotas de chuva que agora caem sobre o rosto dele parecem lágrimas, e ela para, presa de repente da expressão triste naquele rosto; apesar do cáqui militar e dos galões dourados, ele a olha de uma solidão infinita. As nuvens escuras e a rua vazia põem para baixo seu ânimo já abatido; nesse tipo de clima, deve-se ficar em casa com a família, cochilando, brincando em aconchego ao lado de uma lareira. Deqo enxuga as lágrimas do retrato e continua, passando pelo mercado central e pela estação de rádio com antena, pelo muro de uma grande escola barulhenta com crianças amadas e pelo mercado *faqir*.

Deqo chega à rua de Nasra tremendo e com regatos de água escorrendo do nariz e por dentro do vestido. A rua mudou inteiramente; está cheia de crianças travessas dançando seminuas na chuva e erguendo bocas escancaradas para o céu. Galinhas correm batendo as asas entre seus pés, e cabras são obrigadas a dançar sobre as pernas traseiras nos braços delas. Uma cacofonia de música explode de cada habitação: canções do rádio, outras distorcidas por cassetes tocados em excesso e algumas cantaroladas pelas mulheres dentro das casas. O lixo, antes acumulado na sarjeta, agora flui para longe em um pequeno riacho, e os sacos plásticos presos nos ramos da árvore brilham como balões. Uma menina de cerca de oito anos, com o cabelo colado no rosto, corre para Deqo e a arrasta para a confusão; apertando-a contra o peito, ela gira como um dervixe rodopiante, gargalhando. Deqo também ri, gostando do delírio; sua tristeza flutua logo acima, pairando ali por um tempo, e então a menina escorrega e as duas desabam na lama, com os membros entrelaçados.

– Como você se chama? – Deqo pergunta, ofegante.

– Samira. E você?

– Deqo.

– Eu nunca vi você. – A menina sorri e revela dentinhos marrons.

– Venho de muito longe. – Deqo conhece o jeito como os sorrisos desaparecem quando ela conta às pessoas que é do campo de refugiados.

Uma mulher de pés descalços pula na direção delas; é magra e zangada.

– Samira! Samira! Saia da lama, sua porquinha!

– Tenho que ir. – Samira se levanta depressa, antes que a mulher possa lhe bater na bunda. Corre para a choça, e a mulher a segue, seus pés semelhantes aos de um pássaro pernalta, como se ela navegasse pela lama.

– Deqo, é você?

Deqo levanta a cabeça da lama e vê Nasra olhando para ela com os olhos apertados. Ergue-se escorregando e enxuga as manchas de sujeira do rosto.

– Venha pra dentro, você vai ficar doente – ordena Nasra.

Um queimador de incenso aquece o quarto enquanto Nasra esfrega uma toalha no cabelo e no corpo de Deqo.

– Não há água no momento, você vai ter que ficar um pouco suja por enquanto – ela diz.

Deqo olha em volta enquanto o calor retorna à sua pele: paredes rosa decoradas com cartazes de filmes, tapete de pelo sobre o piso de linóleo azul e móveis brancos apinhados. Este é o melhor quarto que ela já viu. Calculando quanto toda a mobília, as roupas, os ornamentos, os penduricalhos e os cosméticos devem ter custado no mercado, ela respira fundo. *Putas vivem bem*, pensa.

– Vou pôr um pouco de leite no fogo. – Nasra solta a toalha na cama e sai do quarto.

Deqo anda na ponta dos pés até as fotos emolduradas sobre uma mesa; todos os retratos são de Nasra, mas em apenas um deles ela está sorrindo. Seus olhos se viram para o lado e ela vê, um a um, vidros de esmalte para unhas: rosa-claro, rosa-brilhante, vermelho-escuro, azul-vibrante... gostaria de pintar cada unha do dedo da mão de uma cor. Tudo no quarto é deslumbrante, feito para o prazer; o tapete macio é um paraíso para seus pés cansados, lantejoulas reluzem nas diáfanas cortinas púrpura, a cama tem travesseiro sobre travesseiro. É difícil para ela compreender que vergonha há em ser puta se isso traz tanto luxo para a vida de alguém. Nasra parece incapaz de qualquer outro trabalho que não seja embelezar-se; e também é delicada e bonita demais para trabalhar na poeira do mercado, ou para ficar ajoelhada lavando o chão da casa de alguém.

Nasra volta com duas canecas de leite.

– Andei pensando em você.

Deqo sorri e logo esconde a boca atrás da mão.

– É errado pra qualquer criança, mas especialmente uma menina, ficar dormindo perto daquele canal, com os cães selvagens e os homens ainda mais selvagens. Se você quiser, pode ficar aqui; há espaço pra dormir e, na cozinha, você vai ficar aquecida à noite. Nós precisamos de ajuda na casa, pra limpar, fazer comida; você podia cuidar do bebê da China também. Gostaria disso, não?

Deqo a olha dentro dos olhos.

– Por que você quer me ajudar?

Nasra depõe a caneca no chão e senta na cama.

– Porque eu já fui não muito diferente de você: sozinha, faminta, sem ninguém que cuidasse de mim. Peguei uma carona para Hargeisa e cheguei sem nada mais que uma escova de dente e uma muda de roupa de baixo. Eu sei como é ser uma garota nas ruas.

– Posso mesmo ficar aqui? Você não vai me mandar embora?

Nasra sorri.

– Não, a não ser que você faça alguma coisa horrível.

– Aquele é o quarto da China, como você sabe, ali está Karl Marx e, no canto, a nova menina, Stálin. – Nasra aponta para três portas fechadas, feitas de pranchas grosseiras, de cada lado do pátio. – Você tem que limpar o quarto delas, mas, se a porta estiver fechada, você as deixa em paz.

– Elas são estrangeiras? O nome delas não parece somali.

– Não, esses são os apelidos delas; toda garota tem um apelido nesta rua.

Deqo se aproxima.

– Qual é o seu?

– Todas menos eu. Gostava muito do meu nome e não me preocupava de alguém me encontrar. – Ela abre a porta da cozinha e revela panelas, frigideiras e facas compridas enfiadas em um grande cesto plástico a um canto, e uma esteira, lençol e travesseiro em outro.

– Não é o Oriental, mas é melhor do que o canal, não?

Deqo assente com a cabeça. Dormir em uma cozinha quente com o cheiro de comida de verdade nas narinas é bastante bom para ela.

– Nós todas gostamos de cozinhar, mas pode ser que lhe peçam para ajudar a cortar ou tomar conta dos pratos. Quando não estiver limpando, fique por perto, para o caso de precisarmos que você faça alguma tarefa.

Naquela noite, enquanto se aconchega na cozinha, imaginando seu tambor no canal vazio, infeliz sem ela, Deqo ouve vozes de homens. Levanta-se num salto para espiar pela porta. As portas de todos os quartos estão abertas, e a luz se derrama no pátio.

– Fique longe de mim! – uma jovem grita do corredor. – *Ufa!* Eu não quero você perto de mim, seu canibal.

Deqo imagina tratar-se de Stálin.

Um homem mais velho aparece, carregando uma bolsa de couro para o quarto de Karl Marx. Ele olha para trás, sorrindo de modo malicioso, enquanto Stálin continua a amaldiçoá-lo. Ele entra no quarto sem bater, e então a faixa brilhante de luz embaixo da porta de Karl Marx se apaga.

Por toda a noite Deqo é acordada por portas batendo, vozes elevadas e outros sons mais misteriosos. Ela sente mais ansiedade aqui do que no canal, mas também uma curiosidade insaciável. Suspeita que as origens da própria história estão em um lugar como este, que é hora de descobrir os fatos de seu nascimento. Os olhos permanecem arregalados no escuro, os ouvidos atentos a qualquer rangidinho, os sonhos evaporando como névoa. Era mais fácil dormir no canal, onde era escuro demais para ver e tão silencioso que, às vezes, ela podia ouvir o sangue correndo nas veias.

A manhã chega, brilhante e exigente, bem quando Deqo está adormecendo. Ela resiste a seu chamado enquanto é possível, até perceber como é tarde. Come o *canjeero* que alguém colocou ao seu lado, em um prato de latão, e lava o rosto e os braços sob o fraco fluxo da torneira do pátio, sem saber ao certo se está autorizada a entrar no banheiro.

Sacudindo os braços para secá-los, ela espia pela porta aberta do quarto de Stálin e, encontrando-o vazio, pega um pano da cozinha para começar a trabalhar. Para ela, isso é só uma desculpa para tocar em coisas interessantes; não tem ideia de como limpar os vários potes, instrumentos e bugigangas espalhados pelo quarto, mas gosta de segurá-los, virando-os contra a luz e imaginando seu uso. Afinal, sua atenção se volta para o colchão no piso, com lençóis trançados em cordas florais; ela os sacode, alisa-os sobre a cama como viu as enfermeiras fazendo no hospital e, então, ergue o travesseiro listrado. Surpreende-se ao ver a faca de açougueiro escondida debaixo dele. Não toca nela, mas se inclina para dar uma olhada mais de perto: a lâmina é um pedaço comprido e largo de prata, o cabo preto tem entalhes, a fim de ser facilmente encaixado em uma mão, e, em volta do ponto onde o metal encontra o plástico, há uma mancha escura que pode ser ferrugem, ou sangue velho.

— Saia daqui, ladra! — uma moça grita antes de empurrar Deqo e agarrar a faca, apontando-a para seu rosto. — Quem disse que você podia entrar no meu quarto?

Deqo levanta as mãos, aterrorizada, e aponta para o pátio.

— Nasra — ela grita.

— Nasra! Você trouxe essa menina de rua pra casa? – grita a moça.

Nasra se junta a elas no quarto minúsculo e empurra a faca para longe de Deqo.

— Stálin, o que está fazendo? Eu disse que ela podia trabalhar aqui. Você não pode espetar uma faca no rosto de todo estranho. – Ela suspira. – Você não a viu dormindo na cozinha?

— Saí pra comprar meu café da manhã. – Stálin olha Deqo de cima a baixo. – Você já a mostrou pra alguém?

Nasra olha para Stálin antes de conduzir Deqo para fora do quarto.

— Vá pro quarto de Karl Marx, ela não vai dizer nada.

Nasra fecha a porta e fica com Stálin.

Deqo olha por cima do ombro. Ainda tremendo um pouco, decide ficar fora do quarto de Stálin no futuro e deixar que ela mesma o limpe. Stálin é o oposto de Nasra: corpulenta, musculosa, de rosto duro, com o cabelo puxado para trás e empomadado – parece pronta para bater em alguém até reduzi-lo a polpa. *O que ela quis dizer com me mostrar a alguém?*, pensa Deqo. *Não sou um animal selvagem, não há nada para ver.*

Ela cruza o pátio em direção ao quarto de Karl Marx e bate antes de entrar. São precisos alguns segundos para que seus olhos se ajustem ao escuro, mas, quando isso acontece, ela vê Karl Marx deitada de costas com as mãos sobre o peito. Deqo para ao lado da porta, sem saber se a forma na cama está respirando ou não.

– Venha, eu não estou morta. Não ainda, pelo menos – Karl Marx diz, sem abrir os olhos.

– Eu vim limpar seu quarto. – Deqo segura o espirro que lhe faz coçar o nariz.

Karl Marx não mexe um músculo; seu perfil é pronunciado e pálido contra a parede azul.

– Então limpe. – As palavras parecem sair pelas orelhas grandes, ou pelas narinas finas, pois os lábios não se mexem.

Deqo pega o pano e tira uma camada de pó do parapeito da janela, mas é inibidor ter outra pessoa no quarto. Karl Marx começa a mudar de posição, jogando as pernas para o lado da cama e bocejando alto. Deqo olha para o corpo esquelético e nu da mulher, para as clavículas projetadas em forma de canga em torno do pescoço, os machucados sangrando ao longo da pele das coxas magras. Deqo a examina discretamente e vê uma mulher que deveria estar em um hospital. Karl Marx agarra um pedaço do lençol e toca de leve no sangue das pernas; não está perturbada com a própria aparência e se levanta lentamente, mostrando um pouco das nádegas enquanto recolhe um *diric* do chão.

Deqo sente um nó na garganta e cantarola baixinho para se distrair.

– Você é uma das meninas de Nasra?

– *Haa*, sim.

– Você está vendendo?

– Vendendo o quê?

– A coisa entre suas pernas.

Deqo leva um minuto para decifrar o que valeria a pena vender, ou seria sequer possível vender entre as pernas.

– Não! Eu só limpo e faço tarefas – ela diz apressadamente. Imagina Karl Marx fazendo o que as cabras e os cachorros vira-latas fazem quando montam uns nos outros e fica enojada. É isso que faz uma puta, ela se dá conta, e seus olhos se arregalam.

Karl Marx senta-se pesadamente e olha para Deqo com os olhos baixos.

– Eu tinha sua idade quando comecei esta coisa.

Deqo não consegue perceber o que alguém poderia querer com Karl Marx; ela parece ter tuberculose, febre tifoide e todos os tipos de doença. Em Saba'ad, as pessoas teriam corrido dela.

– Olhe pra mim – ela diz.

Deqo para e a encara.

– Quantos anos você acha que tenho?

Já há cabelos brancos em sua cabeça, seus seios caem até o umbigo embaixo do *diric*; na avaliação de Deqo, ela é muito velha.

– Vamos, diga.

– Cinquenta? Cinquenta e cinco?

Karl Marx ri, revelando dentes quebrados manchados de *khat*.

– Sua cadelinha! Tire vinte e você chega perto.

Deqo sorri; não acredita nas palavras dela, mas é educada demais para contestá-las.

– Por que chamam você de Karl Marx? – ela pergunta.

– Porque eu dividi e dividi e dividi, até que não sobrou nada pra dar. – Ela agarra o peito e suspira.

– E Stálin e China?

– Stálin é uma homenagem ao *Jaale* Stálin dos russos, por causa da brutalidade dela, e China é a favorita dos cules. Nasra não quer um nome. – Sua atenção se volta para o suprimento de caixas brancas de remédio sobre o chão, e, enquanto Deqo arruma a cama, ela enfia um comprimido atrás do outro na boca. – Qual vai ser seu nome?

– Meu nome é Deqo, eu não quero mudá-lo – ela diz com firmeza. Se Nasra não precisou de um novo nome para viver ali, ela também não vai querer.

– Você pode lavar as roupas pra mim? – Karl Marx aponta para uma pilha ao lado da porta.

Deqo hesita, sem saber se lavar é uma de suas obrigações; então decide agradar Karl Marx; não pode fazer mal ter mais uma aliada contra Stálin dentro da casa. Pega a roupa para lavar e sai.

Deqo solta a roupa de Karl Marx em uma bacia no pátio e depois a esfrega sob a torneira, com um sabão verde; o fio de água é tão lento que ela deixa a bacia e tenta terminar os quartos antes de voltar. Depois de bater três vezes na porta de China e não ter resposta, Deqo atravessa o pátio até a porta de Nasra, onde há incenso queimando em uma urna de argila branca. Nasra acabou de tomar banho, e seu cabelo está embrulhado em uma toalha, afastado do pescoço comprido. A pele acima dos joelhos e cotovelos é mais clara que o resto e salpicada de pequenos sinais que correm sobre o peito e as coxas; ela esfrega um creme da cor de leite no corpo, com movimentos fortes, massageando a carne entre os dedos e puxando-a do osso.

– Pegue um pouco. – Nasra lhe estende o vidro.

Deqo esguicha um pouquinho na palma da mão e devolve o vidro. O cheiro da loção, a lâmina e a miríade de vidros de perfume na penteadeira parecem expressar a metamorfose da menina em mulher, a arrumação e a administração exigidas por um corpo que ficou grande e descontrolado. Ela esfrega as mãos e as põe no nariz; o aroma da loção é dominado por sabão, carvão, pão e suor.

Nasra desenrola as toalhas da cabeça e do corpo e permanece, em todo o seu esplendor, diante do guarda-roupa. Deqo desvia os olhos, mas a diferença entre as coxas e as nádegas fortes de Nasra e as de Karl Marx a faz querer olhar de novo e verificar como uma mulher adulta deve ser; para ver quantas mudanças seu próprio corpo vai sofrer.

– Dormiu bem? – Nasra remexe as pilhas de roupas dobradas que transbordam do guarda-roupa.

– Sim – responde Deqo entusiasmada, apesar do fato de mal ter fechado os olhos.

– Que bom. Talvez você fique conosco, então. – Nasra se veste, escolhendo as roupas com cuidado. – Você tem que me dizer se precisa de alguma coisa. Quero você gorda e feliz, entendeu? Quero que seja minha menina.

– Sim, Nasra. – Deqo abre um sorriso amplo.

– Você já viu o mar?

– Nunca.

– Vou levar você a Berbera um dia, pra ver minha família.

– Como é lá?

– Como em Hargeisa, mas com um mar do lado, e pescadores vendendo o que pegam na praia e iemenitas vendendo *qudar*, um tipo de bebida escura, e minha mãe com suas tesouras cortando meu cabelo todo mês. – Nasra sorri.

Ela liga o estéreo e depois troca o cassete, procurando em uma fita atrás da outra, declarando a proveniência de cada uma delas como se fosse uma apresentadora de rádio: indiana, árabe, congolesa e americana. Deqo não consegue distingui-las, mas gosta de todas; de repente, o quarto parece apinhado e animado por músicos, cantores e dançarinos invisíveis. Nasra encontra uma canção somali e então se instala na cama desfeita, com um álbum de fotos na mão. Folheia o álbum; as fotografias têm a textura de lembranças distantes, semiesquecidas atrás do papel opaco, e o sorriso de Nasra some.

Deqo olha por cima do ombro dela para as imagens: meninas descalças brincando nas ondas, uma matriarca carrancuda na frente de um cenário de estúdio na savana, um homem magro, com cabelos desgrenhados, parado orgulhosamente diante de um barco branco.

– Quem é esse? – Deqo aponta um dedo para a foto.

Nasra limpa a marca gordurosa deixada no filme antes de responder.

– Meu pai.

– Ele é pescador?

– Era. – Vira a página depressa e passa pelas outras fotografias sem realmente parecer vê-las.

– Eu não sei quem, nem o quê, meu pai era – diz Deqo com um riso nervoso. Tenta pôr um braço sobre o ombro de Nasra e depois acha melhor não.

– Você vem dos campos, não é?

– Sim, Saba'ad.

– Bem, então ele, provavelmente, era um nômade, e sua mãe, uma filha de sultão de cabelo comprido de uma aldeia à beira de um rio, e eles se conheceram e fugiram juntos por amor e tiveram você. Está certo? – Nasra pula da cama e enfia o álbum em uma gaveta.

Deqo quase ronrona, deliciada; a história de Nasra a enche de luz e calor. *Sim! Sim! Sim!*, ela quer gritar, mas apenas agita os braços.

A verdade, em contraste, é muito brutal. Deqo não sabe nada sobre o lugar de onde veio e sobre o restante de sua família; não há nenhuma história transmitida por primos, nenhuma aldeia para onde voltar, nenhuma genealogia para passar adiante, se ela algum dia tiver filhos. É como um broto crescendo da terra nua, enquanto outros são galhos em árvores antigas e estabelecidas. Sua mãe adolescente tinha uma marca no pescoço com o formato de uma lua crescente e pontos queimados no peito como uma velha, havia dito a enfermeira Doreen. Esta era toda a descrição que ela tinha. Nenhum rosto, nenhum corpo, apenas pontos queimados e uma lua crescente para lembrar uma mãe.

– Quem inundou este maldito lugar? – grita Stálin do pátio.

– Oh, não – Deqo sussurra, e sai correndo para terminar de lavar a roupa.

Enquanto o pátio muda de azul para índigo e para preto, Deqo tira terra de baixo das unhas e sente a estrutura da casa ranger, enquanto se acomoda à noite. Logo, cada canto é iluminado por lampiões, e ela cai em um sono leve que atenua o ruído à volta, mas não o silencia: passos, fechaduras se abrindo, risadas, música baixa, discussão, molas de cama, silêncio. O cheiro de tabaco flutua do quarto de Nasra até a cozinha.

É tarde quando Deqo ouve o som de pancadas na porta dos fundos, explosões insistentes a cada dez segundos. Ela se levanta apressada e encosta o ouvido à porta. Espia pelo buraco da fechadura e vê um pátio de despejo onde o lixo é jogado e carvão é feito. Fica apavorada de pensar em deixar que aquela escuridão entre.

– Quem é? – pergunta, com mais coragem do que sente.

– Abra! Estou aqui pra falar com Nasra – uma voz masculina grossa responde.

– Eu não estou autorizada a deixar ninguém entrar.

Ele chuta a porta.

– Ou você me deixa entrar, ou eu vou entrar do meu jeito.

– Eu não posso deixá-lo entrar! – Deqo pressiona o ombro contra a porta.

Silêncio, e então o arranhar de pés na parede e sobre o teto de zinco. Deqo se abaixa como se ele pudesse cair em cima dela. Em poucos momentos, um homem enorme de sobretudo comprido cai no pátio. Deqo só consegue distinguir seu nariz e os lábios zombeteiros sob a sombra de uma boina militar que lhe encobre completamente a testa. Ele estica os joelhos e desaparece na direção do quarto de Nasra, e Deqo ouve a fechadura da porta dela no momento em que ele a alcança; ela se esconde no corredor enquanto, primeiro Stálin e depois China, põem a cabeça para fora do quarto.

Deqo volta ao pátio e se agacha para espiar pela janela o quarto de Nasra. Os olhos e os ouvidos se esforçam para captar deste drama o máximo possível; o rosto se arrasta para cima, o nariz bate no vidro. O homem é muito mais alto que Nasra; ele não tira nem o casaco nem o chapéu, mas anda à sua volta enquanto ela se mantém ereta, vestindo apenas uma combinação de cetim vermelho puxada para cima para cobrir os seios, um cigarro queimando entre os dedos. Eles não se falam, nem se tocam. Nasra vê os olhos de Deqo na janela e bate a palma da mão no vidro.

Deqo corre de volta à cozinha, envergonhada por ter sido apanhada espiando, e joga a coberta sobre a cabeça; abaula as mãos e enfia as unhas na carne, irritada de ter irritado Nasra. Não chora, mas senta-se com as costas na parede, sentindo-se desolada. Nasra não vem, e enfim ouve o homem sair pela porta dos fundos. Passa mais uma noite insone na cozinha, sua sensação de segurança rompida, esperando que mais gigantes pulem o muro e apareçam bem na frente dela no meio da noite, com armas, ou facas, ou sem nada além de mãos fortes para sufocá-la até a morte.

* * *

Deqo acorda tarde, ao ouvir passos em toda a volta. O fogão a carvão queima a alguns centímetros de seus pés, e Stálin chuta sua perna para tirá-la do caminho.

– Deqo, vá buscar um pouco de açúcar na mercearia – pede Nasra, enquanto abana o fogo e pega um maço de notas da penteadeira.

Recolhendo seu *caday* da esteira, ainda de olhos embaçados, Deqo sai tropeçando para a rua, escovando os dentes enquanto caminha. É recebida por uma cacofonia de frangos cacarejantes, jumentos zurrantes que resistem aos arreios, meninos de uniforme escolar brincando de brigar, mulheres sacudindo baldes de comida aos pés das cabras e o som cadenciado de meninas adolescentes batendo em tapetes com galhos. Ela para a fim de observar uma gata amamentando os filhotes que choramingam ao seu redor e, depois, continua até a mercearia da esquina, contente com seu novo lugar no mundo.

No campo de refugiados, era como se cada dia trouxesse uma nova ameaça – talvez um incêndio, ou uma inundação, um novo surto de doença, ou alguém que morresse inexplicavelmente; a vida não passava de uma corda bamba sobre a qual caminhar com os dedos bem apertados. Deqo e Anab imitavam os médicos alemães no campo, verificando o pulso uma da outra, sentindo a testa para ver se estavam com febre e batendo galhos nas juntas; faziam piada com isso, mas o medo de ficar doente estava sempre lá. Das crianças no orfanato, cinco já haviam morrido, três de doença e duas em um choque violento entre clãs. Ela se lembra dos tubos de esteiras de junco em que foram embrulhadas antes do enterro, os rolos tão estreitos e pequenos que lembravam cigarros.

Durante a luta que matou os dois meninos, os trabalhadores humanitários foram mandados embora por alguns dias, e então ocorrera a Deqo que eles pertenciam a outro lugar, que esse campo era apenas um de muitos que eles tinham visto, que o verdadeiro lar deles ficava muito longe, era seguro e rico. A enfermeira Doreen foi a única que ficou. Ela era como uma mula, incansável e resignada; quanto mais difícil a situação no campo, mais animada ela parecia. Havia tentado descrever sua infância na Irlanda a Anab e Deqo; tinha um pônei, dissera, e vacas, e chovia quase todo dia de que ela conseguia se lembrar; não o tipo de chuva pelo qual as pessoas ansiavam aqui, mas uma chuva dura, fria, ferroante, que fazia doer os ossos da avó dela. Deqo tinha gostado de brincar com o cabelo comprido e grisalho da enfermeira Doreen enquanto ela falava e de imaginar que ele era o rabo de seu próprio cavalo; a enfermeira Doreen tinha gostado de que Deqo pusesse seus dedos frios na pele vermelha queimada de seus ombros que se recusava a ficar marrom como o resto dos braços. A enfermeira Doreen era boa, era a bondade; dava significado a esta palavra como poucas pessoas faziam.

Deqo sente uma pontada de saudade da mulher em torno de quem sua vida antes orbitava. Imagina como a Guddi vai explicar seu desaparecimento à enfermeira Doreen. Provavelmente, apenas riscarão seu nome do registro sem dar nenhuma explicação; ninguém ousa contestá-los, muito menos os trabalhadores humanitários, que têm de fazer o que lhes dizem os policiais armados que irrompem pelo campo de refugiados em jipes.

A apenas alguns passos da loja de teto de zinco, a atenção de Deqo se desvia do céu azul rasgado por trilhas de vapor para a rua, e o borrão de *jeans* cintilantes, cabelos afro e camisas justas, enquanto dezenas de jovens e meninos passam em disparada por ela. Eles são perseguidos por soldados em vários veículos. Quando a rua se estreita, os soldados desembarcam e continuam a perseguição a pé, pulando sobre suas presas enquanto elas tentam subir em muros e buscam abrigo na confusão desconexa de quintais e becos. Um menininho dentro da mercearia sai furtivamente pelos fundos e se esconde em um cercado para cabras abandonado. É como um imenso e furioso jogo de esconde-esconde reservado apenas para homens, do qual Deqo é excluída.

Um caminhão arranca para bloquear a outra extremidade da rua, e alguns dos detidos são levados até ele, com a cabeça abaixada, braços torcidos nas costas. Uma mulher bloqueia a entrada de seu bangalô com o corpo, mas dois soldados a tiram do caminho e arrastam um menino para fora, segurando-o pelo cabelo comprido. A mulher segue atrás, implorando que o libertem:

– Solte ele, ele é tudo que eu tenho, é jovem demais pra ser recrutado, soltem ele, *walaalo*.

Deqo está parada em uma das extremidades desta cena, envolta em poeira e cruzando os braços de forma protetora sobre o peito; ela se lembra da matança de animais durante o Eid, no campo de refugiados, quando nômades chegavam com ovelhas e cabras e as vendiam às famílias mais abastadas, os animais separados violentamente, berrando. Entra na mercearia vazia, pega um pacote de açúcar de uma prateleira e deixa o dinheiro no lugar, antes de correr para a casa de Nasra. As mulheres estão na porta quando ela chega ao bangalô; espiam a rua. Stálin tem um sorriso malicioso no rosto, mas as outras parecem ansiosas.

– É a segunda vez este mês. O que eles querem com todos esses garotos? – grita China.

– Canibais, eles querem comer o fruto de nossos úteros – responde Karl Marx.

– Olha eles correndo! Não foi aquele o desgraçado que jogou uma pedra na minha janela? Não está tão valente agora, não é?

Nasra mastiga o canto de seu lenço de cabeça e não participa da conversa; gentilmente, toca as costas de Deqo e a leva para dentro da casa.

* * *

Deqo está de pé no escuro do banheiro e estremece quando a água fria cai do balde sobre sua cabeça.

– Esfregue o cabelo – exige Nasra.

Uma espuma grossa cai nos olhos de Deqo e se deposita em seu pescoço; o cheiro do xampu é tão bom que ela para o tempo todo para inspirar profundamente.

– Você vai ficar bonita quando eu terminar de arrumá-la.

– Pra onde os soldados vão levar aqueles meninos? – pergunta Deqo, de olhos fechados.

– Pro sul, pra serem treinados pro exército. – Nasra enche outro balde na torneira e joga a água sobre Deqo.

– Eles não querem virar soldados?

– Não! Por que iriam querer? Este governo não está do lado deles.

– Mas o presidente se preocupa conosco, ele é nosso pai.

Nasra ri.

– Bom, isso é o que as músicas dizem, mas eu não acho que é a verdade. Você aprendeu isso em Saba'ad?

Deqo assente com a cabeça e mostra a dança que Milgo lhe ensinou, e seus pés fazem ranger o piso molhado.

– Acalme-se, essa dança não vai lhe trazer nenhum amigo aqui.

Nasra desliza a mão para cima e para baixo do corpo nu de Deqo, tirando os últimos vestígios de espuma.

Stálin aparece e se encosta no batente da porta.

– Você desperdiçou seu tempo com essa *bedu*. Olhe as pernas de galinha dela... E nem é circuncidada!

Deqo põe as mãos em concha em volta de suas partes íntimas; parecera natural ser banhada por Nasra, como se ela fosse uma irmã mais velha ou a mãe, mas o jeito como Stálin a olha faz com que se encolha. Os olhos da mulher encontram defeitos nela e parecem dizer: "Olhe para você, ninguém a amou o suficiente nem para circuncidá-la; você é selvagem e suja".

– Você não tem mais o que fazer, Stálin? – diz Nasra com ar de dispensa.

– Não, agora não. Tenho uma faca, se você quiser que eu corte ele; *hein*, Deqo?

Deqo se esgueira, com as pernas bem comprimidas uma contra a outra.

– Você acha que sua aparência era melhor quando chegou aqui? Você era seguida por moscas aonde quer que fosse. Saia daqui! – Nasra joga água nela.

– Se você não tomar cuidado, vou vendê-la bem debaixo de seu nariz – retruca Stálin antes de se retirar.

– O que ela quis dizer com isso? – Deqo pergunta, olhando para o chão.

– Nada, ela é só uma boba e está com ciúme porque você é mais bonita do que ela. – Envolve o rosto de Deqo com as mãos e lhe aperta as bochechas, brincando. – Não deixe ela incomodar você. Sou sua protetora agora, e ninguém me passa pra trás.

Quase no momento de soar o toque de recolher, Deqo está mexendo um ensopado de carneiro que Nasra pôs no fogo quando alguém bate à porta principal.

– Abra! – grita Nasra do quarto.

Deqo se depara com Coelho, o velho bêbado do canal, oscilando no vão da porta. Ele avança pela casa e, sem olhar para ela, segue desajeitadamente para o quarto de China.

– Minha querida, *habibti*, é seu amigo aqui – ele sussurra, meloso, batendo a palma da mão amarelada na madeira lascada.

– Quem lhe disse pra vir? – China berra, abrindo a porta e empurrando o ombro dele.

– Meu amor, você tem duas coisas que eu quero, me dê só uma e eu vou embora.

China enfia as mãos nos bolsos das calças cinza dele e puxa o pano branco vazio.

– Você acha que eu tenho cara de Cruz Vermelha? Não atendo mendigos, nem os aceito em minha casa.

– Então me dê só um gole de uísque. – Ele estende as mãos e inclina a cabeça para o lado. – Eu era um bom cliente quando tinha dinheiro, você sabe que eu era. Podia até ser o pai daquele menino.

– Só em seus sonhos. – China agarra os ombros almofadados de Coelho e o ergue na ponta dos pés. – Como se você tivesse alguma coisa além de doença e álcool. Você não tem nada a ver com meu filho.

Nasra entra no pátio com um sorriso no rosto, e em seguida Stálin e Karl Marx se juntam à plateia.

– Acabe com esse idiota! – grita Stálin.

– Você ainda me deve cem xelins. – Karl Marx se abaixa e tira os sapatos surrados dos pés do homem. – Vou ficar com estes até receber meu dinheiro.

Elas parecem gatos em volta de um rato, pensa Deqo, empurrando-o por prazer.

– Senhoras, sou um homem pobre, dou quando posso. Vocês deviam ter pena de mim.

– Este não é um lugar pra pena, você sabe disso, Coelho – diz Nasra, piscando para Deqo de forma conspiradora. – O mundo não nos fez nenhum favor, por que deveríamos ajudá-lo?

– Eu não sou como os outros, nunca machuquei vocês. Não humilhem um velho desamparado. – Ele parece à beira das lágrimas.

Deqo ri, culpada; é verdade que ele não a machucou, mas é muito empolgante vê-lo bamboleando no ar, recebendo das mulheres uma lição sobre respeito.

Stálin o chuta nas costas, e então todas elas o esmurram.

– Jogar o lixo fora – gritam ao mesmo tempo.

Enquanto Deqo mantém a porta aberta, cada uma delas segura um membro do homem e o carrega, balançando seu corpo algumas vezes antes de arremessá-lo na rua.

– Eu amaldiçoo todas vocês – Coelho grita quando cai na terra com um baque. Deqo bate a porta na cara dele.

As mulheres dão tapinhas nas costas umas das outras, alegres como Deqo nunca as vira; parece que não é só Coelho que foi expulso, que alguma tensão ou nuvem também se dispersou. Elas riem sem parar, até se sentirem fracas.

– Pobre homem! – diz Karl Marx, ofegante.

Deqo se inclina, apoiada em Nasra, e a abraça com cuidado pela cintura, também rindo.

A estação das chuvas termina abruptamente, bem quando Deqo se acostumara ao pesado tamborilar das gotas no teto de zinco que a fazia dormir. Uma corrente de ar sibilante substitui o vazamento de água do teto enferrujado enquanto o vento *jiilaal* faz o melhor que pode para se infiltrar no bangalô. Quando Deqo reclama do frio, Nasra tapa os buracos com pano e deixa o fogão aceso por mais algum tempo à noite. O vento guinchante lhe devolve os sofrimentos que o *jiilaal* trazia para Saba'ad: olhos vermelhos, infeccionados por causa da areia, velhos morrendo do frio da noite, brigas por água entre os refugiados. Era um tempo de tolerância e espera infindáveis. A única coisa boa que ele trazia eram céus intensos, sem nuvens. Ela se lembra de subir pela janela com grades até o teto plano do orfanato, em companhia de Anab, e observar o campo se acomodando para dormir. Se houvesse luar suficiente, conseguiam ver montanhas claras ao longe e, abaixo delas, um trecho do campo. Tudo viçoso e limpo, o céu azul-escuro e as estrelas parecendo mil olhos gentis cuidando das pessoas esquecidas, a fumaça do fogo da cozinha subindo em espiral como uma prece. Ela sente uma angústia por essa visão, por aquele momento da vida em que Anab estava ao seu lado e o mundo que elas conheciam era calmo e pacífico; não há jeito de recuperá-lo, mesmo que volte a Saba'ad.

Os hábitos da casa se tornaram familiares para Deqo, e ela sabe qual cliente é para qual mulher: os homens mais jovens e elegantes vão para Nasra; os maridos de meia-idade escondendo o rosto atrás de óculos de sol, para Stálin; os bêbados e aqueles com cara de bandido, para China; e os trabalhadores humildes para Karl Marx. Nasra se queixa de que, na maioria das noites, há só um ou dois clientes dispostos a desafiar o toque de recolher, e são do tipo de China, não do dela. "Antigamente elas tinham jornalistas e homens de negócios com dólares no bolso", ela diz, "em vez de mascates, bêbados e criminosos".

A última noite do ano chega, e as únicas vozes masculinas ouvidas na casa vêm dos rádios; está frio, escuro e ventoso demais, mesmo para os bêbados. A noite passa melancolicamente, com Deqo sentada na cama de Nasra, vendo-a rearrumar o quarto; ela desloca os móveis de um lugar para outro e joga fora muitos de seus pertences, porque diz que está entediada com eles. Deixa a pilha no corredor para que Deqo pegue e, em seguida, joga-se de barriga na cama.

– O que eu não faria para sair deste lugar! – diz, apertando uma almofada contra os olhos.

Deqo acaricia de leve a parte de trás de seu cabelo.

– Quem diria que minha vida ia acabar assim? Eu sou inteligente, sabe? Não sou bêbada como China, nem analfabeta como Karl

Marx. Podia ter sido alguém. Depois que a gente faz isto, nunca mais consegue sair, nunca mais consegue ser nenhuma outra coisa. Saio e as pessoas me olham como se eu fosse um fantasma caminhando por aí à luz do dia.

– É por isso que você não sai muito do bangalô?

– É, e também porque sinto que não tenho nada lá fora. Mas por que eu estou lhe contando isso? – Deixa cair a cabeça no acolchoado e então a levanta de novo. – Acho que eu não sou uma pessoa de verdade. Não tenho parentes, amigos, marido, filhos. Todo dia eu abro os olhos e me pergunto por que devo me dar ao trabalho de levantar, ou comer, ou ganhar mais um xelim. Ninguém ia sentir minha falta, na verdade minha mãe ficaria feliz de saber que eu morri, bateria palmas e diria que sua vergonha acabou.

Nasra esconde o rosto e soluça, e Deqo, de olhos arregalados e ansiosos, empertiga-se.

– Eu ia sentir sua falta, Nasra – ela diz apressadamente, dando tapinhas nas costas de Nasra.

Nasra não responde, e Deqo entende que ela não é suficiente, nem de longe, para Nasra.

O primeiro dia de 1988 é claro e de céu azul, a rua lá fora, apinhada de folhas e galhos quebrados, espalhados pelo vento na noite anterior. Deqo segura com força, na mão direita, cem xelins, um presente de Nasra para celebrar a chegada do ano-novo e, talvez, para se desculpar por suas lágrimas. A menina que dançou com ela na chuva está sentada com a mãe em um degrau largo de cimento, apoiando o rosto nos nós dos dedos; Deqo acena, cumprimentando-a, mas, quando a menina levanta a mão, a mãe a puxa para baixo. A mulher magra estreita os olhos para ela.

– Continue andando – grita. Deqo ergue a cabeça e segue em frente, mas sente um pequeno espasmo no estômago quando se lembra das palavras de Nasra; ela não quer se tornar mais um fantasma diurno.

Olhando para as unhas recém-pintadas e a pele limpa e com loção de seus pés, Deqo não vê nenhum motivo para ninguém a olhar com superioridade. Ela acha que parece bem, melhor do que jamais esteve. Seu rosto ficou mais cheio, e a dor de cabeça que ela costumava ter por causa da fome passou, mas também se sente mais pesada, mais lenta e menos esperta, agora que não tem de dar duro para conseguir cada migalha. Sente-se como se estivesse disfarçada: vestida com a saia verde e a blusa branca que herdou de Nasra, ela se pergunta se alguém a reconhecerá no mercado, ou se passará por uma das garotas locais, rechonchudas e despreocupadas.

Deqo vira à esquerda a fim de explorar uma área aberta que não notara antes; há arbustos raquíticos em um poço de areia e meninos estão chutando uma bola de pano. Deqo e Anab, às vezes, se juntavam aos jogadores de futebol perto do leito largo e vazio ao lado de Saba'ad; sem nenhum motivo óbvio, algumas partidas iam crescendo até que cerca de uma centena de jogadores se reunia, criando um campo de pedriscos que se estendia por um quilômetro e meio em cada direção. Mais bolas improvisadas tinham de ser feitas com retalhos de pano amarrados com cadarço, quando as outras se esfarelavam sob a pisada de crianças pequenas e adolescentes, meninos e meninas – as meninas, com frequência, apenas pegavam a bola com as mãos e corriam para o gol, pois não conseguiam entender por que não deviam fazer isso. Naquelas tardes, quando as meninas abandonavam seus *buuls* e as tarefas e o campo de refugiados era velado pela poeira que eles levantavam, Deqo correra e correra e saltara para o céu dourado, uma medalha brilhante logo além de seu alcance.

Depois de ver, letargicamente, os garotos chutarem a bola de retalhos por alguns minutos, Deqo margeia o poço de areia e sobe para um cruzamento do qual saem quatro pistas. Escolhe uma aleatoriamente e passa pela estação de energia gigante, pela fábrica da Pepsi, com fileiras de caminhões parados do lado de fora, e então, depois de outro trecho de arbustos, há o canal, cheio de lixo e garrafas de bebida alcoólica, e uma ponte de corda que dá no outro lado da cidade. Olhando para baixo, sobre o canal da ponte oscilante, é difícil acreditar que ela passava as noites ali; é um matagal selvagem e escuro, uma terra de ninguém cheia de ameaças e perigo; seu tambor, provavelmente cheio de cobras e escorpiões. É o tipo de lugar onde esqueletos humanos podem afundar no solo, imperturbados e sem ninguém para pranteá-los. Agora ela é uma garota diferente daquela que buscou abrigo nesta terra desolada; deve ter crescido demais e abandonado ali uma espécie de concha, ou casulo.

O mercado fora sua salvação; seu barulho, seus cheiros e suas interações grosseiras a mantiveram humana, e ela chega até ele com alívio, apertando mais fortemente o tesouro que traz na mão. Nunca tivera cem xelins e precisa combater o desejo de escondê-los de si, guardá-los para um momento de necessidade, mas Nasra a fizera prometer que compraria algo supérfluo com eles. O lugar onde vendia frutas roubadas está escondido atrás de várias comerciantes de meia-idade. Crianças se agrupam em torno de suas pernas recém-crescidas – cheiradores de cola pálidos, engraxates, batedores de carteira, estudantes religiosos usando robes brancos compridos e solidéus, varredores de rua; há um número suficiente delas para encher uma pequena cidade, somente sua, com hierarquias, rixas e alianças que se equiparem a qualquer coisa que os adultos possam reunir.

Ninguém a reconhece, sua transformação é completa; quem acreditaria que é a mesma Deqo que costumava dormir em um tambor enferrujado? Ela capta o próprio reflexo em um espelho dependurado em uma banca de roupas e vê uma moça com cabelos elegantemente presos com grampos, mantendo o nariz empinado com arrogância.

Nada prende sua atenção o bastante para separá-la dos cem xelins, até que chega a uma banca de esquina com animais. O comerciante, sentado em um banco com uma ovelha branca nos braços, tem a pele escura marcada com sinais e o cabelo liso oleoso; sorri um sorriso generoso quando ela se aproxima. Uma tartaruga se arrasta letargicamente a seus pés, amarrada por uma perna ao banco, vários pássaros guincham e batem asas dentro de gaiolas apertadas, e, ao fundo da banca, ela vê um pequeno corço sarapintado de marrom. Deqo se ajoelha em silêncio ao lado dele, e o corço olha para ela com olhos úmidos, aterrorizados.

– Quanto? – ela pergunta ao vendedor.

Ele coça o queixo antes de responder.

– Me dê quinhentos.

Ela percorre com a mão as costas do animal; ele treme a cada batida acelerada do coração. Deveria estar com a mãe.

– Eu só tenho cem.

– Ah, então esqueça. – Volta-se para a rua e cospe.

– O que você dá para ele comer?

– Leite de vaca. Por que você não pede mais dinheiro pra sua mãe, se gosta tanto dele?

– Eu não tenho mãe. – Ela acaricia o corço embaixo do queixo, e ele reage agitando as orelhas.

– Ou seu pai, então. Ou... – Ele puxa um cesto de palha até o banco e o inclina para que ela possa ver dentro; pintinhos amarelos agitados caem uns sobre os outros e piam, alarmados. – Você pode ter um destes por cem. Pegue um.

Deqo bate de leve na cabeça do corço e, depois, examina os pintinhos órfãos. Tem pena da fragilidade deles; seria fácil esmagar um na palma da mão. Enfia a mão no cesto e acaricia o peito fofo de um, que se agita, deitado de costas. Os primeiros dois anos da vida de Deqo foram passados nos berços apinhados que continham os órfãos mais jovens do campo de refugiados, onde eles subiam uns nos outros e enfiavam dedos curiosos em olhos desprotegidos. De algum modo, ela conseguira sair daquela gaiola e aprendera a andar, falar e se alimentar.

– Vou ficar com ele. E, quando eu tiver dinheiro suficiente, vou voltar pra pegar o corço – ela diz, decidida.

O vendedor simula uma saudação e pega o dinheiro.

– Vou esperar por você.

Deqo caminha de volta para casa devagar, fazendo cócegas no rosto com a penugem do pintinho; espera que um dia ele vire uma galinha orgulhosa, de penas brilhantes, a matriarca de sua prole sempre em expansão.

China passa por cima de Deqo para pôr a chaleira no queimador de carvão; pigarreia e faz queixas indistintas voltadas a Deqo, ou ao bebê amarrado às suas costas. O rosto do menino está bem amassado contra as costas de China; parece desconfortável, mas ele não choraminga. Deqo está meio agradecida, meio com inveja por nunca ter sido carregada assim. O pintinho está em seu colo, subindo e descendo por suas coxas.

– Eu achava que você ia trabalhar nesta casa, não ficar aí sentada com essa coisa e comer nossa comida.

– Já terminei a limpeza, China. Tem mais alguma coisa que você quer que eu faça? – ela responde calmamente.

– Bom, tire esse peso de minhas costas, pra começar. – Ela desamarra o menino e o solta nos braços de Deqo.

Os braços de Nuh caem ao longo do corpo; ele cheira a álcool tão fortemente quanto a mãe e também parece bêbado, com os olhos semicerrados e parados. Deqo joga um olhar ácido sobre China. *Por que você quis ficar com seu filho, se não consegue nem cuidar dele?*, ela pensa.

– Deqo! – diz Nasra. Um homem alto com uma bengala de madeira está parado atrás dela no pátio. – Você voltou. Foi isso que você comprou? – Ela aponta para o pintinho. – Deu um nome a ele?

Deqo meneia a cabeça.

– Ainda estou decidindo.

– Essa criança é dela? – pergunta o homem. Ele levanta os óculos de sol para olhá-la mais atentamente, cochichando alguma coisa ao ouvido de Nasra.

– Claro que não, esse é o filho de China.

O homem entra na cozinha e se inclina sobre Deqo; sorri e revela dois caninos de ouro.

– Bonitinha – ele diz, pegando o nariz dela com os dedos manchados de tabaco.

– Você está com a saúde perfeita, não está, Deqo? – Nasra, gentilmente, puxa o homem para longe dela.

Deqo assente com timidez.

– Vamos conversar em meu quarto – diz Nasra, conduzindo o visitante para fora da cozinha.

– Oh, você está pronta pra tábua de corte, pequena – diz China rindo.

– O que você quer dizer?

– Logo você vai descobrir. – China toma-lhe Nuh e volta para seu quarto com um cantil de chá.

Deqo enfia o pintinho no bolso da saia e se posta ao lado da porta de Nasra, mas não consegue ouvir a conversa, por mais que pressione a orelha contra a parede. Volta à cozinha, dizendo a si mesma que não deve ficar desconfiada; Nasra não deixaria ninguém machucá-la.

* * *

O novo ano traz novos clientes – soldados, muitos; o homem que pulou no pátio retorna quase todas as noites e traz consigo os camaradas. A casa de mulheres se tornou a casa de homens, e mesmo Stálin parece submissa. Não impedidos pelo toque de recolher, eles chegam à meia-noite e partem antes do amanhecer, mas neste momento o bangalô está um caos, com xícaras e copos espalhados por toda parte, pratos quebrados jogados na cozinha, pontas de cigarro e garrafas vazias enchendo o pátio, roupa lavada puxada do arame e pisada, urina por todo o piso do banheiro.

As mulheres dormem o dia inteiro, exaustas, enquanto Deqo faz a faxina. Os velhos clientes não vêm, com medo dos soldados, e ela sente falta do asseio deles. É difícil dormir quando há música a noite inteira e passos a alguns centímetros da cabeça, mas o que realmente a incomoda são as vozes: por que homens falam tão alto? Eles gritam em vez de conversar, e riem como se o mundo inteiro precisasse saber que estão rindo. Ela cobre as orelhas enquanto se gabam de como a cidade é deles, como eles podem fazer o que querem e ninguém diz nada; como se para provar isso, um dos jovens recrutados gosta de entrar correndo na cozinha, levantar a saia dela e, depois, fugir enquanto outros gargalham. Declaram a cada semana que aviões e artilharia e escavadeiras estão a caminho de Hargeisa, mas Deqo nunca os vê. A jovem galinha, agora batizada de Malab, por causa de suas novas penas cor de mel, também passou a ser ameaçada por um estranho jovem soldado com a cabeça raspada, que tenta pisar nela se deixa a segurança da cozinha.

A presença dos soldados tornou os vizinhos ainda mais hostis, e a porta da frente está manchada de bosta de cabra. Deqo começa a cobrir a cabeça e um pouco do rosto quando segue para o mercado, depois que Stálin foi agarrada por moradoras locais e apanhou a vassouradas. Elas estão com raiva porque os maridos e os filhos foram levados embora, e algumas já tinham vindo até a casa para pedir a Nasra que descobrisse com os soldados para onde tinham ido seus familiares. Ela se recusara. "Era atrás de Nasra que elas estavam", disse Stálin quando entrou cambaleando, machucada e mancando; mas as vizinhas enviariam o recado por meio de qualquer uma delas.

Depois que a estação da seca termina, Karl Marx arruma uma mala e parte uma noite, sem se despedir de ninguém. Nasra, China e Stálin permanecem, mas estão inibidas; pegam o que querem do quarto de Karl Marx e continuam a se comportar artificialmente com os soldados, rindo secamente de suas piadas e dançando de um jeito estranho com eles no pátio escuro.

Nasra anda com os olhos vidrados e bebe das garrafas de China; olha através de Deqo quando esta tenta lhe falar, as palavras enroladas e incoerentes. Perdeu peso, apesar do dinheiro que recebe dos soldados. Deqo pergunta por que ela não manda alguns deles embora, se eles a estão incomodando, mas Nasra a empurra e lhe diz que a deixe em paz.

O ar se aquece com o passar dos meses, mas cai pouca chuva; a única árvore do pátio está seca, e mesmo a trepadeira de plástico com que Nasra a decorou está descorada e quebradiça. Só Malab floresce no bangalô, engordando com o milho com que Deqo a alimenta; todas as demais estão cansadas e frágeis. Nenhuma das mulheres cozinha; há apenas pão, frutas e biscoitos para comer, e Deqo pode sentir de novo os ossos do pulso.

A caminho do *suuq*, ela costuma passar por crianças amarradas pelos pés a um barril, ou a uma estaca do lado de fora da casa. Elas ficam lá durante horas como punição por algum mau comportamento, olhando-a com olhos ausentes, esfregando os lugares onde foram chicoteadas ou batidas. Todo o mundo está irritado – até o céu está cinzento e imóvel; não parece haver espaço para nada além de silêncio e obediência. Um novo posto de controle é instalado no alto da rua, e ela reconhece alguns dos soldados das visitas noturnas; eles a deixam passar facilmente, enquanto outras pessoas são paradas e revistadas. O mercado está vazio, e cada item é vendido a um novo preço, mais alto, toda vez que ela vai até lá. Muitos dos comerciantes desapareceram totalmente e há grandes espaços escuros onde antes estavam suas bancas. O vendedor de animais partiu, com sua tartaruga e seu corço.

Deqo sente que está se retirando para o passado. Lembranças de Anab viva são devoradas por imagens dela morta, o silêncio penetrado por seus gritos, o calor e depois o frio de sua pele enquanto o cólera a esvaziava, agora banhando Deqo em ondas. O que tinha feito a vida escoar de seu corpo, e não do de Deqo? Ela quisera apenas voltar para sua mãe, e quisera tanto que deixara o corpinho de boneca para trás e sumira da terra?

Carregando uma sacola de corda com mamões e laranjas, Deqo abre a porta e vê uma grande mala cor-de-rosa no corredor. A porta para o quarto de Nasra está escancarada, e ela espia dentro dele. O piso está coberto de roupas e sapatos, e Nasra os recolhe em pânico, enfiando-os em uma bolsa.

Deqo prossegue até a cozinha antes que Nasra possa gritar com ela. Malab corre animadamente em volta de seus pés, bicando-lhe os dedos nus; está quase totalmente crescida, e seu bico afiado machuca. Deqo empurra a galinha e começa a descascar uma laranja quando Nasra grita seu nome.

O velho com óculos de sol fuma atrás da porta enquanto Nasra permanece em pé no meio do quarto, vestida de preto e usando um lenço de cabeça. Ela abre os braços e gesticula para que Deqo chegue mais perto.

– Pequena, eu tenho que passar algum tempo fora. Preciso ir à Etiópia encontrar um novo trabalho, mas você não vai ficar sozinha, Mustafá está aqui pra cuidar de você. Você tem de fazer o que ele disser, certo? Ele vai mantê-la em segurança.

– Não posso ir com você? – Ela estende os braços para Nasra.

Nasra empurra as mãos de Deqo.

– Não, isso ia me criar muito problema. Você fica, pode usar meu quarto, pode usar todas as minhas coisas enquanto eu estiver fora. – Seus olhos não encaram Deqo, mas se movimentam de um canto a outro, e suas mãos tremem levemente enquanto ela joga peças de roupa da cama para o armário. – Você vai ficar bem, Deqo. Mustafá é um homem bom – ela diz, mas sua voz oscila de forma nada convincente.

Deqo observa, muda, enquanto Nasra vaga pelo quarto, enfiando documentos e pertences aleatórios na bolsa: esmalte vermelho, pinças, pente.

Uma buzina de carro soa diante do bangalô.

– Mas Nasra...

– Mas nada! Eu tenho que ir, pare de me atazanar. – Ela joga o xale sobre a cabeça, dispara para o corredor e, arrastando a mala pesada com as duas mãos, chega à porta da frente e a bate com força depois de sair.

A atenção de Deqo se volta para Mustafá. Ele ergue uma sobrancelha para ela.

– Deixe-a ir, pra que você precisa dela?

– Quando ela vai voltar? – Deqo pergunta, segurando as lágrimas.

– Venha cá. – Ele apaga o cigarro em um prato sujo, põe um braço em volta do ombro dela e a leva para a cama. – Você cresceu desde a última vez que eu a vi. É isso que acontece com meninas, vocês crescem todo dia.

Deqo encolhe os ombros e se afasta, mas ele agarra a parte de trás de seu vestido e a puxa para fazê-la sentar-se.

– Vamos lá, não seja assim. Nós podemos começar de um jeito bom, ou você pode resistir e tornar tudo pior do que precisa ser.

– Eu não quero você. Me deixe! – ela grita, contorcendo-se para longe dele.

– Deqo!

Ela fica arrepiada ao ouvir seu nome pronunciado por ele.

– Vá vê-la partir, se quiser. – Ele aponta para a janela com uma das mãos enquanto segura o vestido dela com a outra.

Deqo sobe com dificuldade na cama e tem um relance de Nasra voando do porta-malas do carro branco para a porta do passageiro. Ela desaparece atrás do vidro escuro, o motor dá partida e, com uma explosão de saxofones e bateria do estéreo, Nasra vai embora.

Mustafá a solta e se reclina sobre os braços.

– Eu vou cuidar de você melhor do que ela jamais cuidou.

Deqo cobre o rosto com as mãos, e as lágrimas escorrem entre as palmas. Sente sua força escoar, de si para a cama macia e amarrotada. A presença de Mustafá a envolve; sua respiração, a carne esparramada, a ameaça silenciosa.

Tira as mãos dos olhos e verifica a distância até a porta. Suas pernas estão dobradas, enquanto as dele pendem pela lateral da cama.

– Quanto Nasra lhe contou sobre o que faz? – ele pergunta, coçando a barba curta.

Deqo meneia a cabeça, mas não responde.

– Não aja como se seu mundo tivesse desmoronado, meninas boas como você normalmente são as mais populares, você vai ter uma vida ótima.

Deqo dispara em direção à porta antes que ele termine de falar, mas ele lhe agarra o tornozelo e a derruba no chão.

Enquanto ela grita, ele lhe cobre a boca com uma das mãos; seus dedos têm gosto de tabaco e manteiga. Deqo os morde até sentir gosto de sangue, mas ele puxa a mão e a soca na boca.

– China! Stálin! – ela grita.

– Elas não vão ajudar você! – ele diz, rindo.

Puxa sua saia para cima; ela não está usando calcinha porque, de manhã, lavou as duas que possui.

Deqo vê um sapato preto no chão e estende a mão para pegá-lo, enquanto Mustafá tenta forçá-la a abrir as pernas. Ele não percebe quando ela empurra o salto do sapato em seu olho. É lançado para trás, em pânico. Ela joga o sapato para o lado e foge do quarto.

Corre às cegas para a rua, com as têmporas pulsando forte. Segue instintivamente para o mercado, passa pelo primeiro posto de controle e chega a uma multidão de compradores. Corre, desviando-se das figuras que perambulam, vagarosas, abrindo caminho com as mãos até que um caminhão aberto, atravessado na entrada do mercado, interrompe sua fuga.

A multidão está paralisada pela visão de três cadáveres na carroceria do caminhão: três velhos de sarongue xadrez vermelho, com manchas de sangue marrom nas camisas brancas, como num babador, sandálias de couro de camelo nos pés, um bastão *hangol* de nômade ao lado de um deles. Em volta do pescoço de cada um há uma placa com a inscrição "FLN" em tinta vermelha. Os soldados sentados em volta dos corpos parecem caçadores posando ao lado dos animais selvagens que pegaram, com um quê de constrangimento no rosto diante dos espécimes mirrados e desdentados que encontraram. Um deles ajusta a posição da cabeça mais próxima com a bota empoeirada.

Ninguém diz uma palavra, nem soldados, nem espectadores; é uma lição silenciosa; o único som vem de uma avalanche de moscas que paira sobre o caminhão. Os cadáveres já estão começando a se transformar no calor; os rostos deixaram de ter qualquer tipo de espírito, apenas pele folgada sobre ossos.

KAWSAR

No interior do hospital de paredes verdes há amolações demais: a faxineira desajeitada fazendo retinir seu pesado balde de metal no piso de cimento, as enfermeiras briguentas que nunca vêm quando são chamadas e a amputada autocomiserativa que nunca para de chamá-las. Kawsar pode ver que há uma árvore de *miri-miri* além da janela pelo constante chilreio de pássaros *yaryaro*; o ruído contínuo do pio, *jiiq, jiiq, jiiq*, e do ruflar das penas é tão atordoante – como se houvesse ratos correndo pela cabeça dela – que torce para que eles levantem voo, juntamente com a árvore, e vão comer suas sementes em algum outro lugar. Na cama de alumínio, sobre o colchão malcheiroso tão fino que ela sente o estrado nas costas, Kawsar puxa o lençol de náilon sobre a cabeça e se esconde dos visitantes que caminham pela ala. Concentra-se em encarar a dor que a envolve. É uma agonia complexa: uma sensação semelhante à do pós-parto, quando seus ossos e sua carne pareciam ter sido reduzidos a mingau. Não é capaz de sentar-se, esticar-se, virar-se ou mudar de posição sem que um estalido dolorido lhe percorra os nervos. Está tensa; a mandíbula, bem apertada; a respiração, presa nos pulmões; os tendões do pescoço rígidos, tentando antecipar a dor antes que ela a engolfe em uma onda.

– Quadril quebrado. Bacia quebrada – declara o médico, mas ela não confia nele; passou apenas três minutos examinando-a, com os olhos obscurecidos por outros pensamentos. Parece sentir que o tempo dela está legitimamente concluído, que sua folha está prestes a cair.

– Não pode operar?

Há incômodo na voz do médico:

– A senhora é muito velha, seus ossos não aguentariam. Osteoporose. De qualquer forma, o hospital está sem equipamento para cirurgia. Penso que a única coisa que podemos fazer é tomar medidas pra controlar a dor.

– Mas eu vou voltar a andar?

Os olhos de Kawsar mantiveram-se fixos no teto durante toda a conversa.

Não há resposta do médico, e alguns segundos depois ele sai da ala com uma enfermeira alguns passos atrás.

Quando Kawsar acorda, no fim da tarde, vê Dahabo olhando para ela. Dahabo toca de leve o rosto ferido da amiga.

– Olhe só como você está.

– Como os poderosos decaíram. Ela me bateu como se eu fosse um jumento desobediente. – Kawsar sorri com dificuldade, com um dos olhos inchado e o lado esquerdo da visão borrado. – Estou surpresa de ela não ter me matado.

– *Joow*, você é feita de couro e hostilidade, nada pode matá-la. Mas, se pudesse pôr as mãos nela, eu a esfolaria viva e faria uma bolsa com o couro dela. – Dahabo aperta o travesseiro para demonstrar sua raiva.

– Ela é filha de seu tempo.

– Não, é o contrário: aqueles com coração doente fizeram do tempo o que ele é, mas, seja como for, o que pensou que estava fazendo? Afastando-se de nós no estádio daquele jeito? Você perdeu o juízo?

– Talvez. Hodan deve ter herdado isso de alguém.

– Kawsar, você tem que parar de se culpar. Ninguém pode desviar uma pessoa de seu destino. Ela foi amada mais do que qualquer criança que eu conheço, até mesmo as minhas.

A voz de Dahabo nunca diminui do volume necessário para se gritar de um lado a outro da rua.

– *Psiu*, Dahabo, você não sabe falar com voz normal? – sussurra Kawsar. Ela não quer que a velha da cama ao lado escute a conversa.

– Eles que vão pro inferno, Kawsar, escute o que estou dizendo. Você não podia ter feito mais por ela. Comprou os comprimidos que tinha de comprar, fez o imã ler pra ela o Corão, manteve-a fora daquele lugar. – E gesticula, apontando, além da janela, o manicômio. – O que mais? O que mais você podia ter feito? Ou eu? Ou qualquer pessoa?

– Eu sei. Eu sei. Não vamos mais falar disso – diz Kawsar baixinho.

Dahabo agarra o ombro dela.

– Agora você está velha e frágil, tem de ser mais bondosa consigo.

– Eu quero que tudo isso acabe, Dahabo. Isso está errado?

– Não, mas seu momento vai chegar, assim como o meu. Espere. Você não pode se colocar em perigo, quebrando a bacia aqui, o braço ali. Me deixando com mais uma boca pra alimentar. – Ela abaixa o braço para pegar uma cesta. – Eu pus comida aqui. Quero os pratos limpos, você está entendendo?

– Não posso... – Kawsar se sente culpada de comer do dinheiro de Dahabo, obtido a duras penas, enquanto há centenas e milhares de xelins escondidos debaixo de seu colchão.

– Você vai. Maryam e Raage virão buscá-la amanhã. Não brigue com ninguém enquanto isso, se quiser ajudar.

* * *

Maryam e Raage chegam de manhã cedo para buscá-la, antes de começar o movimento na loja.

– Não esqueça o cesto, é de Dahabo – aponta Kawsar da maca –, verifique debaixo da cama também, posso ter deixado cair alguma coisa.

– Sim, *eddo* – Maryam se abaixa para verificar –, nada.

– Bom, então vamos *roohi*.

Raage pega a ponta mais baixa da maca e a empurra para fora da ala.

Eles seguem pelo corredor desigual, com piso de lajota cinza, passam por filas de espera nos setores de tuberculose e pediatria. Os estranhos olham-nas, agradecidos por uma diversão momentânea na espera interminável. Olham principalmente para Maryam; ela nasceu e foi criada em Hargeisa, mas o nariz comprido que herdou da mãe inglesa sugere que veio da Europa. Com seus tufos de cabelo amarelo e a pele marrom-clara, sempre fez Kawsar pensar em uma boneca de plástico deixada tempo demais ao sol.

Kawsar não visitava o hospital desde a morte de Hodan e não se lembra de ter sido trazida da cadeia. Ela está no edifício principal, baixo, legado pelos ingleses; a maternidade e outras alas pequenas se espalham em torno dele, e, escondida além de um muro alto com arame farpado, fica a unidade psicossocial. O necrotério é uma ampliação mais recente, construída para dar conta das vítimas dos bombardeios etíopes sobre a cidade. O hospital está em ruínas, as paredes internas estão rachadas, o gesso descascando, trepadeiras entram pelas janelas.

Um ajudante de macacão cáqui os detém na entrada principal.

– Vocês não podem levar a maca além deste ponto – ele diz, agarrando a barra acima da cabeça de Kawsar.

– Nós só vamos levá-la até o carro. Ela não pode andar – argumenta Maryam, tentando puxar a maca.

– Deixe-a aqui, você é surda?

– Ponha um uniforme num jumento e veja o que acontece – Maryam grita em resposta.

– Como é? Preciso chamar a polícia? Diga a eles o que pensa sobre jumentos e uniformes.

– Vá pro inferno.

– Vamos, Maryam, depressa, por favor – implora Kawsar.

– *Ko, labah, sadeh*, um, dois, três... – Maryam e Raage pegam o cobertor de lã grosso sob Kawsar e a levantam no ar. Nenhum deles é forte, e lutam para caminhar sem soltar o cobertor, mas perseveram até que ela seja ajeitada com segurança no porta-malas comprido e encardido do Toyota vermelho.

Raage dá a partida no motor e sai do terreno do hospital.

– Vá o mais devagar que puder – ordena Maryam.

Kawsar não escuta se Raage responde; há um repentino amortecimento de seus sentidos por causa dos analgésicos, uma distância acolchoada entre ela e o restante do mundo. Olha através do vidro de trás coberto de pó, riscado com restos de moscas mortas, para as árvores que passam se inclinando para ela e abanando seus leques verdes.

Kawsar parece flutuar a alguns preciosos centímetros quando o carro mergulha em buracos e contorna valetas.

– Onde estamos? – ela pergunta, desorientada.

– Passando pela antiga escola feminina, nossa escola – sorri Maryam, apertando sua mão.

– Perto de onde eu conheci Farah...

– O que você disse? – Maryam se inclina para ouvir.

– Nada – ela responde, fechando os olhos.

A primeira vez que ela vira Farah, estava indo despreocupada, junto com Dahabo, da Escola Técnica para Mulheres para casa. Era um dia lânguido da estação seca, sua sombra enorme e preta atrás de si, e elas provocavam uma à outra, de mãos dadas. Um louco tinha fugido do hospício, tecendo sua rede pegajosa de insanidade sobre a cidade. Kawsar sempre o imaginava como um homem-aranha que fugira do asilo inglês onde o haviam prendido e navegado de volta para Somalilândia em madeira flutuante. As meninas passaram por postes de telégrafo em que as marcas dos dentes dele eram visíveis, seus cem incisivos brancos impressos na tinta preta fresca. Kawsar tinha ouvido na escola que vozes demoníacas perseguiam o louco através dos fios de telégrafo, sua mente queimada pelo fogo segundo as palavras delas. A cada cruzamento, policiais estavam à espera para impedir que ele voltasse a matar. Um policial jovem e alto estava parado com um inglês de cabelo ruivo no cruzamento à frente. Na época, não havia rua principal em Hargeisa, só uma trilha percorrida por caravanas de camelos, e as meninas atravessaram para o outro lado, de modo que os homens não ficassem perto demais. A poeira pairava entre as duas, iluminada de dourado e laranja pelo sol cansado, e Kawsar, acidentalmente, percebeu o olhar cintilante do policial somali.

– Aqui estamos, *eddo*. Vou pedir ajuda no hotel. – Maryam sai do carro. Volta momentos depois com um grupo de homens, suas silhuetas escuras contra o sol, as vozes e as mãos indistinguíveis, inumeráveis.

Cada um deles segura uma ponta do cobertor, e Kawsar acredita por um momento que este é seu enterro, que vão embrulhá-la neste cobertor e pegar punhados de terra para jogar sobre ela, enterrando-a de olhos arregalados e conformada.

– Por aqui, por aqui – Maryam os conduz para o bangalô de Kawsar.

Uma brecha entre os corpos dos homens revela uma fatia da October Road: crianças em roupas de brincar surradas observam o tumulto com expressão inquisitiva.

– Aqui. – Maryam bate com o punho no portão de metal.

Kawsar espera ver Dahabo, mas a porta é aberta por uma estranha, uma menina com roupa de homem.

– Deixe-nos entrar – ordena Maryam.

O olhar de Kawsar e o da menina se cruzam quando elas passam, ambos refletindo suspeita.

Kawsar é levada através do corredor até dentro do quarto, que tem um cheiro peculiar – um coquetel pungente de doces e perfume barato –, e cai na cama com um ruído surdo.

O quarto é de um azul escuro diáfano. No fim de um raio de luar está a menina adormecida debaixo de um lençol fino no chão. Seu tórax se ergue suavemente sob as cobertas, um tremor ligeiro e belo de ar animado. Ninguém mais dormira à noite sob este teto desde que Hodan morreu. O pulso de Kawsar se acelera. Ela está empolgada de ter alguém para observar, para ouvir ao fundo; passará a dividir este espaço pelo qual perambulou sozinha por tanto tempo.

Na manhã seguinte, a menina acorda Kawsar passando um pano molhado sobre seu rosto e seu pescoço enquanto ela está deitada na cama.

– O que está fazendo? – balbucia Kawsar.

– Me disseram pra banhar a senhora.

– Você é agente funerária e está me preparando pra ser enterrada? Não pode esperar até eu acordar?

– Achei que ganharia tempo.

– Este não é o jeito de ganhar tempo. – Kawsar puxa o pano da mão dela. – Como você se chama? Quem é você?

– Nurto, sou prima de Maryam. Estou aqui pra cuidar da senhora.

Ela é uma menina alta, toda pernas e braços, com um rosto pronunciado astuto e beligerante sobre o pescoço fino.

– Você só vai ficar comigo se eu ficar feliz com seu trabalho.

– Então o que a senhora quer que eu faça agora?

– Vá até o mercado, não há comida em casa.

Nurto sai para o *suuq* e demora horas para voltar.

É estranho pensar que Nurto será aquela que vai encontrá-la sem vida um dia. O que ela fará – gritar, dizer uma prece ou jogar depressa um lençol sobre o cadáver duro, de olhos arregalados? Por alguma razão, a cena imaginada faz Kawsar rir – a vingança perfeita da velha contra a jovem desatenciosa.

Uma batida alta anuncia a volta de Nurto, e Kawsar ouve quando a menina passa diretamente pelo quarto em direção à cozinha e descarrega o conteúdo da cesta em caixotes no chão. Mais tarde, ela abre a porta do quarto com os pés, com as pernas magrelas em calças de veludo preto, e entra carregando uma bandeja.

Ela comprou as coisas que desejava – doces, *halwa*, biscoitos – e agora dá um *show*, apresentando-as a Kawsar em uma bandeja, como se ela pudesse querer aquilo.

Há uma batida na porta, e Nurto corre para abri-la. Maryam enfia a cabeça no quarto. Beija o rosto de Kawsar e pousa a mão em sua testa.

– Como Nurto está se comportando?

– Ela é ótima – diz Kawsar secamente. – Sente-se.

– Não posso ficar agora. Só queria lhe dar isto. – Ela puxa um pacote da sacola de pele de jacaré. Desde East London, sua mãe enviara analgésicos fortes, e Maryam lê as instruções em voz alta, com vagar e cuidado, lutando para traduzir termos como "hipertensão" e "retenção de água". Mas, assim que Maryam segue Nurto para a cozinha, Kawsar toma seis comprimidos e aguarda esperançosamente que o aperto da dor afrouxe um pouco.

À luz da tarde, seu quarto parece o de uma instituição, com apenas uma única cama de ferro, uma cadeira de metal, uma lâmpada nua e dois grandes armários cheios de roupas que ela não usa e nunca mais usará. Acima da cama está dependurada sua arte: os têxteis abstratos finos que ela própria teceu a mão, tapeçarias de palha trançada que comprou em Juba, a fotografia de seu casamento em uma moldura que ela pintou no azul e branco da bandeira somali, com luas crescentes e estrelas explodindo, irregulares. A única coisa ostentatória que ela se atreve a exibir é um colar de prata coberto de moedas e contas de âmbar que seu avô joalheiro fez para o dia de seu casamento. Espera que ele seja antiquado demais para os policiais que fazem compras para as mulheres e filhas nas casas que eles invadem. Está pendurado na maçaneta do armário maior, e seu suave tilintar a lembra, diariamente, da magia que havia nos dedos do avô.

Fecha os olhos e imagina a rua além de suas paredes: as pistas arenosas da cor de trigo debulhado, tudo o mais salpicado de azul – os portões índigo dos bangalôs, seus muros turquesa, seus barris de água azul-marinho enferrujando nos pátios; a seca fizera com que os vizinhos pintassem os arredores como se estivessem debaixo da água, um alívio contra o desespero. Agora, os cobiçados bangalôs modernos de pedra construídos por professores, funcionários públicos e engenheiros dependem de carroças puxadas por jumento para seu suprimento de água. O hotel de Umar Farey permanece vazio atrás da torre que deixou de transmitir eletricidade no dia em que o exército somali perdeu a guerra de Ogaden, nove anos antes. Ela tem a sensação de que fez esta rua, de que a recuperou sozinha da colônia de babuínos que vivia na floresta de zimbro que ficava perto dali, de que seu bangalô era um forte sitiado em território hostil, com suas roupas lavadas rasgadas e seu pomar saqueado.

Quando chegou com Farah, em 1968, a casa ficava na periferia de Hargeisa, ar fresco, terra barata, distante da casa de sua mãe em Dhumbuluq o suficiente para que ela se sentisse livre, mas perto o bastante para visitá-la todos os dias. Eles tinham comprado um grande lote de terra, esperando criar uma família com filhos, mas isso não aconteceu. Em vez disso, os vizinhos se apegaram a ela, lentamente, como corais em volta de um navio naufragado, criando um novo subúrbio. Usavam o poço dela antes de construir o próprio, reuniam-se na porta da casa dela à noite e pediam sua ajuda quando pariam seus bebês. Estes membros de clãs e os estrangeiros com quem eles tinham se casado eram sua família.

Ela se lembra de estar dentro da *dukaan* de Raage; parece uma casa de boneca, com a luz do sol cintilando em latas brilhantes como espelhos. Lá dentro, Kawsar sempre sentia que havia regressado à infância, segurando o dinheiro de sua mãe na palma da mão, os doces e chocolates no balcão enchendo-lhe os olhos. A estrutura quadrada simples, de zinco, está abarrotada até o último centímetro de tudo o que uma dona de casa pode precisar: sabão em pó em sacos de celofane, pãezinhos frescos, fósforos, armas de brinquedo e doces para crianças bem-comportadas, mangueiras de plástico para bater nas malcomportadas. Raage ficava plantado atrás do balcão – alto, rude, com ombros cansados, caídos. Ele chegara em 1972, com quinze ou dezesseis anos, vendendo leite para a mãe divorciada, e aos poucos construiu uma loja com seus ganhos. Agora trabalha roboticamente, trocando o mesmo tipo de amabilidade com cada cliente, o radinho ao seu lado sempre sintonizado no serviço somali da BBC. Faz suas preces na loja ao amanhecer e ainda está lá tarde da noite, incomodando-se com detalhes como um pássaro cuida do ninho. A única variação se dá às sextas-feiras, quando põe um solidéu na cabeça prematuramente lisa e cerra as portas por meia hora para rezar na mesquita.

Uma barba desconexa, comprida no queixo mas rala na mandíbula, apareceu-lhe no rosto, fazendo-o parecer místico e sábio.

– Tudo bem, Raage? – perguntava Kawsar.

– *Manshallah*, louvado seja Deus.

– Os negócios vão bem?

– Tão bem quanto precisam ir.

– *Nabadgelyo*.

– *Nabaddiino*.

Palavras simples como o canto dos pássaros passavam entre eles.

Kawsar poderia ter aproveitado melhor suas compras com Raage, mas preferia caminhar até a cidade todos os dias, para sentir na pele a agitação da vida urbana.

Ainda com os olhos fechados, ela volta da loja e para em frente ao hotel de Umar Farey, com suas janelas pintadas de verde sempre fechadas, e sombras passam, rápidas, atrás da alvenaria decorativa do teto. Ele construíra o hotel com a pensão da polícia, em 1976, o mesmo ano em que perdeu quatro dedos para um vira-lata. O hotel era frequentado por somalis que voltavam de empregos no exterior, principalmente marinheiros e trabalhadores da indústria de petróleo, e Farah passava as noites lá, conversando sobre política. Entre 1978 e 1981, o hotel tornou o bairro animado com casamentos e o reaparecimento de homens havia muito tempo perdidos. Mas, em 1981, o tom do lugar mudou; não havia nenhuma alegria, só reuniões com testas vincadas para lamentar a situação cada vez pior. Primeiro, os médicos do hospital de Hargeisa foram presos por tentar melhorar as condições de seus pacientes, depois, quando eles foram sentenciados à morte, irromperam as manifestações estudantis, e, finalmente, a Frente de Libertação Nacional, formada por somalis que viviam em Londres, começou uma ação militar para acabar com a ditadura. Desde então, o hotel lança um pálio agourento sobre a rua. Espiões descarados andam em volta de seu perímetro durante o dia e voltam à noite, para arrastar hóspedes sob a mira de armas; tornou-se um lugar de segredos do qual quase se pode ouvir o tique-taque de uma bomba.

Logo depois que Maryam sai, Dahabo entra apressadamente na casa, com mais uma cesta coberta à frente. Ela deposita a cesta na cadeira de metal perto da cama, cujo ratã desfiado resiste fragilmente sob o peso.

– Você pode me passar o copo de água?

– Esqueça a água, você precisa de leite pra se fortalecer. – Dahabo puxa o pano da cesta. O primeiro item que ela pega é uma lata de plástico amarelo, feita para carregar gasolina, mas agora usada pelos nômades para vender leite de camelo na cidade. – Comece com isto. Eu tenho também de vaca, de ovelha e de cabra. – Derrama o leite fino na caneca térmica preta e a entrega a Kawsar.

Kawsar sente o cheiro antes de levar a caneca à boca. Está com muita sede, mas odeia leite de camelo; é muito ácido, espumoso, e ela o regurgita quando bebe.

– *Ka laac*! Beba tudo!

– Estou tentando. – Kawsar toma as últimas gotas horríveis e vira a caneca de cabeça para baixo na frente da amiga.

– Criança, venha aqui. – Dahabo enxuga a espuma do leite do lábio superior de Kawsar com as costas da mão.

– Ah, pobre criança, você tem a mão dura. – A pele de Kawsar arde com o toque. Ela ainda não se olhou no espelho, mas os machucados ainda estão sensíveis.

– Ela é suave quando precisa ser.

– Aquele médico da Rússia, filho de Hassan Luugweyne, disse que estou com a bacia quebrada.

– Que Alá quebre a bacia e as pernas dele. O que ele sabe? Vou levar você pro Musa, ele vai juntar seus ossos de novo. Lembra quando minha Waris caiu do morro e todos aqueles bobos disseram que ela ia morrer? Quem senão Musa Conserta-Ossos teria sabido como trazê-la de volta?

– Vamos ver, mas esta dor está me matando.

Dahabo exibe a cesta cheia de maçãs, bananas, tâmaras, garrafas e frascos anônimos.

– Aqui está algo que vai ajudá-la com a dor, mas é muito forte. Não coma muito, está entendendo?

– O que é isso?

– É uma coisa especial, não faça perguntas demais, vai funcionar, confie em mim.

– Me dê aqui.

Uma casca de árvore de aspecto inofensivo em um saco plástico cai na mão de Kawsar.

– Mastigue só dois pedaços de cada vez.

Kawsar faz o que ela diz. Sente na boca a casca macia; foi defumada e tem um leve gosto de canela. Consegue imaginar a terra na casca enquanto ela se dissolve em sua língua.

– Agora descanse. Eu volto amanhã...

– *Bismillah*, não fique tão ansiosa. Vá cuidar de sua família.

– Fique de olho naquela cesta, há ladrões em todo lugar, e lembre-se de comer. – Dahabo inclina a cabeça na direção da cozinha, onde Nurto está lavando a louça com estardalhaço. – Vejo você amanhã. Vou querer saber que tipo de sonho você tem.

Ela se inclina – os fios de seu colar de contas fazem cócegas no pescoço de Kawsar – e a beija três vezes no rosto com seus lábios secos e ásperos.

Kawsar está descalça, sozinha, em um cemitério com pedras grandes marcando os túmulos. Seus braços estão dormentes e imóveis. Ela sabe que não deve se virar; há algo monstruoso atrás de si, sua sombra arrepiante projetada no chão. Sua respiração não vem, as pernas estão pesadas demais para se moverem, a coisa está lambendo sua nuca. Agora a sombra é um preto nítido, oito pernas que se espalham de um canto a outro, com uma cabeça bissectada assomando. Duas pernas a envolvem, apertando-lhe os seios e erguendo-a gentilmente no ar. Ela oscila com o movimento da criatura; seu aperto é suave, quase paternal, a não ser pelo constante movimento de uma perna sobre seu corpo. A criatura a está levando para o bosque anônimo fora da cidade. Ela é carregada sobre arbustos espinhosos, acácias engalanadas com trepadeiras de folhas largas e montes de cupins, até um deserto que só conhece de histórias de fantasmas.

– Gaallo-laaye! – grita Dahabo triunfante, batendo as palmas das mãos nas coxas.

– Quem?

– Eu devia saber que o espírito dele nunca descansaria, uma vida dura seguida por uma morte dura.

– Gaallo-*laaye*?

– Como você pôde se esquecer dele? Ele reuniu você e sua família, não foi? Faz todo sentido que retorne a você, mas que Alá o mantenha em seu túmulo. – Dahabo enfia a mão na cesta, tira duas maçãs e as descasca numa tigela no colo.

– Eu não sei de quem você está falando...

– Você é boba de esquecer. – Dahabo encosta a mão no rosto de Kawsar. – É aquele homem que assustava Hargeisa inteira quando nós éramos pequenas. Ele achava que era uma aranha.

– Você está falando de Mohamed Ismail?

– *Na'am*! Esse era o nome verdadeiro dele, mas todo o mundo o chamava de Gaallo-laaye, o matador branco, porque ele matou a tiros cinco ingleses em um antro de bebida, enquanto vivia lá. Eles o puseram em um hospício e depois o mandaram de volta pra cá. Um dia, ele enlouqueceu e começou a atirar em todo o mundo. – Dahabo finge atirar em Kawsar com o dedo.

– Eu lembro, eu lembro.

– Que tipo de aranha ele pensava que carrega pistolas? Nós não devemos falar dos aflitos, mas lembra quando acabou sendo encurralado no cemitério e todo o mundo saiu pra ver a briga dele com a polícia? Ele jogava pedras, disparava a arma, corria de uma lápide a outra. Juro que parecia que tinha desenvolvido braços e pernas extras, e era um homem tão bonito, com membros tão compridos e um rosto tão ingênuo... Acho os loucos os mais bonitos, *wallahi*.

Dahabo oferece a tigela de fatias de maçã e Kawsar enche a mão com alguns pedaços.

– Você tem um *jinn* dentro de você que a faz dizer essas coisas.

– Por quê? Isso não é nenhuma vergonha. Eles também fazem parte da criação de Deus, não é? São homens em todos os sentidos; só que os olhos deles estão abertos pra coisas que nós não conseguimos ver.

O medo de Kawsar é domado pela presença de Dahabo, mas ainda está bem apertado em volta dela como uma serpente adormecida.

– Mohamed Ismail – ela repete baixinho.

– Que homem! Imagine o que ele faria agora com esta polícia idiota.

– Eu estava lá no cemitério. Vi o corpo dele morto. O cabelo estava branco de areia, ele usava uma camisa amarelo-clara e tinha três ferimentos redondos no peito. Aqui, aqui e aqui... – Kawsar aponta para buracos imaginários no próprio peito. – Os olhos dele estavam abertos, olhando pra mim, e eu me abaixei e os fechei.

– *Maskiin*, coitado.

– Depois, fiquei com raiva de mim. Pensava que tocar num cadáver tão perto de meu casamento traria azar.

– Besteira. Fico surpresa de nunca ter tocado um cadáver, mesmo depois de todos esses anos.

– Eu toquei demais. Talvez nunca devesse ter me aproximado daquele primeiro.

Dahabo a visita todos os dias, ao meio-dia, quando as ruas estão mais quentes e as lojas fecham para o almoço e para as preces do meio do dia. Quando Maryam English e Fadumo vêm também, elas compartilham a comida, com o rádio ligado ao fundo, e esquadrinham os rumores que se espalham por Hargeisa – o governo vai fechar as escolas, ou vai colocar produtos químicos na água para tornar a população mais dócil, ou já está planejando demolir todas as cidades e aldeias do nordeste –, mas Kawsar só acredita no que o serviço somali da BBC noticia; elas estão longe o suficiente para não sucumbir à propaganda ou à histeria. No breve tempo em que Farah foi chefe de polícia, em 1976, ele avisara que o governo era capaz de tudo; porque via o país como uma tela branca que podia pintar do jeito que quisesse. A polícia, o exército e os burocratas eram apenas os pincéis que eles usavam. Depois de alguns meses, disseram-lhe para se aposentar precocemente. A polícia expurgou todos os que contestavam os decretos do governo, e agora nenhuma afronta era inconcebível. As proclamações de Oodweyne estavam se tornando mais ameaçadoras; seu apelido, Grande Voz, pretendia zombar de suas aparições no rádio, mas as palavras que ele dizia, naquela fala grave e arrastada, cresciam em violência e arrogância. Ele queria que todos os cidadãos soubessem que ninguém o venceria; que só a morte o derrubaria.

* * *

As semanas que se seguem à saída de Kawsar do hospital fluem em um torpor induzido por soporíferos. Ela cochila o máximo que pode e passa o resto do tempo alternando entre as brigas com Nurto e suas ruminações. Pode aguentar a bagunça da menina, o jeito grosseiro como ela esfrega um pano úmido sobre seu corpo de manhã, mas não suporta vê-la sair todo dia para fazer o mesmo circuito que ela própria fez nos últimos quarenta anos. Encasulada dentro de um embrulho apertado de anáguas, *diric*, blusão e cobertores, com a pele pálida e pegajosa, Kawsar se sente como um enorme e delicado bicho-da-seda protegido do sol. Se pelo menos asas úmidas pudessem se formar em suas costas e levá-la embora... Em vez disso, há escaras. Quando Nurto volta, depois que as lojas fecharam, à uma da tarde, a conversa interminável recomeça.

– O que você fez com o resto do dinheiro? – pergunta Kawsar, examinando o troco que a menina jogou na cama.

– Só sobrou isso – diz Nurto, ofegante. Suas bochechas estão vermelhas e as roupas, depois de ela correr atrás das amigas pelo mercado, acres.

– Está achando que eu perdi a cabeça em vez da bacia?

Nurto ignora o comentário e sai andando para a cozinha.

– Estou falando com você. Venha já aqui, senão a mando de volta para aquele casebre de lata de onde veio.

Nurto reaparece à porta.

– Quanto foi o quilo de arroz? – Kawsar continua, encarando a menina.

– Mil xelins – é a resposta desafiadora.

– E os tomates?

– Cento e cinquenta xelins.

– Desde quando?

– Desde quando ficaram mais caros.

Kawsar estende a mão para a sandália de couro que está ao lado da cama e a ergue.

– Um mês atrás, um saco de tomates custava oitenta xelins, e agora você espera que eu acredite que os mesmos tomates secos estão a cento e cinquenta?

– Acredite se quiser. Eu tive sorte de conseguir comprar o arroz antes dele acabar. As pessoas estavam brigando pelos últimos sacos, se batendo e se chutando. Deus sabe que estou dizendo a verdade.

– Deus sabe que você está me enganando, sua mentirosa ingrata, desonesta.

– O que a senhora sabe? Não passa de uma... uma velha fedorenta.

Kawsar joga a sandália, mas Nurto faz questão de não recuar e, desdenhosamente, ajeita a cesta de lã e o tricô semiacabado sobre o qual está inclinada.

A presença de Nurto em sua casa há muito perdeu o prazer da novidade e, agora, é sufocante. Sua vida agora é isso, nada de pomar, nada de família, nada de movimento. Ela é apenas um estômago a ser enchido e costas a serem esfregadas, e essas brigas diárias com a empregada são uma das poucas coisas que a lembram de que ainda está viva. Sua mente rodopia entre o que se perdeu e o que permanece. O bangalô é, com frequência, preenchido pelo silêncio do mar, como uma onda gigante; seus dias, vazios, sem nenhum compromisso ou obrigação. Em vez de ajudar Dahabo em sua banca no mercado ou cuidar dos filhos de Zahra, ela observa Nurto como um espectro. Tornou-se uma coisa só com a cama; de uma criatura de duas pernas, desenvolveu quatro pés de metal, o colchão moldado à sua carne, as molas encaixadas nas costelas. Presa dentro de uma pele dentro de uma cama dentro de uma casa, apenas dois olhos que espiam parecem móveis, vivos; eles oscilam pelo quarto, parando, hesitantes, sobre seus pertences empoeirados, os misteriosos maços e pacotes que enchem os ninhos de mulheres velhas. A ânsia de preservar, guardar e esconder seus pertences se manifestava com tranquilidade; ela não consegue se lembrar de quando começou a colecionar os frascos no fundo da lata de temperos, os pedaços de lã pequenos demais para tricotar e os discos de sabonete ressecado, mas, para onde quer que olhe, há mais um nó de plástico ou pano escondendo os detritos de sua existência. Tudo condensado em trouxas apertadas, seus cinquenta e tantos anos de vida na cidade – os papéis, o ouro, o dinheiro, as fotografias, as cartas e os cassetes – podem ser empacotados, carregados no lombo de um camelo e soprados para longe em uma tempestade. Seu bangalô sem nenhum herdeiro vai afundar no envelhecimento e se esfarelar de volta na areia; sua vida de solidez, burocracia e aquisições deixará uma impressão menor do que os círculos queimados no deserto por nômades mortos há muito tempo.

É hora da lavagem semanal. Seu banho se resume a uma bacia de metal com água morna ensaboada e uma toalha para lavar o rosto, mas Kawsar faz Nurto acender a urna de incenso para aromatizar o quarto. É um dia bom para sentir a água na pele; houve um temporal, com lanças denteadas de raios espetando o céu através da janela, o trovão envolvente e ameaçador como um pai irritado e a chuva sibilante e suave como as palavras reconfortantes de uma mãe. O ar está prenhe de umidade e a seca finalmente se retira. É um dia para ficar sentada ao vapor aconchegante e caro, ninada pela música da cidade encharcada e adormecida logo além das paredes. Ela tomou alguns analgésicos apenas para saborear este clima que a faz planar de volta à infância. Sua mãe costumava banhá-la no quintal dos fundos com as gotas de chuva quentes e gordas da estação *Gu*, recolhidas em um barril e derramadas da caneca de lata. A mão nua da mãe segurava o antebraço fino de Kawsar com firmeza, enquanto ela espadanava e ria no círculo estreito em volta dos pés, com o cabelo encaracolado lustroso e farto caindo-lhe nas costas. Isso foi por volta da época em que fizera a *gudniin*. Dahabo fez a dela primeiro; ela desapareceu por duas semanas e reapareceu de roupa e sapatos novos, e uma bolsa dependurada no braço com braceletes.

– Como você conseguiu? – Kawsar perguntou, de queixo caído.

Dahabo depôs cuidadosamente a bolsa no degrau e olhou de relance sobre o ombro; agarrou as pontas da saia e a levantou e abaixou, rápida, na frente, fazendo seus braceletes voltearem ligeiramente, como se dissessem: "Agora você vê, agora não".

Os olhos de Kawsar se arregalaram ao ver a ferida semicurada onde antes ficava a vergonha de Dahabo.

– Dói? – Ela queria pedir para ver de novo, mas as mães delas podiam aparecer de repente.

– Quando eu *kaaji*, arde.

– Quando aconteceu?

– Minhas primas vieram do *miyi*, e fizeram em todas nós juntas. Hoje foi a primeira vez que deixaram a gente caminhar, ficamos com as pernas presas dias e dias.

Kawsar estendeu a mão para tocar os braceletes; o brilho deles sumiu sob seus dedos suados e invejosos.

– Deviam fazer com você também – Dahabo disse, com a voz esganiçada, mas não havia necessidade, não havia jeito de Kawsar permitir ser deixada para trás, ser chamada de nomes sujos e deixada de fora das brincadeiras. Se a hora de Dahabo chegara, também a dela.

Naquela mesma noite, ela ficou bem perto da mãe e lhe contou que queria tornar-se *halal*, como Dahabo.

– Mas você é um ano mais nova do que ela e também é menor. Você não está pronta, Kawsar.

Mais nova, talvez menor, mas, sendo a única filha de uma viúva, Kawsar não estava acostumada a receber um não, e pela manhã já tinha imposto sua vontade à mãe. Em quinze dias, uma mulher de meia-idade apareceu na porta da frente com seu *kit* de circuncisão.

– Kawsar, Kawsar. – Nurto sacode a perna dela.

– Sim? – ela diz, com um sobressalto.

Nurto torce o excesso de água da toalhinha e bate com ela na mão de Kawsar; este é o sinal para que ela se lave entre as pernas.

Nurto se vira de costas para a cama e pega a bacia para enchê-la de novo na cozinha.

A mão de Kawsar desliza, passando pelos rebentos de pelo grisalho que se tornaram esparsos depois de uma vida de depilação, e corre sobre o liso escudo de pele sobre os genitais. Esfrega o tecido da cicatriz e a carne flácida, esperando eliminar o cheiro almiscarado que teme ficar grudado nela na maior parte da semana. Não tem nenhuma gentileza com esta parte de seu corpo, ela não lhe trouxe nada além de dor e decepção, e, se pudesse arrancá-la, não sentiria nenhum arrependimento. Às vezes, parece que aquela mulher, olhando para aquele quarto belamente mobiliado, para o colchão grosso em que Kawsar estava reclinada e para os rasgos nas próprias roupas, tinha decidido pregar-lhe uma peça. Talvez ela tenha costurado a abertura completamente, ou cortado fundo demais, ou mesmo plantado espinhos em seu útero para torná-la estéril. Certamente, parecia ter diminuído em algum aspecto naquele dia, enquanto Dahabo e as outras meninas se recuperaram de sua circuncisão mais fortes do que antes. Fosse quem fosse a feiticeira velha e amarga que imaginara esta prática nos tempos pagãos, ela deve ter convencido os outros de que este era o jeito de separar as fortes das fracas; as meninas que não conseguiam sobreviver a isso não valiam o leite que era preciso para criá-las. Se algumas conseguissem sair mancando, nem mortas nem exatamente vivas, bem, essas poderiam ser aturadas, desde que não atrapalhassem. Esta filosofia tinha dado a gerações de mulheres – mantidas como bonecas russas, uma dentro da outra – a mesma dureza, a mesma capacidade de não olhar para quem ficava para trás, até que, no fim, elas é que se demoravam na traseira.

Nurto volta com a bacia, a dureza visível também em sua fronte. Kawsar solta a toalha no chão e deixa que a menina lhe esfregue as costas com uma escova molhada. É bom quando a pele dormente volta à vida, mas a escova logo se aproxima das duas escaras rosa e orgulhosas nas nádegas de Kawsar.

– Já chega – ela diz, sugando ar por entre os dentes.

Nurto a seca com uma toalha dura de sabão em pó e depois ajuda-a a vestir roupas novas, impregnadas de incenso.

Não é a limpeza à qual está acostumada – há lugares de sua pele que não receberam nenhuma água –, mas é suficiente para fazê-la se sentir humana de novo; sabonete, água morna e o toque da mão de outra pessoa agora têm este poder.

Uma pesada chuva tamborila nas janelas, distraindo Kawsar de seus pensamentos; o farol de um carro de polícia, parado ali para manter o toque de recolher, faz raiar uma rala luz amarelo--gema dentro do quarto. Tempestades frias e violentas causam um efeito contraditório sobre Kawsar – trazem calor, uma sensação de plenitude e bem-estar, a lembrança da palma da mão de Farah estendida sobre o coração pulsante de seu útero. Aqueles dias de colônia da juventude penetraram em sua pele: o teto de zinco tinindo acima deles, o vento sussurrando através de suas fendas, e Farah dormindo ao seu lado no sofá-cama baixo, com sua mão errante retida pelo cós da anágua dela. Kawsar se lembra de puxar o braço dele para mais perto, moldando o corpo dele em volta do seu e observando-o através dos olhos semicerrados naquelas manhãs ou tardes em que ele se recusava a viajar pelo lodo amarelo até o escritório. Ela o amava mais durante aqueles torpores, quando eles pareciam nada menos que gêmeos enrolados dentro da mesma pele, seus membros tão entrelaçados que ela não conseguia sentir onde começava a carne de um e outro, nem separar seu cheiro do dele. Horas se passavam em um sono tão cavernoso, tão voluptuoso que ela sabia como os bêbados se sentiam quando escorregavam para a inconsciência na rua, com um sorriso secreto nos lábios. Quando Farah finalmente começava a se mexer, a chuva se limitava a um borrifo tépido e desanimado, havia a separação, o reajuste de membros, cabelos e roupas enquanto ele se tornava o marido e ela, a mulher. Mas, agora, a única coisa a ser destilada daquelas centenas de manhãs e tardes é o calor de uma mão ausente e um útero velho e oco.

É sexta-feira, dia de fazer faxina na casa. Em toda a vizinhança, em toda a cidade, em todo o país, capachos e esteiras são batidos; janelas, abertas; aposentos, aspirados; pisos, lavados e esfregados; roupas de cama, batidas em bacias grandes, torcidas e dependuradas em arbustos e varais para serem trazidas, um par de horas depois, sequíssimas, cheirando a sol e grossas de pólen. Nurto tem as tardes de sexta-feira para si, e Kawsar teme mais um dia longo observando a porta, esperando e temendo secretamente que alguém venha visitá-la; sua solidão lhe comprime o peito agudamente. Seus ouvidos seguem os passos na rua lá fora, seu pulso se acelera se eles se detêm por perto. Uma vez, a cabra de Maryam English abriu a porta com uma marrada, assustando Kawsar, que pensara que os soldados tinham retornado para pegá-la. O enorme animal chifrudo observou o quarto, surpreso, mastigando estupidamente palha de capim em decomposição, com os cascos parecendo castanholas no cimento. "Xô, xô", Kawsar gritara, agitando os braços, ao que o animal obedecera, dando meia-volta e caminhando calmamente, como se concordasse que não tinha sentido desperdiçar seu tempo com uma velha.

Dahabo, Maryam, Fadumo, o verdureiro Raage, Zahra, Umar Farey – estes são seus visitantes ocasionais. Ela conhece talvez centenas de pessoas mais, embora elas não venham; as pessoas se escondem atrás da desculpa dos toques de recolher, mas o coração delas endureceu, não conseguem se convencer a se preocupar com mais um infortúnio quando já estão tão sobrecarregadas. As mulheres estão administrando as famílias, porque as ruas foram esvaziadas de homens; aqueles que não trabalham no exterior estão na prisão, ou foram agarrados na rua e recrutados pelo exército. Se Farah ainda fosse vivo, ele estaria como os outros – escondendo-se em casa, submisso, murcho prematuramente, como uma mulher em um harém. Nurto contou que os velhos *askaris* que costumavam se reunir em torno da *dukaan* de Raage, às cinco da manhã, para acertar seus relógios de corda pela transmissão da BBC foram banidos, e a BBC, banida em todos os espaços públicos. O regime não quer apenas escurecer a cidade, mas também silenciá-la.

O coração de Kawsar oscila entre a recriminação e o entendimento. Os tempos mudaram muito; a vida era barata, fácil e com ritmo lento, mas agora é barata em outro sentido, certamente não é fácil, e as horas de escuridão foram roubadas e se tornaram perigosas. As pessoas são levadas a andar apressadas durante o dia, tentando viver uma vida plena em metade do tempo que lhes é concedido. As lojas estão vazias, já que o arroz e a farinha subsidiados desapareceram para permitir ao governo obter mais empréstimos estrangeiros; em vez de milho e sorgo cultivados no país, sacos de donativos da USAID contrabandeados dos campos de refugiados estão à venda no mercado a preços ridículos.

Nurto enfia uma tigela esmaltada lascada nas mãos de Kawsar. Dentro dela está sua refeição diária: tomates fatiados, cebolas, coentro e pimentas encharcados em suco de limão e avolumados com o arroz cozido em que a menina insiste.

– Eu não quero que ninguém diga que não estou alimentando a senhora – ela diz, levantando uma sobrancelha acusadora.

Kawsar não quer o arroz; ele dilui os sabores picantes intensos que alimentam suas lembranças. As pimentas que ela comeu pela primeira vez em um restaurante de Mogadíscio ao qual Farah a levara. Ela havia plantado um limoeiro em sua nova residência, em Salahley, e adicionado coentro caseiro a cada um dos pratos do marido, porque ele adorava. Deseja sabores picantes que suguem dela a emoção; até mesmo seu chá é supercondimentado com gengibre, canela, cardamomo, exatamente como os preparos que fazia quando estava amamentando. Kawsar não quer comida que lhe prolongue a vida; só quer sustentar a alma, enquanto ela permanecer em seu corpo.

– Agora vou a um casamento, volto em algumas horas – diz Nurto, pondo um copo de água sobre a mesa de cabeceira.

– Um casamento? A esta hora?

– Sim, o toque de recolher, lembra? Nós temos que estar lá às sete.

Kawsar desvia os olhos para o céu.

– Oh, eu lembro.

O rosto de Nurto fica escondido enquanto ela luta para se espremer dentro de um *top* acetinado preto e calças esmeralda que se abaulam no quadril e se afilam nos tornozelos ossudos. São a *whodead* que ela comprou no *suuq*. Há um boato de que cadáveres estrangeiros são despidos e as roupas em que deram o último suspiro, vendidas nos mercados locais.

– Eu não atrairia os olhos de ninguém com pernas como essas – ri Kawsar. – Um homem quer uma mulher com tornozelos robustos, não esses *minjayow* esqueléticos.

– A senhora quer alguma coisa da rua?

– Não, só não quebre os tornozelos nesses sapatos ridículos, não há espaço para mais uma inválida aqui.

Nurto escorrega para dentro de suas plataformas de madeira e caminha ruidosamente para a porta, tentando não esticar os braços para se equilibrar.

– *Nabadgelyo* – grita Nurto antes de bater a porta.

– Sua boba. – Kawsar ri, mas o sorriso murcha quando vê seu reflexo no espelho. Parece um casulo envolto em muitos lençóis, seu rosto é um borrão piscante no quarto sombrio; os cabelos, antes espessos e pretos, agora são curtos e finos como os de um bebê. Caíram quase completamente depois da morte de Farah, e agora só crescem em porções brancas sobre o couro cabeludo. Ela puxa uma coberta sobre os olhos.

Kawsar abre um olho. Hodan está dormindo ao lado dela, de olhos bem fechados, com os lábios inchados, os cabelos úmidos comprimidos contra o travesseiro, a saliva vazando pela mão e os roncos assobiando pelo hiato entre os dentes da frente. Kawsar enxuga a saliva e puxa a filha contra o peito. A luz através da janela é a casca de uma maçã dourada. Em um momento, Hodan vai despertar e olhar, irritadiça, do chão para o teto e para a janela do outro lado, tentando se situar, sua alma se reinstalando no corpinho pequeno. O céu da sesta emoldurado na janela é rosa e malva em alguns lugares, com lascas finas de neve espalhadas languidamente, as bordas metálicas por causa dos raios baixos do sol cúpreo. Se ao menos o sol pudesse ser espalhado, recortado e costurado, ela faria uma colcha com ele para que Hodan cobrisse suas noites frias no cemitério.

* * *

Kawsar acorda e encontra o quarto escuro e estrelas brilhando através das grades de ferro da janela acima da cama. Algumas nuvens ralas percorrem o céu, a brisa da noite é mais fresca que de costume, infiltrando-se, brincalhona, entre as receitas na mesa. Ela puxa as cobertas até o queixo, fecha os olhos e aspira o jasmim, as madressilvas, as damas-da-noite e a flor do deserto *wahara-waalis* que plantou faz muito tempo, no pomar atrás do bangalô. Este é o único contato que ela tem agora com seu precioso pomar – a delicada carícia de seu aroma quando o vento está soprando na direção certa. Os pés de romã, goiaba e mamão são deixados à mercê rude de Nurto; Kawsar sabe que ela só vai jogar um balde de água suja nas raízes ansiosas. Maryam conta que os tomates murcharam, as pimentas verdes amarelaram, o quiabo foi consumido por lagartos. Apenas as árvores sobreviveram. O espírito dela está amarrado àquelas árvores; sente as próprias raízes se contraírem enquanto elas morrem.

Nurto foi seduzida por um comerciante indiano, pensa Kawsar. Novos perfumes almiscarados vêm da menina, e ela passa uma quantidade misteriosa de tempo na lavanderia, com o barulho da água espirrando e o cheiro de sabão penetrando no quarto. Os *Singhe-Singhes* são um grupo detestavelmente concupiscente, com seus olhos borrados de *kohl* e suas mãos grosseiras manchadas de cúrcuma apalpando meninas no *suuq*. Suas mulheres partiram com os britânicos na Independência, em 1960, saindo com a mesma rapidez com que haviam chegado, em uma grande multidão, como pássaros, os sáris brilhantes voando atrás delas como as penas de uma cauda. Os maridos – comerciantes de tecidos, *suuq-wallahs* e funcionários públicos –, que permaneciam no bairro da

Indian Line, jogavam críquete na terra nua e rachada e caçavam moças somalis com a infatigabilidade de garanhões.

– Pra quem é tudo isso? Um comerciante? – Kawsar pergunta, enquanto Nurto salta pelo chão de cimento, deixando pegadas finas e molhadas.

– Não posso nem me lavar sem a senhora fazer um rebuliço? – Seus cabelos são uma corda úmida se desenrolando contra o peito esquerdo; ela aperta a ponta e enxuga a mão no *diric* com estampa de folhas. Está encorpando, florescendo como mulher, quadril, seios e bunda avolumados com *halwa* e tâmaras.

Kawsar sente um orgulho fora de lugar enquanto admira a empregada; é um luxo raro conseguir entregar a administração de uma cozinha a uma pobre criança e vê-la florescer.

– Você está bonita, foi só isso que eu quis dizer.

O rosto de Nurto se contorce; ela estava preparada para mais um ataque verbal, tinha se endurecido e se armado para ele, ombros e pés em posição.

– A senhora acha? – ela pergunta depois de um momento. – Como eu mudei?

– Você parece uma *gashaanti* agora, sua pele está brilhando, seu cabelo cresceu, você tem curvas, quando antes parecia uma árvore no *jiilaal*. Seu cheiro também está melhor. – Kawsar sorri.

Nurto sorri, convencida.

– E a senhora acha que eu teria todo esse trabalho pra um comerciante de mercado *Singhe-Singhe*? Meus objetivos são maiores.

– Oh! Me conte mais.

Nurto ri.

– Um americano quer tirar meu retrato. Ele diz que as pessoas pagariam pra me pôr em revistas.

Kawsar ergue a sobrancelha, lembrando as fotografias lascivas de meninas somalis tiradas por italianos em Mogadíscio.

– *Naayaa*, se proteja, eu não quero que as pessoas digam que você foi corrompida enquanto estava aos meus cuidados. Diga seu *ashahaado* e proteja sua vergonha.

O queixo de Nurto cai, ela estava errada de ter baixado a guarda.

– Não é *isso*, ele só quer me ajudar. Diz que outra moça somali é famosa em Nova York e Paris apenas por caminhar e mostrar roupas.

– Nova York, sei... Não se deixe iludir. Quando eu era jovem, os italianos punham garotas inocentes nas fotos e nos filmes sujos deles.

– E daí? Era pior do que ser empregada doméstica a vida inteira com alguém lhe chamando de todos os nomes em que consegue pensar? Como se fosse sua dona?

– Do modo como eu fui criada aqui não havia nenhuma vergonha no trabalho islâmico limpo de qualquer tipo. A única coisa de valor que uma moça tem, seja ela nascida de um *suldaan* ou de um pobre, é sua reputação; não seja ingênua a ponto de jogar isso fora.

– Que se danem as reputações! – Nurto joga sua corda de cabelo sobre o ombro, mergulha no colchão e enterra o nariz em uma revista com uma moça loira na capa; incapaz de ler as palavras, ela estuda foto por foto.

O sol irrompe através das nuvens plúmbeas ribombantes e escorrega através das janelas gradeadas, costurando linhas paralelas de luz e sombra pela colcha e pelos pés da cama de Kawsar. Ela torce os dedos dos pés e arranha as solas com as unhas, que parecem espinhos. Havia pedido a Nurto que lhe fizesse uma garrafa térmica cheia hoje; está com vontade de ouvir música e beber chá com especiarias adoçado com leite condensado. A rocha que lhe comprime o peito se ergueu um pouco, permitindo que respire mais fundo sem estremecer; estica o pescoço para a esquerda e o mantém assim; depois o estica para a direita. Sente novamente a ponta dos dedos das mãos e dos pés, seu couro cabeludo pinica; faz mais de doze horas que não toma um analgésico, e seu corpo parece uma cidade voltando à vida depois de uma longa noite. Ela liga o rádio – está sintonizado na Rádio Mogadíscio, para o caso de haver uma batida da polícia, e a estação transmite uma apresentação ao vivo da trupe nacional Waaberi, em Cartum.

Nurto está sobre o colchão, concentrada na grande tesoura de costura que segura. Kawsar nunca notara que a menina é canhota; talvez também por isso seja tão desajeitada, como se encarasse a vida pelo ângulo errado. Ela está cortando velhos vestidos de algodão de Kawsar em peças retangulares, para dobrar e usar como absorventes; a mulher mais velha tinha percebido uma flor vermelha úmida florescendo na parte de trás do fino *diric* de Nurto e lhe ofereceu suas roupas, havia muito tempo sem uso. Também tinha apontado outras roupas, algumas caras e sem uso, que Nurto poderia usar, mas ela não as quis, e até torceu o nariz enquanto as vistoriava com desdém.

Kawsar derrama sua primeira xícara; os ossos das costas rangem quando se dobra, mas a sensação é estranhamente boa.

– Posso lhe ensinar o jeito certo de costurar, se você quiser – ela oferece, soprando vapor e nata, gentilmente, de um lado para outro.

Nurto faz uma longa pausa antes de responder.

– Não acho que eu vá conseguir ser boa nisso.

– Quem é que pode dizer em que alguém vai ser bom antes de tentar?

– A senhora, por exemplo. A senhora diz que eu cozinho mal, que não sei limpar, que deixo sabão em pó na roupa lavada, que matei suas plantas. Não vou lhe dar mais uma coisa pra me criticar.

Kawsar ri.

– Só estou tentando desafiar você, fazê-la prestar mais atenção em como trabalha. De todo jeito, o que quer fazer na vida? Continuar como doméstica?

Nurto solta um bufo de mofa.

– Casar? Pastorear cabras? Montar uma empresa de caminhões de transporte?

Nurto levanta uma sobrancelha.

– O que vai ser então?

– Já disse que vou me mudar pro exterior e me tornar modelo de moda.

– Por que você não aproveita mais enquanto está aqui... compra tonéis de manteiga líquida, enfia os dedos neles e os lambe até que suas bochechas, sua barriga e sua bunda vibrem a cada passo?

Nurto ri, e Kawsar ri em triunfo: é difícil fazer essa menina desfazer a carranca.

– Eles não gostam de mulheres assim por lá. Gostam delas do meu tamanho, com peitos pequenos, pernas compridas e nada de gordura. Não são como os homens estúpidos daqui, que querem Asha Pernuda bufando na cama deles.

– Seu fotógrafo lhe disse isso, foi? – replica Kawsar.

– Sim, mas pra mim isso é óbvio, eu leio as revistas.

– "Lê"?

– Eu olho, é a mesma coisa. As fotos falam por si. Mas por que a senhora sempre age como se fosse uma professora da Universidade Laafole?

– Não tenho nada de professora, eu era analfabeta quando criança, mas não consigo suportar orgulho fora de lugar.

– Não é fora de lugar. Vou aprender a ler, vou fazer alguma coisa na vida. Vocês, velhas, se orgulham da ignorância. Isso é que está fora do lugar.

Kawsar está calma, adquiriu o mau hábito de irritar Nurto, mas isso tem um efeito catártico nela.

– Sou uma mulher simples, sem nenhuma vergonha ou arrependimento – ela mente. – Vivi uma vida sem culpa.

– Sem culpa e inútil – dispara Nurto.

As palavras cortam mais fundo do que Kawsar espera. Ela se retrai um pouco, como se desviasse de um objeto que lhe tivesse sido jogado; fora derrubada pela própria flecha.

– Me deixe em paz. – Ela vira as costas para Nurto e encara a parede; as lascas e as rachaduras familiares no gesso enchem-lhe a visão mais uma vez. – Você nunca se atreveria a falar comigo assim se meu marido estivesse aqui – diz baixinho.

– E a senhora não se atreveria a me insultar como faz se minha família tivesse dinheiro.

A menina parece uma cobra, muito rápida na ofensiva. Ela está certa sobre a própria situação, e Kawsar sente uma inveja ressentida por Nurto conseguir lutar tão ferozmente por si. Ela própria levara muito tempo para entender com clareza o poder e a impotência.

Elas passam o resto do dia sem se falar. O quarto escurece em volta de Kawsar, os cortes da tesoura por fim cessam e ela retine no chão. É uma música que traz de volta a lembrança de sua escola: as almofadas de seus dedos doloridas com furos de agulha, a dor da mão depois de cortar tecidos por horas, os belos acolchoados, tapeçarias e saias que ela fazia mais depressa que qualquer outra pessoa.

Uma criança passa uma xícara de metal pelas grades da janela, mas Kawsar não olha. Crianças desconhecidas começaram a espiar a casa; elas hesitam, sem saber se os boatos sobre uma bruxa que nunca sai de casa são verdadeiros. Assobiam através das grades e saem correndo, cospem e jogam pedras na janela. São reencarnações de todas as crianças geradas para atormentar velhas, um novo regimento delas, nascido a cada geração para extinguir a vontade de viver nos já desesperados; mas estão condenadas a seu modo, a sempre ter oito anos e novos dentes grandes atulhados na boca, o coração cheio de uma confusão de despeito e medo. Ela não acredita que sejam filhos de seus vizinhos – eles não podem ter se voltado contra ela tão facilmente; têm de ser crianças de outro lugar, que fazem suas travessuras longe de casa e correm antes que a mãe sinta falta delas.

Lembra-se da viúva maltrapilha que vivia em uma choça de madeira atrás da casa de sua infância, de sua tagarelice – apesar do isolamento em que vivia – dos meninos que a provocavam com zombarias e jogavam pedras nela, pensando que a mudez era um sinal de loucura ou possessão. A única coisa que a possuía e agora possui Kawsar são lembranças, cenas da infância, até os últimos dias, surgindo sem ser solicitadas.

– *Naayaa*, Kawsar, deixe-nos entrar! – Dahabo bate à porta.

– Vá abrir! – Kawsar grita depressa para Nurto na cozinha.

Nurto corre para a frente, com as mãos cobertas de polpa de tomate, os pés descalços fazendo um ruído de bater e escorregar. Abre a porta e corre de volta à cozinha, evitando teimosamente os olhos de Kawsar.

Dahabo se inclina para beijar a testa de Kawsar.

– Olhe todos esses papéis em sua janela. – Dahabo aponta por cima da cabeça dela.

– São oferendas, preces. Você não sabe que eu sou a santa local?

Há uns quinze papéis de embrulho de chiclete e pirulito enrolados bem apertado e enfiados na tela de arame, como se o quarto dela fosse um santuário.

– Pestinhas! Eles quase destruíram esta coisa.

– Deixe eles se divertirem.

Dahabo arranca os papéis de embrulho que consegue alcançar.

– Você sabe que agora o toque de recolher foi adiantado pra quatro da tarde, enquanto ainda está claro lá fora?

– Quando disseram isso?

– Ontem, anunciaram no mercado antes de nós fecharmos.

– E qual motivo deram?

Dahabo aperta os papéis que tem na mão.

– Pelo que as pessoas estão dizendo no *suuq*, parece que a FLN vai atacar as cidades antes do fim do mês.

– Isso é só conversa, as pessoas dizem isso há anos.

Dahabo senta na beirada da cama.

– Não, Kawsar, agora é diferente. Há rebeldes se insurgindo contra ele em todas as regiões. Se ele cair, vai levar o país junto, vai querer que todos nós sejamos enterrados com ele, como um daqueles faraós no *Kitab*. Minhas filhas estão apavoradas, querem levar os filhos embora – ela diz baixinho. – O marido de Jawahir conseguiu vistos pra nós todos nos juntarmos a ele em Jeddah.

Kawsar não acredita no que está ouvindo e lhe pede que repita o que acabou de dizer; aquele "nós" cai sobre ela como uma pequena bomba incendiária.

– Por que você tem que ir? – ela pergunta, quase atônita.

Dahabo vira o rosto e olha Kawsar nos olhos.

– O que seria de mim sem eles?

Kawsar não vai deixá-la ir sem lutar, sem reivindicar sua presença. Vai gritar, jogar seus pertences no chão e rasgar as roupas.

– E o que será de mim sem você?

Dahabo segura Kawsar com gentileza pelo queixo.

– Venha conosco. Deixe esta cela de prisão pra trás e venha conosco. Você também é da família.

Kawsar imagina o apartamento de um quarto em Jeddah, os colchões levantados e encostados na parede durante o dia, a bagunça e a correria das crianças, as discussões entre três ou quatro gerações ecoando da cozinha. Ela não pode passar seus últimos meses tão silenciosa e indesejada como uma rã em um banheiro externo, assistindo a tudo aquilo.

– Eu não posso apenas ter você, Dahabo?

– Você me tem, mas o que eu posso fazer?

– Fique. Não deixe ninguém a obrigar a ir embora.

Dahabo exala o ar e se afunda mais no colchão.

– Lembra da Asiya, da escola?

– O que há com ela?

Kawsar se lembra da menina que ela havia intimidado na escola, um feixe de dentes estragados, cabelo ruim e roupas péssimas que invadira a amizade delas.

– Nenhum dos filhos permanece com ela. Ou morreram, ou estão presos, ou com a FLN. Nós logo vamos ficar assim.

– Eu já estou assim, Dahabo. Não me peça pra ter pena dela.

– Eu tenho medo. Medo de acordar de manhã, pensar no que vai acontecer na semana seguinte, no mês seguinte, no ano seguinte. Eu me sinto fraca, não consigo mais me manter firme. – Bate no coração com quatro dedos.

– Eu vou manter você firme, venha morar comigo. Digo a Nurto que vá embora.

– Meus filhos – diz Dahabo com firmeza antes de calçar os sapatos. – Não posso ficar sem eles.

Elas se entreolham por muito tempo e intensamente, antes de Dahabo sair em silêncio do bangalô.

– Velha. Burra. Burra. – A cada palavra, Kawsar bate o esporão do pulso na cabeça. Não reconhece a pessoa que está se tornando: uma velha encarquilhada que não consegue admitir que seu tempo acabou, que filhos e netos devem vir em primeiro lugar. O que estava pensando? Exigir que Dahabo ficasse com ela, duas velhas contando os cabelos grisalhos uma da outra, é isso que ela quer? Desavergonhado e anormal, é isso que é. E depois, quando ouvir a risada às suas costas, vai dizer palavrões? Lançar olhares malévolos? Desejar infelicidade para aqueles que a negam ou têm a companhia da família? Então é assim que velhas se tornam bruxas – bastam uma ou duas tragédias para o veneno verde começar a jorrar delas.

Durante uma hora, Kawsar inspira como um réptil, com o sol distante batendo-lhe na cabeça, os olhos amarelos girando nos ocos do crânio, o sangue marrom frio coagulando nos sulcos secos das veias. Ela perdeu a conta de quantas pílulas engoliu, mas foi o suficiente para abrandar a dor, o suficiente para privar sua visão de seu *technicolor* espalhafatoso até que o quarto parecesse monocromático e melancólico através das fendas finas das pupilas. Ela pressiona a palma das mãos nas pálpebras e substitui o torpor de sua vida por estrelas cadentes âmbar e galáxias que explodem. Aprendeu a fazer isso quando era uma menina indolente que passava o tempo ocioso viajando pelo mundo ocioso, quase preto, atrás de seus olhos. Ela não envelheceu muito como alma, ainda pensa demais, perde-se em sonhos e pesadelos, com seu corpo escondendo – não, aprisionando – o que nela é real e eterno, aquela alfinetada de luz invisível em sua mortalha escura. Está fadada a explorar, ansiosa, voejando contra a própria pele, desesperada por ser liberta para o mundo, frenética como um pirilampo dentro do pote de vidro de uma criança.

Libertação. Isso é tudo o que sempre quis. A certa altura, pensou que a havia encontrado. Sentada no galho baixo de uma estranha árvore à beira do rio Juba, com olhos de crocodilo mirando-a acima da espuma da água, palmeiras de sete metros vivas com um coro de macacos de rabo preto, hipopótamos bocejando rio abaixo e milhares de borboletas emergindo de casulos acima de sua cabeça, com as asas púrpura enrugadas agitando o ar da tarde, Kawsar podia sentir a luz fluir através de si. Estava aberta, sem pele, nascida para testemunhar este momento eterno. Farah tinha buscado sua câmera no carro, tentado nomear as borboletas, explicar a presença delas em alguma árvore específica, mas ela cobrira a boca dele e lhe dissera que apenas observasse, sentisse; queria que eles ficassem tão silenciosos e extasiados quanto aquelas borboletas recém-nascidas.

As pálpebras de Kawsar se descolam, e a luz se filtra através dos cílios grossos. Pode ser o amanhecer ou quatro da tarde; solta nas ondas sinuosas do tempo, ela apenas abre os olhos e aceita o que lhe dizem.

Nurto está inclinada sobre a cama.

– Dahabo trouxe estas coisas pra senhora. – Ela põe o cesto ao lado de Kawsar, na cama.

– Por que ela não me acordou?

Nurto dá de ombros e se vira para a cozinha.

– Escute quando eu falo com você, sua putinha.

Nurto para abruptamente ao ouvir o insulto e vira os olhos na direção de Kawsar, com o resto do corpo imóvel.

– Leve esta porcaria para a cozinha. – Kawsar agarra a cesta e a empurra pelo chão, derrubando sobre o cimento empoeirado o seu conteúdo de tâmaras e cascas de frutas cristalizadas em manteiga.

– Perdeu a razão, velha? Jogando comida boa no chão para eu varrer. Acha que sou sua escrava? – Nurto agarra uma das alças, apoia a cesta no quadril e sai batendo a porta.

– Vagabunda – Kawsar diz com raiva.

Atrás daquela porta verde, ela não vê Nurto, mas Dahabo.

É uma coisa tão distante de se fazer; como se mal se conhecessem, ela deixa uma cesta e sai de fininho. Esse o comportamento de uma mulher cujos lençóis de parto ela tinha lavado e que em troca tinha lavado os dela? E agora? Precisariam marcar hora para tomar chá, como as inglesas costumavam fazer. A velha Dahabo a teria cutucado para acordar, ou teria sentado na cama e começado a falar. De que adiantava uma cesta sem conversa? Por acaso tornara-se uma mendiga da noite para o dia? Que necessidade de esmola tinha ela, que um dia tivera a mãe da própria Dahabo como empregada da família?

O rosto de Kawsar fica congestionado de raiva. A saliva em sua boca é amarga e gruda na garganta; ela acaba de beber a água que sobrara no copo sobre a mesa de cabeceira.

Quer lançar-se fora da cama e trancar a porta, pregá-la com tábuas até que fique intransponível, um aviso e uma repreensão àqueles que têm pena dela, que se atrevem a tomá-la por mendiga, uma desamparada, uma mulher sem nome, nem reputação.

A escuridão se espalha sobre os olhos dela como óleo preto. Acordou com lágrimas correndo untuosamente pelas faces, com a cabeça tensa como se estivesse chorando havia muito tempo, mas sem nenhuma lembrança do motivo. Nurto deixara o lampião aceso e agora o quarto fede a pavio queimado. Quantas casas se incendiaram exatamente por causa de erros simples como este?

Nurto bufa no travesseiro, murmurando palavras incompreensíveis, mas que soam defensivas. *Ela argumenta e se indigna mesmo em sonhos*, Kawsar pensa. Silhuetas de grandes mariposas voam pelo quarto, batendo nas telas antimosquito das janelas como prisioneiras; são criaturas muito lúgubres, que buscam a luz para poderem imolar-se nela. Em noites de lua cheia, quando tudo é banhado de luz branco-azulada e até as folhas das árvores são claramente delineadas, a face da lua é obscurecida por milhões de pintas voejantes que colidem entre si como se estivessem em uma corrida para alcançar o céu; elas têm uma fome, uma determinação que se aproxima da devoção, lembrando-a da *sura* do Corão que compara Alá a uma lâmpada e seus adoradores, a mariposas.

Talvez a árvore mitológica na lua seja o destino das mariposas e a luz brilhante sirva apenas para marcar sua rota; esta árvore singular desenvolve uma folha a cada nascimento, e, quando esta cai, o mesmo acontece com a vida ligada a ela. A folha de Kawsar deve estar dependurada pelo mais frágil dos fios, e até a batida das asas de uma mariposa seria suficiente para rompê-lo.

Em seu pomar, as árvores tinham nascido de mortes; assinalavam e cresciam dos restos das crianças que tinham passado por ela. Kawsar nunca pegava as frutas que caíam delas, acreditando que isso seria uma espécie de canibalismo, mas, dessas figuras macias e sem forma haviam crescido árvores altas, fortes e de casca dura que floresciam, chamavam pássaros para seus galhos e se projetavam sobre os muros para o mundo além. Todas as crianças do pomar tinham nome, seu gênero às vezes distinguível e às vezes imaginado. O maior era Ibrahim, um menino quase perfeito, com cabelo claro e grosso sobre membros curvos e flexíveis. Sete meses inteiros ele sobrevivera em seu útero áspero. Estava cansado, com fundas rugas sulcadas na testa, e ela pensou que o havia visto respirar profundamente, resignado, em seus braços, antes de baixar as mãos maciças e desistir da luta. Fora difícil enterrá-lo; tinha dedos nos pés, unhas nas mãos, a cabeça peluda, olhos inchados que claramente teriam assumido a forma dos olhos dela. Farah era hostil ao pacote amortalhado; recusava-se a olhar, a tocar. Kawsar permaneceu na cama, com ele aconchegado ao peito, enquanto Farah chamava um médico para estancar o sangue que fluía dela. Quando o obstetra italiano apareceu à porta, ela estava amarela de tanto sangrar, com a pele pegajosa fria como a da criança, tão desconectada de seus sentidos que deixou cair as pernas abertas sem um murmúrio e revelou tudo ao estrangeiro. Ele cutucou, cortou e costurou enquanto Ibrahim parecia cochilar de boca aberta ao lado dela. Quando o italiano foi examiná-lo, ela recusou e o pressionou contra o peito, atravessando com as unhas a pele dele. Lembra-se de ouvir gemidos e gritos, mas ela própria estava em silêncio. Dois dias depois, enquanto Farah estava fora, quando o brilho de sangue e fluidos tinha secado no cabelo de Ibrahim e seus lábios tinham assumido uma cor cinza-escura, Kawsar juntou os lençóis manchados em volta da cintura e andou até o quintal com os pés descalços. Cavou a terra com as mãos, as unhas partidas e lascadas pelo solo arenoso, só parando depois de ter criado uma trincheira estreita, com setenta centímetros de profundidade. Encheu um balde na torneira da cozinha, lavou bem Ibrahim, deixou-o no cobertor multicolorido que havia tricotado e então deitou-o gentilmente. Leu a prece para os mortos e depois, com cuidado, arrumou a terra sobre o cobertor; demorou um bom tempo para que os quadrados púrpura, vermelhos e rosa desaparecessem debaixo da terra marrom.

Farah voltou no fim da tarde. Olhou para a cama, mas não perguntou o que tinha acontecido; sentou-se em silêncio em sua cadeira e leu um jornal enquanto ela fingia dormir com o rosto virado para a parede. Farah esquentou um cozido de carne comprado no café de homens sujos que ele frequentava e pôs uma tigela ao lado dela.

– Kawsar, você precisa comer pra repor o sangue que perdeu, você precisa de ferro – disse, tentando virar-lhe o rosto.

Ela recuou, murmurou alguma coisa, o cheiro do cozido fazia seu estômago virar. Sua própria carne crua havia sido cortada tão recentemente; podia imaginá-la em cubos, amaciada e temperada. Reconhecia o cheiro denso dos abatedouros nos lençóis duros de padrão floral. Farah manteve distância, mas o quarto estava cheio de moscas de olhos verdes. Um absorvente de algodão preso entre suas coxas vazava sangue escuro, enegrecido, e uma vez a cada intervalo de poucas horas ele esticava o braço hesitante e o trocava, correndo para fora com ele e lavando as mãos por muito tempo no banheiro; seus dedos fediam a antisséptico quando voltava. Ele devia compará-la a outras mulheres, ela pensava; mulheres limpas que pariam bebês saudáveis e de mandíbula forte um atrás do outro e punham-se em pé em poucas horas para cozinhar a próxima refeição. O fantasma de uma segunda esposa parecia mais real a cada aborto e natimorto. Os parentes dele deviam estar sussurrando palavras em seu ouvido, apontando para jovens belas com seios maduros e quadril largo e dizendo: "Por que não? Por que não?" *Por que não?*, na verdade. Talvez ela pudesse ajudar o filho da adolescente; banhá-lo, ficar com ele enquanto ela ia ao *suuq* com as amigas, acariciar suas bochechas gordas quando ele choramingasse no sono.

Depois que Hodan morreu e foi enterrada no cemitério oficial e desolado da cidade, ela se voltou maniacamente para o pomar, forçando a vida em cada centímetro vazio dele, as unhas quebradas e cheias de terra, os joelhos de seus *dirics* manchados de marrom. Plantou todas as flores que conseguia nomear e pegou mudas de algumas das quais não conseguia; serviu-se dos jardins que os ingleses haviam um dia estabelecido; as vizinhas lhe traziam sementes em vez de presentes matinais, pensando que ela estava indevidamente preocupada em se sustentar na velhice, só para se maravilharem com a fruta madura amassada, apodrecendo onde caía. Seu pomar era um ponto de cor visível do céu; perfumava os ventos do *jiilaal* e mandava seu aroma de uma casa a outra, na October Road. Quando começou a capinar ervas daninhas, semear, aguar além de sua própria terra, na margem da rua que bordejava a casa, Dahabo puxou-a para dentro, sentou-a na cama e disse que era hora de parar.

Mesmo agora, um perímetro de flores vermelho-fogo cerca os muros externos da casa, lembrando-a daquele tempo. Seu pomar se tornou um marco no mapa local, e o caminho coberto de árvores ao lado dele é um lugar para encontros românticos tarde da noite.

151

Ele assinala o ponto central de Guryo Samo, o coração a partir do qual grandes artérias levam às extremidades do bairro. Ela imagina que animais misteriosos devem estar se movendo em seu subsolo a esta hora; nunca foi até lá tão tarde, e sente um golpe repentino ao se dar conta de que nunca o fará. Poderia acordar Nurto e exigir que ela a carregasse até lá, mas então não haveria nenhum prazer; seria preciso solidão e tempo para observar as flores que nascem à noite bocejar em silêncio, e para que o farfalhar da grama fosse ouvido acima das corujas, dos cachorros e das cigarras. Ela esperaria até que todas essas delícias pudessem ser sentidas em seus ossos através da terra.

As chuvas tinham cuspido seu fim e agora era hora do *jiilaal*, a estação seca e áspera que dura de dezembro a março. Em Hargeisa, ela apenas produz redemoinhos de areia, mas para os nômades é um tempo de sede e sofrimento. Mil novecentos e oitenta e sete se aproxima do fim, e o novo ano aos poucos vai chegando, cinzento e sem vida como as comédias censuradas no rádio. Toda noite, Kawsar reza para que Oodweyne esteja morto ao amanhecer e então sua própria folha também caia suavemente. Mas a cada manhã ela ainda está viva, não afetada pela velhice, nem por suas imprecações.

Já faz semanas que Kawsar viu Dahabo, mas ainda ignora teimosamente as batidas dela na porta do bangalô. Por vezes, ouve a voz de Dahabo no pátio, quando ela detém Nurto na volta do mercado e as duas sussurram conspirativamente; Nurto conta-lhe coisas e depois nega que o fez. É mais fácil não vê-la novamente do que ver, tocar e falar com ela sabendo que logo terá ido embora. O profetizado cerco à cidade ainda está para acontecer, mas Nurto conta que Dahabo fechou a banca no mercado e vendeu a casa.

Kawsar sente mais ciúme de Dahabo do que já sentiu um dia do marido; quer poder andar de novo com ela pelo mercado, de mãos dadas, levando uma à outra em segurança pelas ruas. Se não pode ser assim, então ela vai causar a Dahabo toda a dor que conseguir.

Kawsar mandara Nurto ao mercado para encomendar novas roupas, e, enquanto espera por sua volta, olha para as mãos, perguntando-se por que há tanto tempo não as usa para trabalhar. Ela ainda poderia tricotar, costurar ou trançar para ocupar os minutos, as horas, os dias, as semanas e os meses que lhe restam. Fechando os olhos, imagina pegar um quadrado de calicô azul e, com fio prateado e ponto de gobelin, criar uma paisagem noturna com uma lua quase cheia no centro, obscurecida pelas sombras das nuvens. É arrancada de sua meditação por uma torrente cacofônica de vozes e pés vinda da rua, e ouve Maryam English gritar:

– Volte aqui agora... Ótimo então, espere pra ver o que vai acontecer com você quando voltar!

A correria some, Kawsar levanta o corpo até a janela acima da cabeça e grita:

– Maryam, por que você está gritando?

Um momento de pausa, e então Maryam empurra a porta e surge desgrenhada e aflita.

– O burro do meu filho fugiu com os outros.

– Pra onde?

Maryam suspira.

– Pro teatro. A Guddi chamou todos os vizinhos pra assistir ao julgamento de alguns pobres homens que os soldados capturaram.

– É o teatro agora, é?

Maryam ri, zombeteira.

– Bem, eu imagino que somos todos apenas atores e tudo isto é um palco. Não sei você, mas eu uso estas roupas rasgadas como uniforme e deixo cair lágrimas falsas dos olhos quando choro.

Kawsar sorri.

– Quando não há nenhum público, eu me levanto e danço ao som do rádio.

– Nós todos sabemos disso. – Maryam aponta um dedo em falsa repreensão.

– Os homens são conhecidos?

– Não, eu não reconheci os nomes, mas talvez eles também sejam atores desempenhando seus papéis.

– Pelo bem deles, espero que sejam.

– Vou sair em um protesto amanhã com os estudantes. – Com essa declaração, Nurto quebra o silêncio tarde da noite. – Para que eles parem com as execuções em Birjeeh.

– Você não vai, Nurto. Eu proíbo.

– Eu vou, quer a senhora goste ou não.

Kawsar aponta a xícara para ela.

– Se você for lá amanhã, não se preocupe em voltar. Vou pedir a Maryam que arrume suas coisas e deixe lá fora.

– Como a senhora pode dizer isso? Estou tentando ajudar.

– Você não sabe o perigo em que está se metendo. Eu sei, e, enquanto você estiver sob meu teto, sou sua guardiã, quer *você* goste ou não – Kawsar diz com veemência, derramando chá quente nas coxas.

– Tudo o que eu faço é errado pra senhora, parece que quer que o chão me engula.

– Isso não é verdade, Nurto. Se eu não me preocupasse, deixaria você ir. Confie em mim quando digo que sei mais sobre isso do que você, aprendi a duras penas o que pode acontecer.

Kawsar considera a sequência de acontecimentos que levou Hodan da sala de aula ao túmulo, sem saber ao certo se deve contar a Nurto alguma parte, ou qual.

– Eu não sou prova suficiente do que eles são capazes de fazer?
– ela diz por fim, deixando sua dor imperturbada.

Nurto dá de ombros, indiferente, depois leva os pratos sujos para a cozinha.

Kawsar pousa a xícara na mesa de cabeceira e esfrega com um xale a mancha úmida no cobertor. É estranho, agora, pensar que este bangalozinho agradável um dia assistiu a tanto drama; aquela vida com Hodan perto do fim parecia um filme híndi, trágico e cheio de mal-entendidos fatídicos. A primeira cena teria sido a última manhã de normalidade, em fevereiro de 1982, quando Hodan saiu para a escola em seu uniforme rosa e Kawsar a viu andar sozinha pela rua invernal, em direção à escola Guryo Samo. O fato de os médicos do hospital de Hargeisa estarem prestes a ser sentenciados no tribunal, naquele dia, significava pouco para ela; sua mente estava ocupada com tarefas que precisava fazer antes que a filha voltasse para casa para almoçar, ao meio-dia. Quando voltou do mercado com novos sapatos escolares debaixo do braço, Kawsar encontrou todos os vizinhos aglomerados na rua. Eles falavam alto e de forma incoerente, com as mãos no quadril, até que Maryam gritou para ela: "Condenaram todos os médicos à morte e agora os estudantes estão furiosos". Kawsar sacudiu a cabeça, incrédula; devia ser algum mal-entendido ou exagero. Como poderiam executar dez médicos por organizar uma limpeza do hospital? No máximo, eles seriam demitidos por fazer seus superiores parecerem ineficientes. Com o passar da manhã, as notícias dos vizinhos ficaram cada vez piores: haviam atirado e matado manifestantes perto do tribunal; centenas de estudantes estavam abandonando as aulas e se reunindo em frente à delegacia de polícia para jogar pedras; soldados estavam sendo convocados para ajudar a polícia.

Kawsar deixou os legumes semidescascados em uma bacia e seguiu para a escola, a fim de trazer Hodan para casa. O prédio estava deserto; os bastões dos professores, supérfluos em suas mãos. "Ela foi com os outros rebeldes", disse a professora, mas Kawsar verificou todas as salas de aula na esperança de encontrar Hodan lendo sozinha, em silêncio. Quando chegou ao centro da cidade, foi difícil ver algum estudante na multidão de parentes angustiados; o portão da delegacia de polícia estava fechado e uma barreira de soldados empurrava a multidão para trás com cassetetes. Depois, já no fim da tarde, ela soube que as meninas estavam todas trancadas dentro da delegacia de polícia, enquanto os meninos tinham sido levados para o quartel-general do exército, em Birjeeh.

Os portões da delegacia de polícia permaneceram fechados o dia e a noite inteiros, e os pais não foram autorizados a ver os filhos, nem a levar comida. A raiva no rosto dos policiais, que fungavam e gritavam para que eles fossem embora, fez Kawsar imaginar o que fariam com as garotas atrás das paredes. Cambaleou para casa em lágrimas, arrastada por Dahabo, cujos filhos tinham deixado a escola anos antes.

– Eu não os culpo. Nós, adultos, fomos dóceis demais – ela disse.
– Você devia ter orgulho dela, Kawsar.

Mas não havia do que se orgulhar. Kawsar sabia que Hodan não se interessava por política; devia ter seguido as colegas para mudar o jeito como a viam: a filha da velha que nunca tinha permissão para brincar na rua.

Durante as três noites em que Hodan ficou na prisão, Kawsar não dormiu. Levantava-se ao amanhecer para esperar nos portões, enquanto uma a uma as garotas eram liberadas para os braços das mães; quando voltava para casa sozinha a cada dia, ao crepúsculo, entregava a um mendigo a tigela de *iskukaris* frio que levava nos braços. Sua vida não tinha forma sem a filha. Ela esperava obedientemente em frente à delegacia, esticando o pescoço acima do arame farpado para tentar ver através das janelas estreitas.

No fim, Hodan foi vomitada para fora, não parecendo nada melhor do que uma menina de rua, com o rosto sujo, o cabelo opaco, o uniforme encardido. Kawsar acenou para um táxi e a enfiou nele antes que alguém pudesse levá-la de novo. Hodan escondeu a cabeça no colo da mãe e não disse palavra. Em casa, correu para o chuveiro, nem se importando em esquentar a água no fogão, e depois adormeceu na cama que elas dividiam. Kawsar deitou-se com cuidado ao lado dela, puxou suavemente os lençóis e verificou o corpo da filha em busca de ferimentos. Havia pequenos machucados nas coxas, quatro em cada perna, com o tamanho e o formato de uvas; ela trocou os lençóis e apertou Hodan em seus braços, esperando sem muita justificativa que o que temia não tivesse acontecido.

Na manhã seguinte à libertação de Hodan, durante um café da manhã de fígado e *canjeero*, Kawsar conduziu a conversa para o que acontecera com a filha dentro da delegacia de polícia.

– Nada – disse Hodan, sem erguer os olhos do prato.

– Nada mesmo? Eles não te interrogaram? – Kawsar mantinha a voz suave, demonstrando apenas curiosidade.

– Fizeram algumas perguntas, não muitas... – Ela parecia encher a boca para bloquear as palavras.

– Ficaram furiosos conosco só por esperarmos lá fora. Eu fiquei com medo por você.

Hodan deixou o prato pela metade e lavou as mãos.

– Descanse hoje, você pode voltar pra escola amanhã.

– Eu não vou voltar pra escola.

– Por que não?

– Não quero ver nenhum deles.

– Mas todos também passaram por isso...

– Me deixe, *Hooyo*, me deixe em paz. – Ela saiu em disparada e se escondeu no banheiro.

Depois de uma semana de ausência, o professor veio falar com Hodan, mas ela se recusou a vê-lo. Então ele mandou três meninas da classe, que lhe trouxeram uma lata de *halwa*, e elas conversaram em segredo no pomar e quebraram a barra de doce com os dedos, enquanto Kawsar apurava os ouvidos na cozinha. Não conseguiu depreender nada das poucas palavras inteligíveis que ouviu, mas, observando as costas das meninas da cozinha, percebeu como Hodan era pequena se comparada às outras, como sua coluna semelhante à de um pássaro tinha se curvado por ler livros demais.

Bombardeiros etíopes ainda sobrevoavam Hargeisa, lembrando o governo e a população de que eles haviam perdido a guerra mesmo anos depois de ela ter terminado, e então chamou as meninas para dentro para o caso de um deles aparecer, como se o bangalô pudesse salvá-las.

As meninas foram embora sem terem convencido Hodan a voltar às aulas. Kawsar via a filha lavar muitas vezes as mãos pegajosas no banheiro, e sentia que lhe faltavam palavras. A relação entre elas, que tinha sido tão íntima e obsequiosa, agora era tensa. Desde o minuto em que Hodan nascera, Kawsar aspirara seu cheiro como se fosse o ar que a mantinha viva. A beleza e a fragilidade da filha faziam alguma coisa se contrair dentro da mãe. Kawsar tinha ciúme de Farah quando via Hodan em seu colo, acompanhando com o dedo as frases da página que lia. Parecia que ele estava roubando tempo dela, mas quando Farah morreu, logo depois do nono aniversário de Hodan, Kawsar a viu assumir orgulhosamente o lugar dele na cadeira e continuar a ler seus livros. Mãe e filha sempre se comunicaram por toques e beijos, e dormiam aconchegadas na mesma cama, mas essa comunhão fácil se perdeu em um único momento. Parecia que, se ela dissesse a palavra que as duas haviam deixado de dizer, tudo se romperia, a pretensão de calma se perderia para sempre, a vergonha tomaria o lugar de tudo na vida delas.

Hodan simplesmente se recusava a sair de casa, e Kawsar aquiescia em vez de deixar que as palavras lhe saíssem dos lábios.

O primeiro sinal da doença de Hodan tinha sido a fala muda, como preces ditas em tom muito baixo, mas desligadas de qualquer propósito. Nem um simples *bismillah* antes de engolir o primeiro bocado de uma refeição, ou um *ashahaado* antes de dormir, mas sentenças longas e apressadas que pareciam cheias de pavor, os olhos cerrados com força, como se estivesse fazendo declarações de inocência profundamente sentidas, ou juramentos de sangue. Kawsar fingia não notar, mas seus olhos se desviavam da costura que tinha na mão, ou da roupa que passava para a filha encolhida a um canto, tão distante quanto a estrela mais longínqua e mais fria no céu. Então vieram suas perguntas, sempre com um leve cheiro de acusação, seus olhos agora arregalados, vigilantes como os de uma coruja. Ela não deixava de notar nem mesmo a menor contração, ou reação, e prestava mais atenção a esses movimentos involuntários do que às palavras que ela parecia, de alguma forma, acreditar que eram mentirosas. Algumas das perguntas de Hodan pareciam inocentes, banais: ela só queria saber por que Kawsar esperara tanto para ter um filho. Mas nenhuma resposta parecia satisfazê-la, e a pergunta era refeita de outro jeito e repetida no dia seguinte, na semana seguinte, no mês seguinte.

Então veio a limpeza obsessiva, as mãos esfregadas até que a pele começasse a empolar e descascar. Kawsar punha um prato e uma colher para o almoço, e Hodan os lavava de novo antes de usá-los, isso enquanto ainda dividia os talheres com a mãe, antes de aparecer aquela tigela de metal azul-amanhecer com uma colher própria a acompanhá-la. Agora a menininha que fora desmamada com carne amaciada na boca da mãe parecia enojada de seu toque, mas permanecia mimada demais para cozinhar para si; o fogão a carvão era-lhe incômodo demais.

Kawsar aceitava tudo, fingia não ver quando Hodan batia na própria testa com um punho furioso, como se assim tentasse retirar pensamentos difíceis da cabeça. A primeira preocupação de Kawsar fora proteger Hodan de meninos predadores, aqueles vira-latas que conseguiam farejar vulnerabilidade do outro lado da cidade. Seu corpo se desenvolvia mais depressa do que a mente. Kawsar começou a entender por que aquelas árabes de Mogadíscio cobriam as filhas todas de preto, com apenas uma fenda para os olhos; aquilo podia servir como uma crisálida até que as filhas estivessem prontas para o calor dos olhos dos homens. Hodan ainda aparentava ser jovem demais; seus seios pareciam ridículos no peito estreito, e ela tinha os dentes cobertos com uma película marrom, como os de uma criança que não conseguia manter os dedos fora da lata de biscoitos. Levaria mais uma década para que parecesse uma mulher adulta, mas, mesmo assim, garotos de uniforme ficavam em frente ao portão do bangalô depois das aulas, tentando observar Hodan através das janelas. Um dia, Kawsar perdeu a compostura e jogou um sapato em um daqueles cachorros, esperando cegar o patife, e ele em troca jogou uma pedra nela, atingindo-a nas costelas. Esse foi o começo do fim, a transição do controle para a anarquia, da esperança para o desespero, da decência para a vergonha.

Teria sido diferente se Hodan fosse uma criança mais agressiva, que conseguisse dirigir contra os outros a raiva e a dor. Os meninos usavam botinas de ponta dura e antes da aula se reuniam para chutar as canelas uns dos outros, sendo vencedor o que sobrevivesse mais tempo na briga. Não era incomum que os de onze ou doze anos resolvessem uma rixa com uma gilete escondida na manga. Os professores podiam chicotear, chutar e esmurrar seus alunos quanto quisessem, mas, se fossem longe demais, um dos pais aparecia e o enfrentava. A violência era um artigo de fé naqueles dias, aceita e premiada em todos os níveis; não havia espaço para os gentis ou atenciosos. Entre os vizinhos, Kawsar testemunhava crianças pequenas sendo empurradas para brigas pelos irmãos mais velhos; Hodan fora atacada uma vez por um grupo de meninas apenas porque elas invejavam seus sapatos novos. Correra para casa com um rasgão na camisa, as tranças desfeitas, um arranhão do nariz à bochecha, mas o que mais a chateou foi o estado de seus livros, que tinham sido rasgados e pisoteados. Não quis que Kawsar substituísse os livros, nem que procurasse as mães das meninas para que elas fossem punidas, apenas tremia de tristeza por seus livros antes imaculados; não havia sentimento de vingança nela, mas essa magnanimidade era percebida como fraqueza, como falta de energia, por crianças e adultos. Ela era "covarde", "inadequada", diziam. Dahabo tentara lhe ensinar como discutir, amaldiçoar, lutar, porque Kawsar era tão mansa quanto a filha. Dahabo dava palmadas em Hodan e a provocava, para causar uma reação, mas não funcionava, a menina só se escondia atrás da mãe e esperava que Dahabo a deixasse em paz. Quando sucumbia à violência, era contra si mesma.

Nurto volta depois de lavar a louça e não menciona o protesto; em vez disso, senta-se calmamente em seu colchão e olha com atenção as fotos de uma revista indiana que ganhou de um comerciante no mercado. Examina os cabelos, as sobrancelhas, a maquiagem e a hena das atrizes sob o brilho do lampião, franzindo as sobrancelhas como se concentrada no trabalho, imaginando como recriar esses visuais com seu equipamento escasso. Arranca das revistas páginas com as mulheres mais bonitas e as guarda debaixo do travesseiro, como se esperasse que seu esplendor passasse para ela enquanto dorme, seus sonhos provavelmente pintados de vermelho e dourado, como nas fotos.

Uma lua nova acaba de nascer, frágil e esguia em seu berçário de estrelas, e Kawsar olha para ela enquanto sussurra uma prece pela alma de Hodan.

Permanece acordada muito tempo depois que Nurto apaga a luz e adormece. Só sucumbe ao sono quando ouve o ruído das sandálias dos filhos de Maryam English contra o chão, às sete da manhã, no momento em que eles saem para a escola; quando vê os cabelos ruivos deles passando pelo parapeito de sua janela. Kawsar adormece com a face banhada por um raio de sol.

A porta da frente se abre; Kawsar gosta que ela fique aberta um quarto de hora pela manhã, para varrer do quarto o cheiro fétido de seus curativos e de sua respiração de velha. O ferimento da fratura da bacia ainda está supurando, coçando sob a gaze de algodão, e ela o coça com a ponta do *caday*, batendo o palito de dentes na pele costurada e brilhante. Em momentos tranquilos como este, costuma sentir o coração ratear quando se lembra dos olhos distantes da soldado que lhe bateu e derrubou no chão.

– Você não pode me machucar – ela diz repetidas vezes, com a respiração lentamente voltando ao normal.

A faixa de rua visível de sua cama é como um sonho, passa correndo como um filme girando loucamente no carretel: cachorros, cabras, crianças de bunda de fora, os coadjuvantes mudos da vida aparecem pelo batente da porta e depois se dissolvem no mundo.

Da janela oposta ao salão de vídeo, ela às vezes ouve as crianças mais velhas da vizinhança conversando em sussurros, e em roupas *whodead* seus irmãos mais novos reencenam os dramas que os pais tentam esconder deles. Uma vez Kawsar viu quando do uma menina de macacão prendeu um caubói, enquanto uma dama de honra e uma enfermeira minúscula lhe gritavam ordens, gravetos apontados em lugar de armas. Eles assistem a vídeos por dez xelins no cineminha de Zahra e saem depois imitando os floreios e as acrobacias faciais de Amitabh Bachchan, ou fazendo movimentos de caratê roubados de Bruce Lee. Ela os ouve agora, meninos e meninas de joelhos arranhados, organizando o resgate dos tios da prisão de Mandera, planejando assaltos ao Midland Bank para que seus pais possam pagar os impostos, e jurando vingança contra os policiais que saquearam suas casas. A FLN está cheia de versões mais velhas dessas crianças, que deixam a cidade escondidas em porta-malas quando os gravetos já não podem substituir as armas. Todo o país deixou de fazer sentido para Kawsar – policiais se tornaram torturadoras, veterinários se tornaram médicos, professores se tornaram espiões e crianças viraram rebeldes armados.

Nurto está no banheiro; o preço de não comparecer ao protesto estudantil é que tem a manhã livre, e até agora ela a usou para pintar as unhas e aplicar hena ao cabelo.

As quatro paredes do quarto de Kawsar parecem se fechar um pouco a cada dia. Buracos no teto deixam a água da chuva escorrer pela pintura azul, criando lágrimas fantasmagóricas, como se o quarto pranteasse todas as mortes que testemunhou. Primeiro, sua mãe se encolheu em uma pequena bola de dor, e poucos dias depois de ser tirada de seu próprio bangalô, ficou muda e desamparada, morrendo com os olhos apertados como se assim o tivesse desejado. Farah, com altivos cinquenta e cinco anos de idade, morreu poucas horas depois de se queixar de dor no peito, rápido demais para que o médico concluísse seu turno no hospital e o atendesse; com suor pingando do rosto e das costas, ele apertava o coração e o braço e implorava por água, um copo atrás do outro. Hodan testemunhou essas mortes, com os olhos imensos registrando cada detalhe enquanto andava em volta das pernas de

Kawsar, apertando-as intermitentemente como se dissesse: "Seja forte, *Hooyo*, seja forte". Kawsar tinha sido forte, mas então sua filha pegara uma faca e a destroçara.

O choque de Kawsar ao acordar em uma casa vazia e não conseguir encontrar Hodan mesclou-se a alívio quando ela se lembrou de que existia um mundo além daquelas paredes. Ela aguardou alegremente até a hora do almoço que Hodan voltasse, supondo que tivesse ido ao mercado comprar os mantimentos do dia. Quando o sol passou seu zênite e começou a cair, o humor de Kawsar afundou com ele. Perguntou aos vizinhos se eles tinham visto a filha, mas eles ignoravam seu paradeiro; correu para a banca de Dahabo para ver se Hodan a visitara, mas saiu decepcionada. Ao voltar para casa, abriu o guarda-roupa e descobriu que haviam desaparecido uma sacola e algumas roupas de Hodan, e se deu conta de que a noite a encontraria sozinha na casa. Dahabo a acompanhou até a delegacia de polícia naquela mesma noite, para informar que Hodan estava desaparecida, o tempo todo lhe assegurando que a filha estaria em casa de manhã. Ao longo de toda aquela noite clara de lua cheia, Kawsar esperou, com os ouvidos atentos a passos, até que o sol acendeu luzes de neon pelas lâminas das persianas.

Hodan só voltou noventa e dois dias depois. Não contou a Kawsar, nem a ninguém mais, onde tinha estado e o que tinha visto, mas duas semanas depois levou uma lata de gasolina e uma caixa de fósforos para o banheiro e se incendiou. A imagem de sua cabeça calva, da pele marmorizada e do rosto esquelético e sorridente nunca deixou Kawsar. Foi com raiva que, quando aquelas pálpebras adejantes finalmente se imobilizaram, ela enterrou aquela casca. Que pecado ela cometera para merecer um castigo assim? Mesmo que Hodan tivesse se tornado uma puta, vendendo o corpo na rua, a humilhação não poderia ter sido maior. Apenas anos depois Kawsar soube que as jovens estavam fazendo aquilo, imolando-se em banheiros e quintais mesmo antes de a vida começar.

Kawsar doou todas as roupas e os pertences de Hodan, vendeu a maior parte das joias de ouro que ganhou de presente de casamento e deu o dinheiro para o orfanato. Os lençóis que ainda tinham o cheiro da loção corporal dela foram jogados fora e substituídos. A raiva se dissipou lentamente com o passar dos meses, mas nunca foi embora, queimando-a como um leito de brasas.

Kawsar acorda lentamente de seu cochilo induzido por remédios e escuta os movimentos de Nurto para saber a hora do dia. Há silêncio até que Nurto abre a porta do pomar para a cozinha e põe as compras no chão. Kawsar escuta-a correndo para o chuveiro e, depois, o bramido de água e canos batendo quando o tanque se esvazia pela torneira. Em seguida, Nurto surge enrolada em uma toalha, com água pingando do nariz e das orelhas, tremendo incontrolavelmente.

– Embrulhe-se direito. – Kawsar joga um cobertor para ela.

Nurto aperta o cobertor com as mãos e o levanta até o peito.

– Eles... – ela diz, batendo os dentes.

– Quem?

– Os soldados... para ver... assim todo o mundo podia vê-los.

– O que você quer dizer? Quem a machucou? – Kawsar grita, já imaginando Nurto despida na rua.

– Eu não, eu não. Nômades.

Kawsar tomba para trás devagar sobre o travesseiro.

– Na cidade?

– Colocaram oito homens mortos ao lado do mercado, eu vi um com os intestinos pendurados de um buraco na barriga. – Parecendo enjoada, Nurto se encolhe no colchão.

– Ninguém foi reclamar os corpos?

Nurto sacode a cabeça.

Kawsar pode imaginar as discussões das viúvas e das mães dos nômades enquanto buscam o paradeiro dos parentes, perguntando primeiro a vizinhos, depois a conhecidos, e por fim à polícia. Mas que distâncias estas mulheres devem enfrentar? Suas casinhas cercadas por nada além de montanhas e rochas, cada *reer* um planeta próprio. Ela costumava encontrar os homens no micro-ônibus para o *suuq*, contando cuidadosamente os xelins de seu pagamento reduzido enquanto exibiam um orgulho que os homens da cidade haviam perdido. Os velhos de turbante, muitas vezes, tinham as costas retas e o rosto de falcão, com robes que caíam sobre os ossos delicados; não tinham de lidar com a Guddi, nem com toque de recolher ou desfiles forçados, mas agora o regime voltara sua atenção para eles também.

– Descanse um pouco, deixe isso sair de sua cabeça – Kawsar a conforta. Cada dia ali é mais um ultraje, e ela tem medo de ver a reação de Nurto.

Depois de uma hora, Kawsar manda Nurto ao salão de vídeo de Zahra para assistir a um filme híndi e tirar da mente o que vira. Ela fica sentada na cama e se refresca com um leque preto laqueado que ganhou de Farah, com os fios dos cabelos finos se agitando. O ar lá fora está pesado, parado, estático de eletricidade comprimida. As chuvas *Gu* estão se aproximando, fazendo com atraso seu caminho das florestas tropicais do Congo, sobre as terras altas da Etiópia, para cair no solo queimado e ressecado da Somália. O sol está escondido no alto, além das nuvens lilás, mas seu calor ainda é capaz de extrair suor das rugas da pele de Kawsar.

As tempestades até agora foram pouco intensas, afastando-se com a mesma velocidade com que chegaram; quando as verdadeiras chuvas vêm, são implacáveis, caem do céu e inundam as ruas como um mar em torno dos bangalôs. São uma manifestação de um ano de preces, um dilúvio dos desejos dos nômades. Só um país violento como este poderia merecer uma chuva tão violenta; ela não salpica folhas maleáveis, bate na terra como artilharia, destruindo ruas em poucas horas. As crianças às vezes são arrastadas pela correnteza, os corpos são encontrados a quilômetros de distância, junto com vacas afogadas e bicicletas destroçadas. Da seca desesperada à inundação desesperada, parece que os somalis só podem esperar desastres.

Nos anos 1960, a enchente que Kawsar viveu no extremo sul parecia um castigo divino: a profundidade da água fez submergir palmeiras, minaretes e postes de telégrafo, e ali nadavam crocodilos, cobras-d'água e famílias inteiras de hipopótamos irritados. Ela se lembra de estar no Land Rover de Farah, em cima de um morro, olhando para as aldeias onde talvez só um ou dois tetos de palha estavam acima da água, nos quais homens, mulheres e crianças estavam ilhados. Por todas as áreas agrícolas alimentadas pelo Juba e pelo Shebelle a cena se repetia, um ano de colheita apodrecendo debaixo do solo invisível. Essa foi a primeira vez que o jovem país teve necessidade de mendigar aos ex-governantes coloniais, e desde então o governo não parou de pedir; em inundações e períodos de fome, de tratores a máquinas de raios X, esteiras de prece voltavam-se para o Ocidente e joelhos dobravam-se em súplica.

Desde a partida dos italianos e dos britânicos, o país parecia sitiado por dificuldades, fossem naturais, fossem econômicas ou políticas. Os europeus deviam ter deixado uma maldição profunda quando foram embora, despertando em sua esteira *jinns* mortos havia muito tempo, para transformar tudo em areia e lixo, como

Oodweyne. Kawsar se lembra de encontrá-lo rapidamente em Mogadíscio, enquanto ele ainda era um oficial júnior e Farah era vice-comissário distrital de Baidoa; era completamente comum, sem nenhum traço especial, nem mesmo malícia, e ainda jovem estava ficando calvo – essa foi a única coisa que notara nele. Como o tempo prega suas peças! Eleva anões e estorva gigantes – de que outro modo poderia Farah estar no chão e Oodweyne em um trono? Ele deslizara para o poder quase sem ser percebido depois do assassinato do último presidente eleito, e sua voz, quando aparecia no rádio, era sempre agourenta aos ouvidos dela; transportava-a para aqueles cinco dias de 1969 depois do assassinato do presidente com um tiro disparado por seu guarda-costas, quando a Rádio Hargeisa transmitia sem parar trechos do Corão, as escolas e os escritórios estavam fechados em sinal de luto e ela se recuperava na cama de um de seus abortos espontâneos.

A surpresa que sentira no sexto dia, quando às nove da manhã confirmou-se de forma eufórica um golpe militar e um novo nome para o país – República Democrática da Somália –, nunca a deixara, estava no fundo de todos os outros acontecimentos desnorteantes que se sucederam: a prisão do primeiro-ministro, a extinção do Parlamento e da Constituição, a tomada do país pelo Conselho Revolucionário Supremo, cujo presidente era Oodweyne. Farah fora um dos poucos a vocalizar sua oposição; ele chamava os novos líderes de "cucos" e interrompeu o contato com amigos que diziam que preferiam o governo militar ao caos da democracia. Kawsar, uma mulher típica aos olhos de Farah, queria apenas paz e que a situação fosse a mais estável possível.

A junta introduziu um alfabeto somali, organizou voluntários para construir escolas, hospitais, estradas, para reparar o estádio em Hargeisa, e disse às pessoas que elas deveriam esquecer seus nomes de clã e passar a chamar umas às outras de camaradas. Então eles perderam a guerra e revelaram sua verdadeira natureza. Ela deseja poder falar com Farah e lhe dizer: "Você estava certo, eu admito, eles são intoleráveis". Mas isso significaria ele ver como tudo se despedaçou em sua ausência: Hodan se foi, sua mulher está velha e aleijada, a casa está suja e decaída, seus velhos amigos estão mortos ou na cadeia, ou perdidos para o *qat* e o álcool. A resistência que ele convocou é liderada agora por crianças, e, no tempo decorrido, o regime criou raízes tão profundas quanto as das ervas daninhas do canal, a ponto de ela temer que tudo tenha de ser destruído para removê-lo.

O sinal da Rádio FLN está de repente mais forte; as vozes, incisivas no ar da noite; não são mais fantasmas falando de um mundo além, mas animados sotaques de Hargeisa, claros e confiantes. Kawsar baixa o volume até mal conseguir ouvi-los. Nurto está vestida com uma das velhas camisolas florais de Kawsar, uma coisa casta de mangas compridas, que se torna completamente transparente quando a luz bate por trás; Farah a comprara para Kawsar, e ela imagina os olhos dele consumindo seu corpo tal como os dela agora consomem o de Nurto.

Agora há uma atmosfera diferente à noite; elas são como colegas de quarto e não patroa e empregada. À vontade com os cheiros e hábitos uma da outra, já não se dão as costas. Fazem incursões em pequenas intimidades, reduzindo aos poucos a enorme distância entre idades e circunstâncias. O que Kawsar realmente quer saber é se Nurto tem algum plano de se casar logo. A menina parece pronta, tem as pequenas espinhas que as adolescentes têm quando seu corpo está maduro para o amor, seus suspiros à noite são plenos de solidão.

– Soube mais alguma coisa de seu amigo americano? – Kawsar pergunta depois que o programa de rádio muda para o ar vazio, estático.

– Não, ele está em Saba'ad tirando fotos dos refugiados. Faz semanas que não o vejo.

– Você está interessada nele?

Nurto vira o rosto.

– Acho que ele não é sério.

– Ele vai voltar para o país dele; você não deve deixar que ele a afete, você estará melhor com alguém de sua cultura e sua língua.

– Como era seu marido?

– Inteligente, alto, teimoso, honesto, sempre tentando aprender alguma coisa...

Nurto a interrompe.

– Ele era rico?

– Trabalhava muito e ficou rico, aqueles guarda-roupas estão cheios de roupas que comprou para mim.

– *Hum.* Este é o tipo de vida que eu quero.

– Certamente é bom por um tempo, mas comprar não é suficiente para construir uma vida.

– Aquelas mulheres no *suuq*, com empregadas carregando suas sacolas, me parecem felizes.

– É claro, e você espera que elas lhe contem sobre o ciúme da segunda esposa ou a preocupação de nunca ter um filho do marido.

– Isso também pode acontecer se você for pobre como lama. Eu preferiria ter preocupações como essas com dinheiro no bolso do que ter dez filhos e nada para dar a eles além de chá preto.

– Cuidado com o que você diz, Deus está sempre ouvindo e vai testá-la.

– Que ele me teste com dinheiro, esse é um teste que vou fazer feliz.

– Você só tinha chá preto em casa?

– Às vezes, quando a mamãe estava doente. Ficou melhor quando fomos tirados da escola e cada um tinha emprego.

Kawsar nunca conheceu essa vida. As únicas ânsias de fome que sentiu eram autoinfligidas, quando sua mente se afastava da comida para se concentrar em outras preocupações; ela gostava da agradável tontura que encontrava em um estômago vazio, mas talvez metade desse prazer fosse saber que uma cozinha totalmente estocada estava a apenas alguns passos de distância. Desde a infância, suas refeições apareciam a cada dia no mesmo horário para exigir sua atenção, e ela lutava teimosamente contra sua tirania. Comia o que queria e só quando queria. Quando meninos de rua mendigavam na porta da mãe dela, jogava o prato fora e lhes oferecia o conteúdo, como se *ela* pudesse viver só de ar.

– Como *Aabbo* morreu? – ela pergunta a Nurto.

– Como alguém morre? Ele ficou doente e algumas semanas depois morreu na cama.

– E foi aí que vocês pararam de ir à escola?

– Não, nós fomos por um pouco mais de tempo, mas então *Hooyo* não conseguiu mais lidar com a situação.

Uma ideia assalta Kawsar, como se uma nuvem tivesse clareado.

– Nurto, se você quiser ir à escola, eu posso ajudar.

– Ah, não...

– Ou você poderia pedir pra alguém vir aqui e lhe ensinar. Você tem tempo livre demais de dia e deve usá-lo.

– Eu e a escola terminamos. Posso ler o que preciso; a única escola que gostaria de frequentar é a escola de beleza.

– O que você aprenderia lá? Como aplicar *kohl* em alguém?

– A gente aprende tudo... maquiagem, corte de cabelo, pintura de hena, remoção de pelos.

– E como isso a ajudaria?

Nurto a olhou como se ela fosse cega.

– Poderia abrir meu próprio negócio!

– As pessoas estão realmente dispostas a pagar pra que alguém passe batom no rosto delas?

– Pra casamentos e essas coisas, é claro que você vai a um especialista.

– Com certeza os tempos mudaram.

– Mudaram mesmo – Nurto replica com firmeza.

– E você poderia ganhar a vida fazendo isso?

– Acho que sim.

– Então você quer ir pra essa escola de beleza?

– Se fosse possível...

– Então você deve se matricular, eu pago as mensalidades.

– *Wallahi?*

– Sim.

Nurto se levanta depressa e beija a testa de Kawsar.

– Foi Deus quem me trouxe pra senhora.

Kawsar fecha os olhos, constrangida; os beijos fazem sua pele cantar.

A lua está cheia e brilhante lá fora, cintilando como um holofote sobre o bairro, o vento sussurra entre as árvores. Kawsar está de olhos abertos, acordada pela própria risada; as sensações que ela tem em sonhos são muito reais, mas quando tenta lembrar a substância delas não consegue. As imagens têm a qualidade descorada e irreal dos antigos filmes projetados ao ar livre pela Rádio Hargeisa em noites de verão, muito tempo antes. São lavadas e ondulantes, as vozes desiguais, como se viessem de homens se afogando no ar.

O quarto resplandece. Uma moça semelhante a Nurto em altura e aparência, mas com a velocidade de um raio, entrara em disparada, um pano em cada uma das oito mãos, e não deixara sequer um cisco de pó ou palha para trás. Os lençóis estão devidamente lavados e empilhados ordenadamente na cadeira, todos os copos e xícaras recolhidos, a fuligem que se juntava em cada fresta fora raspada, os parapeitos das janelas varridos de moscas e mosquitos mortos, o chão lavado com Dettol, a lâmpada do teto polida até o vidro brilhar. Cada superfície se harmoniza com a limpeza antes esquecida. O ar nas narinas de Kawsar é limpo e fresco, o pequeno espaço à sua volta se expandiu dez vezes.

Dois condutores de jumento passam depressa pela janela atrás dela falando com os animais em sua linguagem secreta, estalando os chicotes enquanto eles tentam um galope apesar de sua carga pesada de fardos de cabra e carneiro crus. Uma nuvem de moscas segue zumbindo atrás deles, assim como as maldições do velho de Nova York que vive metade do ano em um bangalô ao lado do hotel.

— Levem sua sujeira pra outro lugar! Achem outra rua pra atravessar com essas tripas – ele grita.

— *Whodead! Whodead!* – eles respondem, cuspindo em sua cara o apelido que lhe deram.

Nurto abre gentilmente a porta e enfia a cabeça no quarto, com um sorriso radiante no rosto.

— Posso lhe fazer uma xícara de chá? Ou a senhora gostaria de café? Comprei grãos frescos hoje, já estão assando.

Esta é a primeira vez que ela oferece café a Kawsar.

— Sim, mas o que deu em você?

— Tudo vai mudar, como não estar animada? Eu me matriculei na escola de beleza hoje. Faço um bolo? Vai ficar ótimo com café.

— Você é quem sabe. – Kawsar dá um sorrisinho. Vai levar horas para a pobre menina assar um bolo no fogão a lenha, mas não lhe faria mal tentar.

– A senhora está confortável? Quentinha?

Kawsar ergue a mão, satisfeita.

– Você comprou os analgésicos hoje de manhã?

Nurto desaparece na cozinha por um momento, depois volta com um saco de papel marrom.

– Aqui estão. Comprei dois envelopes, assim a senhora não fica sem tão depressa. – Ela os põe com cuidado na mesa de cabeceira.

– Que menina boazinha...

– A senhora se importa se eu for ao salão de vídeo mais tarde?

– Não, o que vai passar?

– Um filme híndi antigo chamado *Pakeezah*. Eu já vi dez vezes.

– Sei, aquele com a dançarina que conhece um homem no trem. Acho muito antiquado pra você.

– Não existe um filme híndi que eu não tenha visto, anos cinquenta, sessenta, setenta, todos eles. Meu pai, que Deus o tenha, trabalhava no cinema antes de ele fechar e me deixava ficar na sala de projeção.

– Você daria uma boa atriz; seu rosto nunca está parado.

Nurto sorri.

– Acho que eu seria uma grande atriz. Só preciso sair daqui pra poder fazer o que quiser.

O relógio empurra o tempo adiante no silêncio, e o peso do anseio de Nurto afunda o colchão quando ela se levanta.

Um aroma excita o nariz de Kawsar e provoca um espirro.

– Alá! – Nurto corre descalça para a cozinha enquanto o cheiro de grãos de café fica mais forte.

Às quatro da tarde, o toque de recolher está firmemente em vigor, e, como se o sol também estivesse sob sua tirania, o céu escurece prematuramente, com nuvens ameaçadoras ocultando a lua e as estrelas que correram para sua posição. A cidade enegrecida parece nada mais que um palco montado para os soldados nele exibirem sua fanfarrice, o bangalô é uma caverna além da qual há ursos, monstros e guinchos misteriosos, e Kawsar e Nurto se encolhem como crianças com medo do que a escuridão pode trazer. Nurto volta pontualmente do salão de vídeo, arrasta o colchão para perto e está sentada com as costas na moldura da cama, os cabelos a apenas alguns centímetros dos dedos de Kawsar, com os caracóis da nuca finos e vermelhos à luz do lampião.

O rádio está ligado no volume mais baixo, e a estação do governo fala de tentativas de parar a desertificação em torno da região de Banaadir, das visitas gentis do presidente a potentados estrangeiros, dos mecanismos regulares e meticulosos de um Estado em paz; o canal rebelde, a Rádio FLN, relata os acontecimentos em um país diferente, no qual os reservatórios de água estão destruídos, armas estrangeiras são usadas contra nômades desarmados e prisões são atacadas para libertar os inocentes. É difícil imaginar qualquer um desses lugares; em sua cama, a única coisa em que Kawsar consegue acreditar é que há uma rua escura e vazia lá fora, alguns bangalôs e um mundo que envelheceu, decaiu e logo chegará ao fim.

Kawsar acorda na manhã seguinte com um sobressalto, quando a porta estremece em sua moldura, *bang bang bang*, uma pausa, depois de novo *bang bang bang*. Nurto levanta num pulo de seu colchão e fica no meio do quarto, desnorteada, esperando instruções. As batidas fortes na porta continuam.

Tremendo um pouco, Kawsar aperta sua touca e faz um gesto para que Nurto abra a porta.

Escondida atrás da porta, Nurto destranca todas as fechaduras e a abre devagar.

Dahabo escancara a porta e entra.

– O que você está fazendo aqui? Quer nos matar de medo? Pensamos que fossem os truculentos – grita Kawsar.

– Bom, se você não abre a porta pra mim, tenho que fazer o que posso. – Ela anda até Kawsar e puxa as cobertas rudemente. – Você vem comigo. Há um carro esperando lá fora pra nos levar a Mogadíscio; de lá pegaremos um avião para Jeddah.

Kawsar puxa de novo as cobertas sobre as pernas.

– Você deve estar louca!

Dahabo puxa as cobertas de novo.

– Eu adiei a partida de todos tentando obter um visto extra pra você, Kawsar. Não me faça de boba.

Kawsar deixa as cobertas nos pés e cruza bem fortemente os braços, como uma garotinha sendo castigada.

– Quem lhe deu meu passaporte?

– Quem você acha? – Meneia a cabeça na direção de Nurto, que está escondida no canto. – Acredite em mim quando lhe digo que é hora de partir. Se você conseguisse se levantar e andar, poderia ver todos os soldados lá fora, o mercado semivazio. Traga o que não pudermos substituir depois, e vamos. – Ela pega a mão de Kawsar e, gentilmente, puxa-a para a frente.

Kawsar encolhe os dedos, solta-se e cruza de novo os braços.

– Ninguém a está segurando, Dahabo. Vá se quiser. – Seu coração está acelerado, mas a mente está entorpecida, incapaz de cogitar qualquer coisa; a cama quente parece o único lugar seguro ao qual se agarrar.

– Em nome de Deus! – berra Dahabo. – Quando você vai mudar? Quando vai perder esse maldito orgulho, a vaidade e a teimosia? Preciso implorar pra que salve a própria vida? Quando você vai mudar? Quando você vai mudar? Olhe pra você! Olhe como está vivendo! Quer ser deixada assim? Porque ela não vai salvá-la.

– Eu não espero que ela me salve. Nurto, ponha a chaleira no fogo.

Nurto corre para a cozinha.

Dahabo anda pelo quarto, procurando os pertences de Kawsar para embalar. Abre o guarda-roupa e tira peças aleatoriamente.

– Onde você guarda as fotografias? E o ouro do seu casamento?

Uma buzina de carro soa lá fora.

– Eles estão esperando, Kawsar! Não é hora de brincadeira.

– Pare com isso, você está fazendo uma bagunça, Dahabo. Eu não vou com você. Escute, vire pra cá. Me escute!

Finalmente, Dahabo se volta e revela os olhos injetados, cheios de água.

– Você é que está me abandonando, Kawsar, e não o contrário. Eu a carrego nas costas, se você deixar.

– Eu sei que faria isso, mas não quero que faça.

– Então vai simplesmente morrer aqui?

– Vou viver até o fim em minha casa, Dahabo. Não há nenhuma tragédia nisso.

Dahabo começa a soluçar pela primeira vez na frente dela – gritos desajeitados, terríveis, que ficam presos na garganta.

Kawsar descruza os braços e os estende.

Dahabo anda cambaleando até ela e então põe os braços em volta do pescoço de Kawsar.

– Desculpe pelo jeito como tratei você nas últimas semanas. Eu não queria perder você. Vá com seus filhos, Dahabo, relaxe e não pense em mais ninguém, você merece todas as coisas boas.

As lágrimas de Dahabo vazam pelo lenço de Kawsar e chegam à sua pele.

– Lembra quando sua mãe trouxe você pra minha casa pela primeira vez e nós escondemos o pano dela, o esfregão e os detergentes no telhado, e ela passou a tarde toda ou procurando por eles ou atrás de nós? Achei que tinha encontrado meu próprio espírito em outro corpo.

– Pare, pare com isso. – Dahabo se afasta, alérgica a demonstrações de emoção. – Então você não vem comigo?

A buzina do carro soa de novo, desta vez mais demorada e mais irritante.

– Não.

Dahabo meneia a cabeça.

– Aceito sua decisão, mas nunca vou parar de pensar em você.

– E eu em você. – Kawsar segura a cabeça de Dahabo e a beija com força nas duas faces, depois na testa. – *Nabadgelyo*, sua bruxa.

– *Nabaddiino*, sua velha rabugenta.

O dia passa como um borrão. Kawsar se sente drogada, entorpecida, como se tivesse acabado de sair de uma cirurgia, uma amputação. Ainda sente o cheiro de Dahabo nas roupas, sente sua presença, mas ela já está na estrada, na única faixa de asfalto decente que leva a Mogadíscio. Kawsar não chora, apenas olha para a porta, imaginando se algum acontecimento estranho pode trazê-la de volta, e à noite toma analgésicos suficientes para forçar o sono.

Tarde da noite, Kawsar abre os olhos. Alguma coisa não está certa. Os vira-latas estão quietos; normalmente eles latem e uivam enquanto rasgam o lixo depositado na margem da rua. Ela não consegue ouvir nem o bramido dos caminhões-tanque pela Airport Road. Os soldados não estão batendo em nenhuma porta.

Olha para Nurto em seu colchão, com as pernas esticadas para fora sobre o piso de cimento, a cabeça escondida debaixo das cobertas. Kawsar abre a boca para chamar seu nome e pedir-lhe que olhe pela janela, mas resiste ao impulso. Vai ficar acordada, de olho na janela acima da cama.

Pressionando uma mão contra a batida forte e regular sob as costelas, ela lembra que seu pai, sua mãe e seu marido sucumbiram todos ao coração fraco. Farah deu seu último suspiro nesta mesma cama, a pele viscosa, a boca aberta, os olhos projetados para fora da órbita. No fundo do travesseiro estava seu suor, o de sua vida e o de sua morte, misturando-se ao dela. Os órgãos dela parecem estar em guerra agora; sua urina, quando pinga na comadre, é escura como chá, e o resíduo sólido é coberto de muco e sangue. Só seu coração parece distante dessa escaramuça, seus batimentos atenuados mas insistentes; ele sofreu tantos choques que seu exterior engrossou, protegendo-o como gaze contra novos ferimentos. Quando o fim chegar, o coração vai ser a parte mais forte dela, tentando arrastar o resto como uma mula com sua carga. Ela deseja poder lhe dar um cubo de açúcar e dizer: "Muito bem, você me serviu muito bem, mas agora é hora de se aposentar".

Flutuando entre a fraqueza e o sono, Kawsar se vê puxando o ferrolho da porta de madeira que leva de sua cozinha austera ao pomar murado. Os parafusos da dobradiça superior da porta estão soltos, e Kawsar tem de levantar a porta pela maçaneta para que ela se abra. Ela ouve um suspiro, se dela ou do pomar não consegue saber. Além da porta da cozinha o Éden a espera: as árvores, as plantas e os frutos de seu trabalho, um pequeno trecho de terra que ela governou com benevolência. Galhos se estendem de uma ponta à outra da parede de barro esmigalhada, criando uma rede de folhas que filtram a luz do sol e o luar.

Ela respira fundo e aspira o aroma que exsuda destes seus filhos: tamarindo, goiaba, romã, buganvília e jasmim, sonhos a que ela deu vida. Se seu bairro, com os velhos bangalôs e ruas largas feitas de ótima areia dourada, parece diferente de qualquer outro lugar de Hargeisa, ela duvida que haja algum lugar como seu pomar no mundo. É um lugar em que o tempo se move de modo diferente; ele anda depressa para trás, para a infância dela, em vez de se arrastar para a frente, até o seu fim. Dentro destes quatro muros não há nada que lhe diga que ela não é uma menina matando tempo no ar fresco até que sua mãe chegue carregada e deposite as compras do dia no chão da cozinha. Aqui, as juntas dela são flexíveis, sua coluna é reta, seus pensamentos claros e amplos como o horizonte. Ela vai deixar instruções para ser enterrada debaixo deste solo salpicado de mica, onde tem certeza de que ainda conseguirá sentir a chuva nos ossos, quente e escorregadia como sangue. Sua mente segue em frente aos tropeços, buscando encontrar o lugar para seu túmulo. Algum lugar quieto e reservado que não estrague a vista do pomar.

Ela rasteja até o canto esquerdo oposto, onde a árvore de tamarindo parece uma mulher sacudindo o cabelo ao vento, com ninhos de tecelão pendendo dos galhos superiores; ela fornece sombra e canto de pássaros. Embaixo da árvore há um trecho desconjuntado de grama selvagem, seca e amarela, e ela a arranca, não querendo algo tão desmazelado em seu túmulo. Ela se estica entre o tamarindeiro e o muro dos fundos, e, como se preordenada, a extensão é perfeita, como um bom sapato com pouco espaço além dos dedos. A terra embaixo está atarefada, agitada com a vida de insetos, cidades inteiras, tribos inteiras se reproduzindo, respirando, morrendo em um pânico eterno. O que pensarão dela quando ela cair em seu mundo? Uma intrusão pesada, muda, escura? Ou um maná despejado por uma benevolência anônima? É mais provável que não haja nenhum pensamento, apenas o desejo de chegar aos olhos, à língua e às outras partes suculentas antes que outra coisa o faça. A pele de Kawsar pinica ante a ideia de bocas minúsculas sugando-a e mordendo-a, seus restos antiquados nutrindo corpos estranhos.

– Que venha! Que venha tudo – murmura.

* * *

Acordando enquanto o céu está rosa e ainda ornado de joias, ela reza para que Dahabo tenha chegado à capital em segurança e não tenha medo quando tomar o avião para Jeddah. Nenhuma delas jamais andara de avião, e parece incongruente, ridículo, se lançar no céu nesta idade. Kawsar se recosta no travesseiro e nota algo vibrando levemente embaixo do corpo; a princípio ela gosta da sensação, pensando que é uma invenção de sua imaginação, mas então o tremor se torna mais violento, espremendo seus ossos contra o estrado da cama. As paredes do bangalô parecem gemer antes de também começarem a tremer, fazendo retinir o teto e mandando os tecidos emoldurados para o chão.

– O que está acontecendo, Nurto? É um terremoto?

Nurto tenta saltar do colchão, mas suas pernas ficam enganchadas nos lençóis; ela arranca violentamente as cobertas e as joga no chão. Em segundos está na frente da janela.

– Tanques. A rua está cheia de tanques e soldados.

– Alá, começou. Eles vão nos demolir.

As torres blindadas dos tanques ajustam a posição, chiando como cigarras gigantes antes de se encaixarem com um clique. Então elas ouvem os primeiros disparos distantes da guerra, um estampido débil como o de pipoca pulando na panela, mas seguido por gritos e choros.

Nurto esconde a cabeça atrás da janela.

– Eles foram pra casa de Maryam.

Kawsar respira fundo, tenta pensar em alguma coisa a dizer para acalmar Nurto, mas sua mente está vazia. O terror queima seus pensamentos à medida que eles se formam.

Nurto enfia a cabeça de novo no canto da janela.

– Eles a arrastaram pra rua.

Kawsar a observa enquanto os minutos passam: Nurto parece transfixada, perfeitamente imóvel afora os pequenos fios de cabelo agitados na brisa.

Uma explosão de disparos automáticos soa e Nurto se vira e cai no chão, os joelhos pressionados contra o peito, a cabeça nos braços. Os soldados gritam uns para os outros em um dialeto rápido que Kawsar mal compreende. Parecem confusos, esmagados pela magnitude do que estão fazendo. Kawsar capta algumas poucas frases: "Quando as armas PM vão chegar?"; "Hassan, qual é a próxima casa?"

– Ela está morta. Tenho de ver se *Hooyo* e as crianças estão seguras. – Nurto se levanta, evitando os olhos de Kawsar, lentamente esticando os lençóis de sua cama e dobrando os cobertores.

– Por favor, me traga uma jarra de água, uma xícara, analgésicos, o resto de *canjeero* e o rádio – replica Kawsar, de repente tomada por uma onda de calma.

Nurto empurra a mesa para mais perto da cama de Kawsar e organiza com cuidado os itens em cima dela. Ela enche a jarra de plástico até a água quase transbordar e a equilibra delicadamente ao carregá-la da cozinha.

– Coitada de Maryam.

Nurto meneia a cabeça, mas não responde.

– Pegue isto. – Kawsar tira um rolo de notas de dinheiro de sob o travesseiro.

Nurto beija as costas da mão de Kawsar quando pega o dinheiro. Não há lágrimas em seus olhos. Ela enfia uma cadeira sob a maçaneta da porta da frente, pega sua bolsa de lona cheia de roupas e artigos de toalete e sai pela porta de trás, na cozinha. Kawsar sabe que ela é corajosa o bastante para escalar a parede alta do pomar. Ela lamenta os cacos de vidro que embutiu ao longo do topo para deter ladrões. Nurto, sangrando ou não, terá de rastejar entre os bosques e as chácaras ao lado do canal até chegar à choça de sua família no norte de Hargeisa.

Os tanques começam a atirar, uma explosão de calor acompanha cada morteiro. Kawsar põe os dedos nos ouvidos, mas o estrépito penetra em seu crânio. Uma pluma de poeira entra pelas janelas, cobrindo tudo de gesso e areia. Kawsar estica a mão sobre a jarra, mas mesmo assim a água é contaminada.

Os tanques abrem caminho a explosões pela rua coberta por um manto branco de fumaça. Kawsar se impulsiona sobre os cotovelos e olha pela janela lateral. Seus vizinhos tentam fugir, escondidos em uma bruma de pó de cimento, mas sandálias e roupas brilhantes os entregam, e os soldados caem de joelhos e atiram contra as figuras fantasmagóricas. No alto há o gemido dos motores de um avião, e então, mergulhando da direção do aeroporto, ela vê um MiG com uma bandeira somali em cada uma das asas. À medida que os mísseis arrancam os barulhentos tetos de zinco da vizinhança, Kawsar sente o ar esquentar e ser roubado de seus pulmões.

Ela desaba de volta na cama e puxa um cobertor sobre o rosto, temendo que uma bomba exploda através do teto em segundos. Ela e Guryo Samo chegaram ao fim de seu tempo; os soldados vão devolver a rua ao deserto, desligar as estrelas, matar os cachorros e apagar o sol em um poço.

FILSAN

Filsan passa os dias em Hargeisa, mas sente tanta falta das noites na cidade que acorda com seu cheiro marinho picante no cabelo. Mogadíscio, a Bela – suas mesquitas de turbante branco, as cestas de anchovas brilhantes como mercúrio, o *jazz* e os pés embaralhados, criadas com ossos de passarinho e sorrisos lentos, o branco cego de suas casas contra o azul-safira do oceano – *sinto sua falta*, os sonhos dela parecem dizer. As lembranças aderem a suas costelas como cracas. Ela se sente uma exilada, mas não entende o que a mantém aqui: ambição, desejo de mudança, necessidade de escapar do pai – isso não parece suficiente para fazê-la ficar longe.

Filsan está sozinha, intocada, esquecida. Abre os olhos com a mão na barriga, imaginando que a mão é de outra pessoa. Não adianta nada depilar as axilas, as pernas ou as partes íntimas porque não há ninguém para vê-las; só seus próprios dedos correm pelas coxas. Houve um tempo em que homens a requisitaram e manifestaram suas intenções para o pai dela, mas ele os ridicularizara, e ela também não sentia nada além de desprezo por sua bajulação orgulhosa; não se interessavam por ela, não sabiam nada dela, apenas que ela era filha dele. Queria alguém que não pedisse sua permissão, mas o desnudasse como o velho insignificante que era, que simplesmente a levasse, mas estava ficando tarde demais para alguém querer animá-la a ir a algum lugar; coisas como essa aconteciam a garotas de dezessete anos, não a mulheres com rugas se aprofundando na testa.

Filsan se levanta e tira o uniforme do gancho na porta; faltam dez minutos para que o alarme toque, mas ela não quer permanecer com seus pensamentos, meditando simultaneamente sobre tudo e nada. Puxa a túnica pela cabeça e a calça sobre as pernas. Uma visita rápida ao banheiro e está ao lado do fogão na cozinha comunitária, com a parede acima enegrecida pela fuligem e o cheiro de carne e manteiga da noite anterior ainda no ar. Na panela, folhas de chá, bagas de cardamomo e cravo tremem na superfície da água fervente; quando a água está prestes a transbordar, ela agarra o cabo e derrama apenas o suficiente para encher sua xícara esmaltada. Coloca três colheres de açúcar e depois lava e seca a panela antes de trancá-la no próprio armário. É naturalmente desconfiada, mas se tornou obsessiva em manter seus pertences em segurança neste alojamento; as outras mulheres não têm vergonha de roubar roupa de baixo do varal, louça da cozinha e sabonete da pia. Suas rações são reduzidas, não pelos ratos do armazém, mas por colegas soldados, que cortam sacos de arroz ou abrem buracos nos barris de óleo. Filsan deseja poder delatar os culpados, mas eles estão escondidos atrás de uma cultura de venalidade; nas delegacias de polícia locais, prisioneiros ricos são autorizados a "alugar" uma cela, pagando aos guardas para que os deixem passar os dias livres e só voltando à noite para uma soneca. Eles não têm nenhuma preocupação com o país ou a revolução; trata-se simplesmente de conseguir vantagens.

Ela bebe o chá imediatamente, e seu calor lhe queima a garganta de um jeito que ela acha agradável. Esse é todo o seu café da manhã. Nunca fora ensinada a cozinhar; o pai preferia que se concentrasse nos estudos e deixasse o trabalho doméstico para as empregadas, mas agora ela deseja poder preparar alguma coisa em vez de depender de pedir comida. Olhando pela cozinha escura e ouvindo o ronco do estômago, Filsan se sente como uma criança órfã, e não apenas sem mãe. Em casa, sua empregada, Intisaar, teria coberto a mesa de jantar com uma toalha de vinil decorada com florzinhas amarelas e disposto nela um bule de chá preto, uma jarra de suco de laranja, uma salada de frutas de mangas, mamões e bananas, um prato cheio de *laxoox* escondido sob um porta-pão em forma de domo e, se seu pai tivesse pedido na noite anterior, ovos mexidos e rim de carneiro.

As outras mulheres – há cerca de cinquenta no alojamento – vão entrando na cozinha enquanto Filsan pajeia a xícara vazia e olha para a vista além da janela, um pátio vazio cruzado por postes e varais em primeiro plano, com os dois domos da mesquita central atrás. Lajes de concreto abandonadas quando o hotel quase terminado foi requisitado pelos militares formam outro tipo de alojamento para pombos arrulhantes embaixo da janela. Ignora suas camaradas assim como elas a ignoram, mas o que lhes diria, se pudesse? Contaria que nunca foi boa em fazer amigos, que os filhos de Intisaar pareciam gentis, mas não tinham permissão do pai dela para entrar em casa, que as crianças da vizinhança a tinham rejeitado, que achava mais fácil falar com os amigos do pai, que seu rosto era fechado porque não sabia como abri-lo. O silêncio toma o lugar de todas essas palavras, e sua solidão permanece densa e compacta como uma sombra.

Ela lava a xícara, tranca-a e volta ao quarto para fazer a cama antes de partir para o escritório do Tribunal Militar Itinerante. A nomeação programada para o Conselho de Segurança Regional sumiu no minuto em que foi posta para fora do carro de Haaruun, e mandaram que investigasse marinheiros retornados e donos de café suspeitos de atividades antirrevolucionárias. Ela ouve risadas na cozinha quando vira a maçaneta da porta de seu quarto e sabe que são para si; é difícil dizer se suas camaradas julgam ridículo ela rejeitar Haaruun ou se apenas acham engraçado que alguém a quisesse.

Quando entra e se abaixa para recolher uma meia, ela é dominada por uma urgência de chorar, e seu sangue de repente escurece de aversão por si mesma, de raiva de que sua vida seja tão pequena e inconsequente, de que esta cela de dois por dois metros seja a amplitude de seu mundo. Seu pai a havia trancafiado, havia lhe dito que ela não lamentaria as decisões que ele tomara para ela, que ela seria um novo tipo de mulher, com as mesmas capacidades e oportunidades de qualquer homem, mas em vez disso ela vive a existência tranquila, estéril e celibatária de uma freira, sem desenvolver nada além de cabelos grisalhos. A vida inteira restou-lhe juntar pó, tão despercebida quanto um quadro na parede, e às vezes parece que o único jeito de ela ser ouvida é reclamar, rugir e golpear.

Os escritórios do Tribunal Militar Itinerante ficam em um velho complexo colonial. A chaminé de tijolo que se projeta de um dos telhados é algo que ela não vira em Mogadíscio, onde o clima nunca era menos que sufocante; aqui o vento é tão frio e forte que às vezes não é difícil imaginar um inglês cochilando ao lado de uma fogueira com um cachorro de pelo longo a seus pés. Em sua sala espartana há apenas duas mesas, uma para o capitão Yasin e uma pequena e arranhada para ela, cabo Adan Ali. Eles coordenam uma rede de escritórios no noroeste da Somália que, desde que os ferozes ataques rebeldes sobre Sheikh e Burao foram vencidos, em 1984, tem jurisdição não só sobre militares, mas também sobre civis. Em cima da mesa está uma pilha multicolorida de relatórios, mandados e transcrições de julgamentos; seus olhos são imediatamente atraídos para os dois documentos verdes que representam mais duas sentenças de morte baixadas pelo coronel Magan, promotor e juiz do tribunal. O coronel trabalha em um prédio adjacente e raramente os visita, mas sua brutalidade é claramente visível nas palavras a tinta vermelha que ele deixa nas margens das transcrições dela: "Ele é bufão e mentiroso"; "Por que ainda não nos livramos deste?"; ou, mais comumente: "Sigam os amigos dele". Ele já enviou mais pessoas para a morte neste ano do que o Serviço de Segurança Nacional ou o Conselho de Segurança Regional. É como sentar no meio de uma teia de aranha e puxar os fios para ver onde as moscas foram apanhadas: todos aparentados por clã, por casamento, um rebelde levando a dúzias mais e exigindo mais tinta para a máquina de escrever dela.

Filsan é uma funcionária de escritório dentro do exército, nem notada, nem comandada pelos homens de galões dourados acima dela, e irrita-lhe que, a despeito de dois anos de serviço no Corpo Auxiliar de Mulheres e cinco anos de trabalho para os policiais de uniforme verde do regime, os Pioneiros da Vitória, suas principais tarefas ainda sejam as de uma secretária. Seu pai sonhou ou mentiu quando lhe disse que ela faria a terra tremer em Hargeisa? Estava bêbado? Ou só desesperado para tirá-la de Mogadíscio, para o caso de as suspeitas em torno dele se tornarem mais tangíveis e sinistras? Nas notas dos agentes enviadas para sua mesa, ela vê como é difícil interpretar os atos, as intenções, as palavras de alguém; se tivesse de criar um dossiê sobre o próprio pai incompreensível, por onde começaria? Ele lhe mostrara ternura e desprezo, crueldade e honra, um vislumbre do mundo através das grades de seu amor. Ela o vê agora andando no teto plano da *villa* de três andares que possuem em Mogadíscio, com uma faixa do oceano Índico visível entre dois minaretes finos, observando a vizinhança com binóculo, esquadrinhando a leste e oeste em busca de espiões que acredita que o estão observando.

O capitão Yasin chega, alto e elegante em sua boina preta. Como estão apenas os dois na sala, ela não pode deixar de observá--lo o dia todo: suas passadas regulares pela sala e pelo corredor, as chamadas privadas que ele faz na única linha telefônica que há no departamento, as pontas de cigarro mentolado que aos poucos enchem seu cinzeiro de vidro preto, a lata de balas de hortelã que ele chacoalha, perdido em pensamentos, quando está preocupado com algum problema.

Filsan se levanta e bate continência, mas ele sorri e ergue as mãos, com as palmas voltadas para a frente.

– Não fique muito animada, senhorita cabo, mas falei com o major Adow há alguns dias e ele me perguntou se eu poderia recomendar uma diplomada persuasiva para a missão de educar aqueles nômades problemáticos da fronteira. Eu procurei em todos os lugares e então me lembrei de você, curvada sobre sua mesa. Que eficiência! Que honestidade!

Filsan ergue a vista para ele, com desprezo e desejo.

– Vá para Birjeeh, sem demora! – Ele aponta dramaticamente para a porta e ela ri sem querer. Os olhos dele a acompanham com um interesse que não a desagrada quando ela sai da sala.

O quartel-general do exército em Birjeeh tem a presença inesperada de um castelo encantado empoleirado em um morro desolado, parcialmente escondido atrás de muros altos com ameias e torres de observação; a ampla entrada arqueada só precisa de uma ponte levadiça e um fosso para completar o quadro. Filsan escoltou prisioneiros para o arsenal de concreto que agora funciona como sala de detenção, mas pode imaginar prisioneiros há muito esquecidos, com barbas desmazeladas, escondidos em celas secretas no subsolo.

O oficial de logística, tenente Hashi, a conduz à sala do major com uma carranca no rosto tenso de raposa, já irritado com alguma coisa.

A sala está lotada com trinta comandos musculosos da 26ª Divisão de Infantaria estacionada no local. Eles formam um crescente em volta do major Adow, mas por entre seus corpos ela pode ver fragmentos marrons, cáqui e dourados da jaqueta de Hashi e uma caneta preta entre seus dedos, como uma batuta.

– Aproximem-se, camaradas – ele diz antes de se levantar. Filsan nota que sua altura permanece a mesma.

O tenente Hashi desenrola um mapa e prende seus cantos com alfinetes no quadro revestido de feltro atrás da mesa. O mapa mostra a região noroeste da Somália em detalhes minuciosos: bebedouros naturais para animais, reservatórios, leitos de rio secos, estradas de terra. Há três círculos azuis sobre aldeias próximas da fronteira etíope; circundando os círculos azuis, semicírculos vermelhos.

Alternadamente, o major Adow aponta a caneta para cada círculo azul e o nomeia.

– Salahley, Baha Dhamal, Ina Guuhaa. Temos informações sólidas de que os rebeldes da FLN recebem alimentos e água e estão abrigados nestas aldeias. Desde que os secessionistas mudaram seu quartel-general de Londres para a Etiópia, eles têm se tornado cada vez mais ousados, e são lugares como esses que permitem que pensem que têm alguma chance de nos derrotar.

Filsan está na altura das axilas dos soldados; ela descobre que gosta do cheiro deles, do odor almiscarado de seu suor misturado com pelo e lubrificante de armas.

O tenente Hashi a encara com olhos injetados, pretendendo intimidá-la, mas este olhar não é nada em comparação ao do pai dela.

– Vocês estão encarregados de demolir os reservatórios de água de Salahley. Eles têm construído um a cada ano, há mais de dez anos, e entregaram alguns aos rebeldes. Cabo Adan Ali! Onde está você, minha menina? – grita o major Adow.

Filsan se adianta até ficar a um metro da mesa.

– Seu dever é comunicar nossa raiva e assegurar que entendam que novas medidas punitivas podem ser, e serão, impostas. Precisamos de uma camarada instruída que possa articular os princípios da revolução. Essa é você, não?

– Sim, major – responde prontamente Filsan.

– Eles receberão água de caminhão mensalmente e poderão usar seus poços tradicionais.

– Eu direi a eles, senhor.

– A data e a hora exata da operação serão confirmadas pelo tenente Hashi. Baha Dhamal e Ina Guuhaa ficarão a cargo do quarto e do décimo oitavo setores simultaneamente. Alguma pergunta?

Os soldados se mexem nervosamente, mas não respondem. Filsan sente um impulso de falar, mas teme parecer muito arrogante. Limpa a garganta, e todos os rostos se voltam para ela.

– Faremos prisioneiros? – quase sussurra.

O major Adow abre um sorriso amplo, do mesmo tipo que daria a um cachorro andando de bicicleta.

– Boa pergunta, *Jaalle*. Ainda temos que confirmar esse detalhe, mas você fez bem em perguntar.

Filsan vê os outros soldados sorrirem com condescendência, embora tenham sido covardes demais para erguer a própria voz.

Hashi gesticula para seu relógio, e o major Adow assente com a cabeça.

– Camaradas, vamos terminar esta reunião. – Ele ergue o punho no ar e grita: – Vitória para o exército nacional. Morte e derrota para os rebeldes.

Filsan grita o *slogan* em uníssono com os outros soldados, erguendo o punho.

* * *

Os olhos de Filsan se abrem. Lençóis úmidos se enroscam em suas pernas. Fragmentos de canções circulam por sua mente, canções de amor das quais ela sabe o significado superficial, mas não o profundo; no breu, soam insultuosas e terríveis. A operação Salahley será sua primeira missão de campo, a primeira vez que ela deixa Hargeisa desde que chegou, e a animação lhe impede de fechar os olhos por muito tempo. Está vivendo uma vida de soldado, enquanto o pai fica na frente da televisão assistindo a novelas egípcias.

A convocação chega dois dias depois. Está programado para saírem de Hargeisa às cinco da manhã e chegarem a Salahley às nove, se viajarem a toda a velocidade. O caminhão os recolherá em Birjeeh e depois seguirá para oeste. Filsan esperava que sua menstruação só viesse depois da operação, mas, como se para provocá-la, ela vem antes, empalidecendo seu rosto e fazendo-a dobrar-se em cólicas. Engole um chá preto atrás do outro e evita comer qualquer coisa que possa piorar sua náusea, mas na manhã do ataque está encolhida, soluçando por se sentir tão diminuída. Respirando fundo, estica os membros e se obriga a enfrentar a rotina matinal. Chega a Birjeeh antes dos outros, com o céu ainda escuro, mas com pássaros batendo asas e acordando uns aos outros com sacudidas nos galhos. O complexo de construções parece ainda mais imponente agora, com seus muros se misturando na escuridão além para formar uma cidadela de éter e pedra.

Filsan e a unidade de trinta homens deixam Birjeeh em um comboio de quatro caminhões grandes, do tipo que os moradores chamam de "os fatais" por causa de seu envolvimento em dezenas de acidentes de trânsito mortais. Filsan vai no assento do passageiro do primeiro caminhão, com a dor no abdome e nas costas embalada pelas suaves reverberações do motor. O motorista estendera o braço enquanto ela lutava para subir no veículo alto, mas afora isso não há nenhuma interação entre eles.

– Bom dia, cabo. – Do banco de trás, o tenente Afrah enfia a cara na cabine.

– Bom dia, senhor. – A saudação de Filsan é desajeitada. O tenente tem olhos de cor estranha, como vários somalis, castanhos em volta da pupila, com um halo azul espesso, como se ele tivesse ficado cego.

– Está nervosa? – Ele sorri e revela uma encantadora lacuna entre os dentes.

– Não, só quero fazer um trabalho decente.

– Vai ser fácil, vamos terminar antes mesmo que o motor esfrie. Tenho um rifle aqui pra você, um FAL automático. O coice não é muito forte, é melhor pra você do que o Kalashnikov. O major Adow disse que você teve treinamento com armas.

– Com o Corpo Auxiliar de Mulheres, mas isso foi há muito tempo. Eu não sei...

– Você não vai precisar dele; o rifle é só um meio de intimidação se houver alguns encrenqueiros na aldeia.

– Sim, tenente. – Filsan toma o rifle; o cabo é relativamente curto, enquanto o cano arranha o teto do caminhão. Filsan o segura cruzado sobre o peito, com a correia nas costas; ela nunca atingiu bem os alvos durante a prática em Mogadíscio, mas a sensação de segurar novamente um rifle é boa; uma arma faz um soldado, até uma mulher.

Ela pressiona a coronha grossa contra a barriga e se inclina para trás, escutando a conversa em voz baixa entre dois comandos bem atrás dela. Eles falam sobre uma mulher com quem um deles fez sexo de um jeito que fez a mulher parecer uma espécie de animal que ele capturou e matou.

Eles passam pelo último posto de controle e deixam a cidade compacta e bagunçada diminuir e desaparecer no espelho retrovisor. Uma borda de luz está se desenvolvendo à sua volta, manchada e brilhante como filme exposto, o horizonte dividido por pirâmides de granito inclinadas. Ela já viu uma paisagem como esta, quando tinha catorze anos, a caminho de Dhusamareb, durante a campanha de alfabetização somali. *Haddaad taqaan bar, haddaanad aqoon baro.* Se você sabe, ensine, se não sabe, aprenda, era o lema; todas as escolas, todas as faculdades e universidades foram esvaziadas de estudantes e professores por sete meses, para que pudessem ser enviados para lutar contra o analfabetismo em toda cidade, aldeia e acampamento. Os locutores da Rádio Mogadíscio descreviam o conflito nos termos mais apaixonados: as armas eram canetas, livros, gizes e quadros-negros; os heróis, simples professores e adolescentes que batalhavam bravamente contra a ignorância por todo o país. Filsan tinha partido da Praça Vinte e Um de Outubro, em Mogadíscio, durante o Eid, em agosto de 1974. O presidente fizera um magnífico discurso, e ela ainda consegue recitar partes dele: "A batalha em que vocês estão se engajando com suas forças tem mais honra do que a batalha comum, e tem mais valor do que qualquer coisa que vocês conheceram". Ele estava certo; se ela pudesse, voltaria àquele tempo. Sentia falta de viver com a família do ferreiro, ensinando nas manhãs e nos finais de tarde, aprendendo canções e danças rurais com as filhas, sentando-se à beira do riacho ao anoitecer, tomando leite direto da vaca. Toda a campanha havia sido paga por doações civis, e, mesmo sendo uma adolescente de catorze anos, ela havia sido tratada com respeito, porque sabia ler e eles, não. Anotava os poemas dos velhos na nova escrita somali, e eles dobravam os escritos dela e os enfiavam nas roupas como talismãs. Foi uma época de sonho – eles estavam cheios de amor ao país e aos outros; agora, parecia haver só rebeldes, ladrões e soldados lutando uns contra os outros. Ela sente que é a única a ainda acreditar naquela velha Somália com a qual crescera.

A estrada de asfalto termina abruptamente, e o caminhão desacelera para enfrentar a trilha pedregosa e arruinada. No sul do país, deveria haver avestruzes, antílopes, um ou outro leão ou leopardo, mas aqui o único animal selvagem a passar por eles foi uma velha tartaruga ociosa, à margem da estrada. É uma paisagem estéril, dura e monótona, feita para nada além de infortúnio. Não há nenhuma placa, nem um marco óbvio; o motorista parece saber por intuição que ramo da bifurcação na estrada tomar.

Filsan pergunta como as pessoas conseguem se orientar em noites sem lua nestas áreas desoladas, e ele aponta para o céu.

— Talvez os deuses digam a elas, ou talvez elas ainda conheçam os antigos mapas das estrelas e encontrem o caminho assim.

Seus antepassados eram comerciantes do lado do pai e agricultores de sorgo do lado da mãe, acumuladores serenos de terra e riqueza; ela não ouviu nenhuma história familiar de cruzar desertos, nem de caravanas de camelos. Parece que este terreno selvagem determinou o caráter do povo, ou atraiu espíritos compatíveis para habitá-lo. À medida que se aproxima da fronteira com a Etiópia, o caminhão começa a subir devagar, mas regularmente, o ar é fresco e aromatizado pelas flores amarelas de árvores-da-goma-arábica. Um jovem pastor se esconde atrás de um agrupamento de acácias quando o comboio passa, com sua figurinha apenas visível entre as coroas raquíticas e suas ovelhas de cabeça preta pastando ao longo de uma vasta distância.

Filsan se vira para trás quando o tenente Afrah lhe chama a atenção.

— Estamos nos aproximando de nosso objetivo, e eu exijo que cada um de vocês aja de acordo com o treinamento que recebeu.

Não esperamos enfrentar o inimigo hoje, mas, como sempre, mantenham a vigilância; vamos fazer breves buscas de casa em casa, e, se encontrarem aldeões com armas, tragam as armas e os transgressores a mim. A equipe de explosivos está no último caminhão do comboio e é formada por especialistas. Não deve levar mais de meia hora para destruir os reservatórios. Queremos uma operação fácil e tranquila. Estaremos em contato constante com Birjeeh por rádio; qualquer coisa fora do comum deve ser reportada a mim. Façam uma verificação final de suas armas agora.

É um *tuulo*, mal chega a aldeia: algumas habitações em forma de colmeia com roupas velhas penduradas sobre a entrada, uma loja de chá com chaleiras sobre fogueiras, uma solitária construção de pedra com teto de zinco, cabras, crianças extraviadas, um espaço desmatado debaixo de uma árvore alta, para aulas de religião e reuniões de clã. Filsan sente que voltou no tempo, que está olhando para um cenário que quase não mudou em séculos: mulheres *bedus* espiam de seus *aqals* com a atenção fixa nela, em particular em suas calças – uma alienígena, uma curiosidade nem masculina, nem feminina no meio delas. Aos seus olhos, elas são igualmente peculiares: pequenas, encurvadas, desdentadas, como crianças prematuramente murchas.

Os anciãos foram convocados, e Filsan se lembra de seu papel neste teatro. Ela se adianta para interceptar os três homens, mas eles a ignoram e continuam, apoiando-se em suas bengalas e nas pernas arqueadas, até um recruta atrás dela.

Ela agarra o homem à direita pelo braço.

– *Jaalle*, é comigo que você precisa falar.

É um homem franzino e magro, mas se desprende dela com força surpreendente. Filsan insiste, nada disposta a pedir ajuda para tratar com ele; quer arrastá-lo de volta pelos longos tufos de cabelos grisalhos que margeiam a cachola careca e fazê-lo ajoelhar-se a seus pés. Ela o alcança e enfia o cano da arma em suas costas estreitas.

– Pare!

Ele fica imóvel e se volta lentamente para encará-la.

Ela recolhe o rifle, mas o segura firme, ainda apontando na direção do homem.

– Nós queremos falar com o comandante. Que motivo vocês têm pra vir aqui? O que fizemos de errado? – Os olhos dele estão nublados de glaucoma, suas orelhas são grandes como as de uma raposa do deserto.

– Meu comandante delegou a mim a tarefa de falar com vocês. Estamos aqui com toda a autoridade do governo revolucionário. Há fortes indícios de que vocês têm ajudado a proscrita Frente de Libertação Nacional, e, a fim de evitar mais colaboração, os *berkeds* que cercam este assentamento serão destruídos. – Filsan fala depressa, sem parar para respirar. – Vocês ainda têm o direito de usar seus poços tradicionais e receberão água suplementar uma vez por mês do governo local.

Outro ancião se adianta, brandindo a bengala grosseira em sua direção. É um homem grande com cabelo tingido de hena, e espera que ela recue; ela não o faz.

– Estes *berkeds* são propriedade privada, nós pagamos pelos materiais, os construímos, os mantemos...

A aldeia inteira parece ter se aglomerado em torno de Filsan. Os outros soldados desapareceram nas choças.

– Esta terra é do governo – Filsan levanta a voz e gesticula para a extensão além deles –, e vocês nem sequer negam que usam os *berkeds* para apoiar os terroristas.

O terceiro ancião, mais novo que os outros dois e ainda com a cabeça cheia de cabelos pretos, junta-se à conversa.

– *Jaalle* – ele diz zombeteiramente –, nós usamos aqueles *berkeds* pra dar água a nossos camelos, nossas cabras e nossas ovelhas, pra fazer abluções antes das preces, pra uma xícara de chá de manhã. Não temos nada que reservar pra nenhuma outra coisa. Estamos no meio de uma longa seca; acha que daríamos água aos rebeldes?

Enquanto ele fala, uma enorme coluna de água, lama e pedra sobe para o céu a oeste da aldeia. Detonações a cada três minutos se irradiam pelo local, com o bramido da dinamite ecoando nos morros de calcário. Os aldeões correm na direção das explosões, com os anciãos à frente e as crianças gritando de excitação e medo atrás deles.

Filsan segue atrás e alcança a multidão bem no momento em que o tenente Afrah ordena a última detonação. As paredes retangulares de cimento do *berked* mais próximo explodem em fragmentos que se projetam como lápides do lodo.

A destruição silencia os velhos, mas ela pode sentir a raiva deles do mesmo modo que aprendera a ler a de seu pai: a posição das mandíbulas, a tensão nos ombros, o corpo distanciado do motivo de seu ódio.

Os comandos começam a aparecer, sorridentes e relaxados, despreocupados com a reação dos aldeões. Este tipo de ataque é bem-vindo por eles, pois traz risco mínimo e potencial saque. Filsan ofega depois de sua perseguição e pressiona a palma da mão contra as costelas doloridas. Os aldeões estão enraizados no solo, com a cabeça girando de uma cratera a outra, e uma chuva falsa pinga das acácias. Ela marcha na direção dos anciãos, pretendendo explicar a necessidade da ação, os benefícios que eles poderiam ter se ao menos evitassem os rebeldes, os projetos de que poderiam participar para diversificar a economia local.

O ancião ruivo gira quando ela se aproxima e brande a bengala na direção de seu rosto. Filsan não se dá conta do dedo que aperta o gatilho do rifle enquanto seu corpo inteiro se retrai devido à explosão. A batida do rifle em seu peito a surpreende, assim como o repentino pipocar de balas. Quando o ancião cai de costas, ela supõe que ele perdeu o equilíbrio tentando atingi-la, até que pontos de sangue brotam de sua camisa, transformando o tecido branco num vermelho que escurece diante de seus olhos. Então, os outros dois anciãos caem no chão, com os olhos abertos ainda a observando. Movimentos na periferia de sua visão se borram, de modo que ela não reconhece as sombras cinzentas como os camaradas avançando sobre os homens prostrados.

– Cessar fogo! – grita o tenente Afrah.

Filsan olha para os próprios pés e vê besouros de bronze correndo sobre eles; pressiona uma bota sobre a outra, e os besouros são imobilizados, transformados em cartuchos vazios.

Os anciãos são amontoados um sobre o outro como bêbados; um grito varre a planície à medida que uma mulher e depois outra e mais outra correm para os corpos mortos e moribundos.

Filsan tenta andar, mas suas botas parecem cimentadas no chão.

O tenente Afrah aponta seu Kalashnikov contra os homens na multidão.

– Recuem! Para trás! Para trás!

Um grupo de soldados encurrala os jovens e os força a recuar para a clareira no centro do assentamento pobre. Filsan nota, pela primeira vez, como as panturrilhas deles são finas, só ossos sob os sarongues puídos. Eles são levados aos empurrões, com as mãos atrás do cabelo, para ficar de cócoras ao sol até que os soldados partam.

Uma velha puxa as viúvas de sobre os cadáveres e cobre o rosto dos homens com um xale; não diz nada, mas se vira para Filsan e aponta um dedo, para culpá-la, marcá-la para vingança ou amaldiçoá-la, ela não é capaz de decifrar.

– Entre no caminhão, *Jaalle*, nós vamos proteger a área – ordena o tenente Afrah.

Filsan olha para suas botas distantes.

– Mas eu não consigo me mover.

Afrah estala os dedos e um recruta com no máximo quinze anos vem para seu lado.

– Escolte-a de volta ao caminhão.

O recruta segura gentilmente o cotovelo dela, como faria com sua avó, e a guia para a frente enquanto ela tropeça no solo irregular.

– Você fez bem, *Jaalle* – ele repete no ouvido dela, enquanto percorrem lentamente os seiscentos metros de volta aos veículos.

– Mas o que aconteceu? Quem os matou? – ela sussurra.

No casulo escuro de seu quarto, Filsan vê cenas do dia lampejarem na mente: três cadáveres pegando carona de volta a Hargeisa com ela, as vísceras lambuzadas de moscas esfregadas de um lado a outro no para-brisa, a silhueta de uma fila de abutres contra o sol do meio-dia, o rápido resumo inverídico para o major Adow, em Birjeeh, os soldados reunidos em torno dela na cantina, descrevendo as mortes que praticaram, o *tec tec tec* da máquina de escrever enquanto ela redigia um relatório sobre a operação em Salahley.

O alarme do relógio soa, irritado, às quatro da manhã, abafando o silvo suave da chuva no pátio. Filsan dá um tapa no aparelho e se enrola para desfrutar o calor da cama estreita.

Nota o coração acelerado sob os braços cruzados; ele bate como se ela tivesse fugido de alguma coisa ou de alguém, mas ela está segura, mal desperta, no conforto de seu quarto. Desassossegada, ela se levanta e se lava no banheiro comunitário, e a água fria faz contrair a pele dos seus seios e arrepia seus braços.

O cheiro do banheiro é repugnante, a única janela não é suficiente para secar as paredes úmidas, nem para eliminar o fedor das privadas entupidas: grampos de cabelo retorcidos, pentes quebrados, lâminas de barbear enferrujadas, roupas de baixo manchadas, tudo junto abandonado atrás da porta. Meninas que foram treinadas para limpar a casa desde jovens se rebelaram, tornaram-se relaxadas, deixando a sujeira para que outra pessoa se preocupasse, enquanto a mimada Filsan se vê obcecada com pisos sujos e pias cheias. Não adianta denunciar a soldado raso encarregada da limpeza, pois ninguém se incomodaria o suficiente com o alojamento das mulheres para puni-la. A água amarelada que sai da torneira se torna mais clara, de modo que Filsan se sente segura para lavar o rosto e o cabelo. Ela derrama uma pequena quantidade do xampu que comprou em Mogadíscio e esfrega o couro cabeludo com a ponta dos dedos.

Os pensamentos que rodopiam em seu crânio recusam-se a se aglutinar, e ela esfrega cada vez com mais força para descobrir a causa do martelar insistente dentro das costelas. Quando se abaixa para enxaguar os cabelos debaixo da torneira, ela começa a chorar, lágrimas incontroláveis lhe ardem nos olhos. Os pensamentos que zumbiam uns em torno dos outros agora se fundem e soletram m-o-n-s-t-r-o em letras cintilantes na escuridão de sua mente. As letras dançam e zombam dela. Ela é, em todos os sentidos, um monstro, e o peso deste reconhecimento lhe enfraquece os joelhos e faz tombar sua cabeça; em posição de prece, ela apoia o rosto no piso viscoso e deixa a água correr sobre seu corpo.

Aos poucos, as batidas do coração de Filsan se acalmam, a palavra se turva, ela ouve passos no corredor, batidas na porta. Erguendo o corpo do cimento, fecha a torneira e cobre o corpo com uma toalha antes de pegar a camisola e o xampu e voltar depressa para o quarto. No corredor, é obrigada a se espremer ao passar por uma moça que acena e joga beijos para seu amante no pátio. Filsan dá uma olhada pela janela e vê o homem enfiando a camisa nas calças e acenando de volta. Seu pai moderno a poupara, mas esta moça e as outras, provavelmente, são todas circuncidadas, e mesmo assim têm amantes como se isso fosse prerrogativa delas. Ela foi a única que ouviu as regras, que temeu quebrá-las – ninguém lhe disse que estava tudo bem roubar ou foder ou matar desde que isso fosse mantido em silêncio. Ela levou todas as lições muito a sério, absorveu-as em seu coração, desesperada por um afago na cabeça, e agora é inadequada para o mundo real, uma aberração.

Quando volta ao quarto, ele parece mais do que nunca uma cela, mais o covil de um criminoso do que o alojamento de um soldado. Um pequeno espelho oval na parede oposta capta o reflexo dela. O branco da toalha, o marrom de sua pele, o preto de seus cabelos formam figuras abstratas; ela é anônima, inocente, só uma silhueta humana. Filsan se aproxima, a camisola e o xampu ainda apertados nos braços úmidos. O rosto de sua mãe a encara, frio e estranho, o rosto que seu pai não suporta olhar. Ele não entende que ela não escolhera se parecer com aquela mulher; a testa alta, os olhos bem separados, o nariz e o queixo pequenos lhe foram impostos. Desgosta de olhar para o próprio rosto tanto quanto o pai. Se tivesse tido uma mãe decente, não estaria aqui, aos quase trinta anos, desamada e inamável, desejando que o espelho se quebre em mil pedaços.

Filsan senta pesadamente na cama baixa quando mais uma cólica lhe aperta o abdome. Seu corpo está se desgarrando de seu controle, tentando se afastar dela, ou pelo menos é o que lhe parece.

Já teve uma sensação de desintegração semelhante, quando tinha apenas quinze anos e crescia timidamente para adquirir este corpo de mulher. Suas primas, Rahma e Idil, estavam de visita pela segunda vez, vindas de Washington D.C. com o tio diplomata de Filsan, Abukor. Enquanto os pais delas iam de um bar de hotel a outro, elas flanavam pelos amplos bulevares de Mogadíscio, evitando ser agarradas pelas mãos dos rapazes que passavam em Vespas ou atropeladas pelos Fuscas e Fiat Unos dirigidos perigosamente pelas voluptuosas senhoras da importação/ exportação, que obtêm lucrativas licenças de comércio adulando funcionários do governo. As irmãs gritavam enquanto Filsan as apressava, de braços dados com elas, entre o tráfego que circulava a rotatória Ahmed Gurey, na direção da praia, onde podiam chapinhar na água totalmente vestidas ou sentar-se na areia branca coberta de algas marinhas, lambendo o sorvete de creme que lhes escorria pelos dedos. Ela observou quando Rahma e Idil fizeram amizade com quatro garotos magricelas que jogavam futebol perto das ondas. Não importava que elas falassem somali mal; seus *jeans* largos, os lábios vermelhos e a expressão arrogante eram suficientes para que os garotos as cercassem. Elas os encontraram dia após dia desde então, e Filsan aos poucos relaxou em sua companhia tumultuosa e briguenta de araque.

Um dos garotos, Abdurahman, de óculos e cachos grossos como os de uma ovelha, chamou a atenção dela ao perguntar que livros ela gostava de ler; não esperava que ele conhecesse *Eugênio Oneguin*, *O mestre e Margarida* ou *Matadouro 5*, mas ele assentiu com a cabeça e perguntou se ela sabia que Púchkin era em parte etíope. Certa tarde, eles deixaram a praia e foram para o Parque Dervixe assistir a um comício do governo; ouviam o canto e os tambores enquanto caminhavam pela via Makka Al-Mukarama, e ela se sentia em harmonia com Abdurahman. Ele lhe emprestou seus óculos escuros quando notou que ela apertava os olhos contra a luz do sol, e ela olhou disfarçadamente a silhueta de bronze de Mohamed Abdullah Hassan em seu cavalo, os chorões altos embalados como cortina de teatro pela brisa do mar e o garoto com cintura de vespa ao seu lado, com seu rosto oriundo de algum lugar distante e exótico. Faixas do Partido Socialista Revolucionário adejavam em postes na entrada do parque. Filsan estava no ponto mais alto dos morros de areia que separavam a costa da parte principal da cidade, ao lado do caiado hotel Bulsho, com o qual ela partilhava uma vista do antigo farol apagado e do velho distrito de Hamar Weyne, fundado mil anos antes por comerciantes árabes e persas de barba longa. Ela se sentia como na canção *Shimbiryahow*, de Magool, lânguida, arrojada e livre: "Ó pássaro, você voa? Você segue o vento?" Ouviu a pergunta em sua mente e respondeu: "Eu farei isso". Uma festança estava a pleno vapor: homens fazendo malabarismo com pimentões vermelhos e verdes, usando falsas crinas de leão em volta do rosto; outros batendo em tambores de couro de cabra e sacudindo a cabeça com expressão bizarra para a multidão de adolescentes e universitários; meninas em capas xadrez vermelhas, tradicionais, rebolando o quadril e cantando docemente canções revolucionárias. Perdera-se das primas e dos outros garotos na confusão e estendera a mão para o braço de Abdurahman antes que ele também desaparecesse. Agarrou o tecido da camisa dele entre o polegar e o indicador e se firmou frouxamente assim. Havia mais faixas acima da cabeça deles, escritas confusamente em tinta azul, declarando "Morte ao tribalismo", "Camaradas, não inimigos" e "Um novo amanhecer".

Um membro barbudo do partido, com um megafone, enunciava a nova filosofia: não se pergunta a qual clã a pessoa pertence, não se fala sobre tribos de classe alta ou classe baixa, não são dadas vantagens àqueles que são seus parentes. Ele pregava aos convertidos; os garotos não tinham perguntado sobre o clã das garotas, e nem sequer ocorreria a elas se preocupar com o deles; isso ficava para os antiquados e os fracassados. A música parou, afora um rufar de tambor, e então, bem no momento em que Filsan chegou ao centro da aglomeração, uma efígie feita de retalhos de tecido estofado com grama, com uma placa em volta do pescoço em que estava escrito "tribalismo", foi pendurada no galho de uma árvore, com um laço à volta do pescoço puído.

– Queimem ele! Queimem ele! Queimem ele! – os espectadores entoavam.

Enquanto os ativistas vibravam, um braço comprido se estendeu da multidão e aproximou um isqueiro do pé da efígie. Ela se incendiou em uma explosão, lançando confetes em chamas sobre a cabeça de todos.

Filsan soltou um gritinho e se desviou quando chispas incandescentes caíram sobre sua pele nua. Abdurahman pegou-a pelo braço e correu para a entrada, mantendo-a bem próxima. Rahma e Idil passaram correndo, rindo. Filsan estendeu o braço para a frente como um pescador e agarrou o punho de Idil.

– Cara, este país está louco.

– *Desmoronando* é a palavra correta – corrigiu Rahma.

– Como vocês conseguem viver assim?

– Este é o país de vocês também. – Filsan trocou um olhar intencional com Abdurahman.

As meninas pareciam estar o tempo todo menosprezando alguma coisa: "Olha aquele homem *noojeento* comendo com suas mãos *noojeentas*"; "Olha aquele pão *noojeento* naquele balcão"; "Você quer que eu sente naquele buraco *noojeento*?" Tudo era muito *noojeento*, e às vezes muito *najaas*, quando queriam falar somali. Transformavam o floreado inglês escrito que ela aprendia na escola em uma língua rude apenas com a intenção de criticar.

– Ei! Sharmarke, Farhan, Zakariya, nós estamos aqui – Abdurahman gritou para os amigos.

Eles se reuniram em um grupo de sete e voltaram para a rua. Já eram quatro da tarde, e Filsan queria voltar para casa, pôr os pés para cima e ler um dos estúpidos romances românticos de Rahma antes do jantar.

– Não podemos voltar ainda – choramingou Idil. – Ficamos em casa toda maldita noite. Estou entediada, Filsan, entediada.

– Temos de voltar pra casa antes que escureça – respondeu Filsan, baixinho.

– Eles nunca estão em casa cedo e ainda faltam *duas horas* para escurecer – ela disparou.

– Você é quem sabe. – Filsan levantou as mãos em rendição.

– Vamos ao cinema, tem um perto em Ceel Gaab, nós vemos um filme e acompanhamos vocês até em casa antes que escureça. – Abdurahman as conduziu para a frente e revirou os olhos assim que as viu de costas.

Eles seguiram pela via Makka Al-Mukarama até Ceel Gaab, cobriram o nariz contra as nuvens escuras de fumaça de escapamento do terminal de ônibus, cruzaram a velha praça italiana e pararam por um momento para ouvir uma banda de *funk* – baixo, guitarra, órgão, saxofone, bateria e um vocalista –, esmagada em uma loja aberta para a rua.

– *Isto* é o que eu quero ver. A África sucumbiu ao *funk, baby* – gritou Idil, estalando os dedos e balançando o quadril.

– Então não somos tão irremediáveis? – perguntou Abdurahman, provocando.

– Não totalmente – ela respondeu, seca.

Chegaram ao cinema de Ceel Gaab, ensanduichado entre joalheiros indianos e um café com uma extravagante máquina de expresso no balcão. Um menino de rua espreitava na entrada e ficou puxando a roupa deles até que lhe comprassem alguns sacos de amendoim torrado.

– Espero que estejam passando um filme do Kirk Dabagalaas, ele apaga os outros atores da tela – disse Abdurahman, e imediatamente Filsan soube o que suas primas fariam.

Enquanto Idil teve um surto de histeria, Rahma ficou de queixo caído, olhou para ele por cima das sobrancelhas e repetiu, com aversão:

– Kirk Daba-ga-laas?

Filsan pensou ver contas de suor surgirem na linha dos cabelos de Abdurahman.

– Esse é o nome dele.

– O nome dele é Kirk DOUGLAS, não Dabagalaas, DOUGLAS.

– Quem se importa, Idil? Quem SE IMPORTA? Por que não para de fingir que é americana, só uma vez, pra variar? Você nasceu no mesmo hospital que eu, não foi? – Filsan estava a centímetros do rosto chocado da prima.

Então as irmãs se calaram e mantiveram-se longe de Filsan enquanto eles subiam até os assentos de madeira na galeria. Uma canção revolucionária tocou antes do filme, e Filsan e os garotos se levantaram e cantaram: "Este governo abençoado, este trabalho abençoado", enquanto Idil e Rahma mastigavam seus amendoins. Afinal, não era o filme, nem era americano, mas chinês, e nele um espião imperial era apanhado por bandidos em uma província distante e obrigado a lutar para conseguir voltar à Cidade Proibida. Filsan gostou da primeira metade, mas depois sentiu o tempo se arrastar. Ela ajustou o relógio de Abdurahman à luz e viu que já tinha passado das seis; em poucos minutos, anoiteceria. Mexeu-se no assento, com medo de as irmãs não a acompanharem se ela se levantasse para sair; então obrigou-se a esperar, já não dando atenção ao filme, apenas ouvindo os violentos efeitos sonoros enquanto olhava ansiosamente para a saída.

As luzes finalmente se acenderam às sete e dez, e ela correu para a porta e desceu os degraus para a rua. O céu estava preto e sem lua, as palmeiras iluminadas como abacaxis gigantes na praça.

– Vamos correr – ela gritou para Rahma e Idil, quando as duas puseram os pés para fora do cinema.

– Não se preocupe, nós acompanhamos vocês até em casa. – Abdurahman apontou para a estação de ônibus, onde vários ônibus Fiat de dez lugares esperavam pelos passageiros.

Eles deixaram o centro da cidade em um velho ônibus que tinha a maior parte do estofamento saindo das cadeiras. Um cobrador adolescente ao qual faltavam três dedos se espremeu entre as pernas deles para coletar a tarifa de cinco xelins na mão boa. Filsan observava a cidade através de janelas de plástico com grinaldas de flores; aproximaram-se do subúrbio, com suas ruas de areia e suas *villas* modernas, de linhas finas, protegidas nos portões por vigilantes armados com cassetetes.

– Gostaria de visitar Hamar Weyne amanhã? Posso levar você e suas primas ao mercado, há um bom Café Yemeni onde podemos sentar e tomar um suco...

Ela não desviou o rosto da janela.

– Isso não vai acontecer.

– Ela é muito difícil, deixe – Sharmarke sussurrou.

– Aqui! – gritou Filsan quando eles passavam pelo anúncio da Coca-Cola perto de seu canto da Casa Populare.

O ônibus cantou pneu e parou, e o grupo inteiro desembarcou. Filsan se virou para Abdurahman.

– Está ótimo. Podem nos deixar aqui.

– Vamos acompanhar vocês mais um pouquinho – ele disse, seguindo-a.

Estava tentando ser educado, mas Filsan já estava bastante encrencada sem arriscar que seu pai as visse com um bando de garotos.

Então ela o viu, ou pelo menos sua silhueta, iluminada pela luz da varanda, parado na rua. A sombra que ele projetava no chão era enorme e aterrorizante.

– Por favor... fique aqui. – Filsan acenou para Abdurahman voltar e caminhou os últimos dez metros até a casa como se fosse uma montanhista lutando contra ventos árticos e os efeitos da altitude; sentia o sangue sumir da cabeça para os tornozelos e não ouvia nada além do arrastar dos pés na areia.

Foi quase uma libertação quando o primeiro golpe veio, um tapa com as costas da mão em sua cabeça que arrancou os grampos da Minnie Mouse que as primas tinham comprado para ela. Ouviu os gritos delas muito atrás.

Estava mole como uma boneca quando ele pegou seu braço e a jogou escada acima para a varanda.

– Tire o demônio de suas costas, Adan – gritou o tio dela do vão da porta. – Solte a menina.

– *Aabbo*, pare ele! – gritou uma das meninas.

– Ela não fez nada de errado! – berrou a voz de um garoto.

Filsan não conseguia mais distingui-los, seus sentidos estavam obscurecidos, como se partes da mente estivessem parando de funcionar, uma faculdade atrás da outra.

Tio Abukor tentou puxá-la das mãos do pai, mas este o tirou do caminho com o ombro.

Rahma e Idil agora também estavam dentro da casa, todos os cinco lutando no estreito corredor de entrada. Intisaar observava da porta da cozinha, de olhos arregalados, enquanto enxugava as mãos repetidamente num pano.

A mão do pai de Filsan estava enredada em seus cabelos.

– Onde você estava? – Sua saliva respingou no pescoço dela enquanto lhe sacudia a cabeça de um lado para o outro. – É hora de você seguir os passos de sua mãe? Eu não devia ter ficado com você! Você é um escorpião, uma puta, não merece carregar meu nome, nem o de meu pai. Ia trazer aqueles garotos, aqueles cachorros, pra minha casa? Você achou que enquanto seu tio estivesse aqui você poderia fazer o que quisesse? Sua idiota! Eu devia jogá-la na rua! Deixar sua vida no esgoto com a imunda da sua mãe.

Filsan viu as mãozinhas rechonchudas do tio tentando empurrar o pai, seus sapatos marrons arrastando-se desesperadamente nas lajotas, mas não adiantou nada; ele tinha de esgotar a raiva, era pior se ela fosse truncada.

Teve um vislumbre de Rahma e Idil agarradas uma à outra ao lado da parede, com a boca retorcida enquanto choravam; pareciam ridículas.

Os golpes do pai perderam a força, e ele passou a dar tapas rápidos, com as unhas compridas às vezes atingindo a pele dela.

– Suba pro quarto – ele ofegou, e puxou-a escada acima. – Intisaar! Olhe a roupa de baixo dela. Se encontrar alguma coisa, arrume as malas dela e coloque-a na rua.

Filsan subiu depressa a escada, como um animal, apoiada nas mãos e nos joelhos, e rastejou para dentro de seu quarto escuro, amedrontada demais para acender a luz. Os passos pesados de Intisaar a seguiram, subindo a escada, *bum-bum, bum-bum, bum--bum*, acompanhando o ritmo do coração acelerado de Filsan.

A porta se abriu, e, antes que Intisaar pudesse dizer qualquer coisa, Filsan enfiou a mão embaixo da saia plissada, puxou a calcinha alta de algodão e a apertou com dedos trêmulos na palma da mão estendida da empregada.

– Mas que vida! – Intisaar suspirou antes de fechar a porta.

Passaram-se dois dias até que a porta de seu quarto fosse destrancada, e ela continuava agachada no mesmo lugar. Quando finalmente se levantou, seus olhos escureceram e seus joelhos cederam. Intisaar ergueu-a por baixo dos braços, chutando para longe os pratos de arroz embebido em iogurte que fizera para ela, e conduziu--a ao banheiro, onde gentilmente lavou seu corpo machucado. A casa estava em silêncio; o tio e as primas haviam se mudado para o hotel Al-Uruuba em protesto, disse Intisaar, e Filsan ficou aliviada de não ter de ver o rosto deles de novo, nem de enfrentar sua pena.

* * *

Um envelope com o timbre do governo está à sua espera na mesa do escritório do Tribunal Militar Itinerante. Ela o abre com cuidado e puxa para fora o cartão. É do departamento de propaganda, instruindo-a a ir à Rádio Hargeisa, onde será entrevistada. O major Adow deve tê-los informado sobre o ataque em Salahley. Filsan joga o cartão sobre a mesa; esperou por muito tempo ser notada, mas agora quer se esconder no canto, entrar na escuridão com as baratas. Eles a esperam na estação de rádio às três da tarde.

Seu relatório sobre os acontecimentos em Salahley está no topo de uma pilha de documentos, coberto por uma grinalda de assinaturas e selos de diferentes escritórios.

O capitão Yasin entra na sala.

— Soube que agora você é um verdadeiro soldado. — Simula uma pistola com os dedos e finge apertar o gatilho na direção dela.

Filsan esconde o rosto em um arquivo e murmura palavras sem sentido em resposta.

— Você vai ser promovida, agora que eles viram do que é capaz.

Ela ergue a cabeça.

— É mesmo?

O capitão Yasin sorri.

— Claro, eles podem fazê-la desfilar como um camelo premiado, exibi-la a jornalistas estrangeiros, que estão sempre criticando o governo.

— Eles querem que eu fale no rádio.

— É isso aí. — Yasin acende o primeiro cigarro do dia. — Depois você vai receber uma convocação pra ir à sala do general de brigada Haaruun, pra receber uma estrela na ombreira.

O nome de Haaruun a faz arrepiar-se. Nada de bom poderá vir dele. É melhor ficar aqui, abaixo do radar, do que arriscar-se a mais humilhação em suas mãos.

– Você me deve muito. Posso imaginá-la como a esposa número três do presidente, recitando-lhe os próprios ditos! – Ri da própria piada.

– Por que não está na televisão, capitão? Seus talentos estão sendo desperdiçados aqui – ela diz, finalmente se irritando.

Filsan pula o almoço e chega à Rádio Hargeisa meia hora adiantada. O estúdio se estende por todo o último andar do prédio. Os ingleses o construíram quando estavam se preparando para partir, e agora é uma instituição de Hargeisa, seus locutores são tão conhecidos pela população da cidade como se fossem parentes. Filsan espera atrás do microfone enquanto Ali Dheere lê as notícias: relatos de milhares de mortos depois de um massacre em uma aldeia curda no Iraque, os soviéticos reportam um acúmulo de armas por rebeldes afegãos, o arcebispo Tutu é libertado depois de marchar no parlamento da Cidade do Cabo com duas dúzias de líderes da Igreja. Enquanto ouve as notícias, Filsan sente um breve momento de consolo. O mundo inteiro está inflamado com conflitos; o que ela fez em Salahley parece insignificante comparado ao que é lugar-comum no Iraque e na África do Sul. Há boatos de que Saddam Hussein está envenenando dissidentes, enquanto os africâneres levam seus opositores para pedreiras e os matam em cadeiras elétricas improvisadas.

– Temos conosco esta tarde uma convidada muito especial – começa Ali Dheere. – Uma moça de Mogadíscio que está servindo seu país nas forças armadas, uma jovem notável, de fato, que pôs de lado o desejo comum de se acomodar ao lado da própria família – Filsan toma um gole de água do copo ao lado – e pegou em armas para defender o país. Seu nome é cabo Filsan Adan Ali, e ela é a primeira mulher a enfrentar o inimigo em combate desde a Guerra de Ogaden. Cabo Adan Ali, seja bem-vinda.

– Obrigada – Filsan murmura no microfone circular.

Ali Dheere gesticula para que ela fale mais alto.

– Então, cabo, o que a fez querer se tornar soldado? É uma ocupação extraordinária para uma mulher, não?

– É... eu... meu... pai está no exército, e eu sempre quis seguir seus passos, este é o principal motivo, eu acho.

– *Hum*... então é uma tradição familiar transmitida por seu pai. Em sua opinião, quais são os desafios particulares de ser mulher no exército?

Filsan tira um minuto para pensar, a fim de censurar opiniões que é melhor não declarar.

Ali Dheere agita a mão no ar como se para apressá-la.

– Na verdade, não é nada diferente. Temos o mesmo treinamento, recebemos as mesmas responsabilidades, enfrentamos os mesmos perigos que nossos camaradas homens. Não há nenhum tratamento especial.

– Entendo, mas ainda há poucas de vocês, não? Por que isso acontece?

Filsan agora está no piloto automático, recitando as lições que lhe ensinaram desde o ensino fundamental.

– A revolução ainda está no começo, lentamente combatendo e derrotando tradições e superstições reacionárias. O camarada nos mostrou que homens e mulheres são iguais e que nós e eles podemos cumprir um papel na melhora de nosso país. – Estas são as palavras de seu livro didático do sexto ano.

– Esta não é a primeira vez que você chega ao noticiário, cabo. Temos um exemplar do *October Star* de 19 de março de 1975, e aqui está uma foto de você recebendo uma medalha do presidente. Como conseguiu ganhar uma medalha tão jovem? – Ele ri.

– Dei aulas para trabalhadores rurais em Dhusamareb durante a campanha de alfabetização, e meus alunos passaram no exame de alfabetização numa proporção maior que outros do distrito.

– E como foi... conhecer o presidente?

Filsan tenta se lembrar do momento, mas ele está enevoado, captado vagamente pela câmera de seu pai. Ela estava em uma linha de montagem, só teve dez segundos antes que um oficial a empurrasse, mas recorda-se de que ele havia envolvido suas mãos entre as dele enquanto davam vivas, batera em seu ombro e a olhara nos olhos. Parecia genuinamente orgulhoso.

– Foi o maior momento da minha vida. – Filsan hesita para que não pareça um exagero. – Naquele instante eu soube que ia dedicar minha vida à revolução.

– Excelente. Você é também uma mulher de palavra, porque recentemente se pôs na linha de frente para atacar a insurgência que ameaçava a estabilidade da nação. Pode nos contar mais sobre isso?

Filsan respira fundo; ela só tem de se ater ao que puseram no relatório.

– Fomos enviados a Salahley para desencorajar civis a abrigar terroristas; tínhamos informação de que alguns indivíduos ingênuos haviam sido induzidos a dar ajuda material e abrigo aos agentes da Etiópia, e, como oficial política, era meu dever expressar as solicitações do governo.

– Houve confronto com os rebeldes, não? No qual vocês foram apanhados?

– Ah... – Suas unhas tamborilam na mesa enquanto se pergunta quanto revelar.

Ali Dheere aponta para a mesa e balança o dedo.

Ela põe as mãos no colo e se inclina para a frente.

– Fomos emboscados por três rebeldes que estavam abrigados na aldeia. Eles estavam vestidos como civis, mas armados. Eu fui a primeira a ter contato com eles, mas então meus camaradas deram apoio e o ataque teve uma conclusão positiva.

– Nunca se diga que uma mulher é mais fraca que um homem.

Temos leoas na Somália, prontas para saltar em nossa defesa. Cabo Adan Ali, obrigado por seus sacrifícios, e estamos honrados de tê-la em nosso exército. Camaradas, vamos ficar de olhos e ouvidos abertos para que jovens patriotas como a cabo Adan Ali não sejam postos em perigo desnecessário.

Os primeiros acordes de um hino político e um aceno de Ali Dheere a informam de que está livre para ir embora.

Filsan desce aos solavancos as escadas da estação, quase sapateando com energia nervosa. A entrevista foi uma espécie de emboscada, um alvoroço de perguntas às quais era obediente demais para não responder, mas gosta da imagem criada para ela por Ali Dheere: é heroica, marcial e impermeável, uma mulher distinta, gigante mas etérea, um *jinn* com uma espada presa ao peito. Um *jinn* que não se lembraria, de repente, das sandálias daquele que havia derrubado, da faixa manchada de suor sob os pés calejados, da frouxa treliça de couro sobre os dedos. Filsan tem de arrastar a versão alternativa dos acontecimentos que contou a Ali Dheere para dentro da mente, a fim de apagar os verdadeiros lampejos de memória. O tenente Afrah dissera, enquanto tentava acalmá-la no caminhão na volta para Hargeisa, que pensamentos sobre o homem acabariam sendo peneirados e se acomodariam debaixo de outros acontecimentos e preocupações. Filsan deixaria o tempo passar até que isso acontecesse, mas parecia haver partes do quebra-cabeça a montar primeiro: por que ela não consegue se lembrar de ter disparado a arma? O que acontecera naqueles segundos imediatamente antes e depois? Através de qual buraco ela escorregara?

* * *

O capitão Yasin faz um avião de um cartão e o lança na direção da mesa de Filsan. Ele plana só um pouco e aterrissa aos pés dela; é o pedido de licença que ela fez com o carimbo APROVADO. Em apenas seis semanas, Filsan estará de volta a seu quarto amarelo com cortinas estampadas de cerejas. Anseia pela comida de Intisaar, seu crocante *sambuusi* de ovelha, o peixe grelhado servido com aletria condimentada e adocicada, seus *bajiye* quentes mergulhados em molho de pimenta verde. Intisaar, a empregada, que ganhava mil xelins por semana, foi para ela tudo o que uma mãe deveria ser; enquanto os próprios filhos eram criados pela avó, ela trabalhava na atmosfera maligna de sua casa silenciosa. Filsan anota uma lista de coisas a comprar para Intisaar em Hargeisa, coisas que mostrem que a conhece e que pensou nela – um colar de prata, ou mesmo algum de ouro, se ela puder pagar, discos de *taarab* importados, faixas para seu joelho inchado. O último item pode ser o mais apreciado, agora que Intisaar cruzou a fronteira da meia-idade para a velhice; aos cinquenta e sete anos, a vitalidade começa a secar, ela dissera em seu musical sotaque bajuni, e a partir de então só se fica esperando que os ossos virem pó. Ela preferiria prender os ossos de Intisaar com talas e fita adesiva do que perdê-la. Sua vida teria sido melhor se tivesse nascido de Intisaar? Dormindo amontoada com os filhos dela em uma *cariish* de barro e galhos, caindo nos braços que estivessem mais próximos, provando o amor no leite da mãe, quando ela voltasse sorrindo à noite.

– Eu a ouvi no rádio. Não sabia que tinha encontrado o presidente – a voz do capitão Yasin a sobressalta.

– Foi muito tempo atrás, e não há nenhum motivo pra você saber.

Filsan abre uma janela para limpar a sala da fumaça do cigarro do capitão e fica parada ociosamente por um momento, observando o vento agitar folhas secas no pátio.

– Quer ir a Saba'ad comigo? – pergunta o capitão Yasin. – Vou verificar o estado da milícia lá, ver se há mais de cinco deles desta vez. Tenho que escrever mais um relatório.

Um relatório que eu vou acabar escrevendo, pensa Filsan enquanto afunda na cadeira.

– Vamos, vai ser bom pra você vê-los.

– E estes arquivos?

– Eles não vão sair andando, vão? – Yasin a puxa da cadeira. – Vamos. É uma ordem.

Filsan rabisca sobre a mesa uma nota que indica seu paradeiro e o segue em direção ao jipe.

Saba'ad fica trinta quilômetros a nordeste de Hargeisa. Maior dos cinco campos de refugiados da região nordeste, ele cresceu e se estabeleceu como uma espécie de cidade-satélite e se estende até onde a vista alcança. Vinte mil somalis da região de Ogaden da Etiópia sobrevivem ali, tendo primeiro fugido da luta entre 1977 e 1978 e, depois, das fomes subsequentes em Ogaden.

Os residentes do campo vivem em uma desordem de habitações montadas com esforço com encerado doado, galhos de acácia, roupa velha e restos de metal. A poeira sobe em grandes rajadas da paisagem erodida e desnuda. Filsan protege o nariz e os olhos contra a areia e se mantém perto do capitão Yasin. Em pontos diferentes do campo, várias organizações de caridade mantêm escolas, postos médicos, centros comunitários; voluntários alemães, irlandeses e americanos marcam seus feudos com bandeiras e placas cheias de acrônimos. Olhar para o campo deixa clara a imensa humilhação da Somália na guerra; estas pessoas têm terra, casas e chácaras a apenas alguns quilômetros de distância, mas subsistem ali comendo mingau. A certa altura, em setembro de 1977, noventa por cento de

Ogaden estava nas mãos do governo da Somália, e a violência necessária para fazê-los retornar de suas terras ancestrais foi tão grande que a Somália ainda não se recuperara, e talvez nunca o faça; a guerra despojou o governo de tropa, equipamentos e apoio dos soviéticos.

O capitão Yasin tinha dito ao líder da milícia que o encontrasse ao lado do cemitério, a oeste do campo, e os homens estão esperando, cerca de cinquenta, agachados entre pedras colocadas para marcar túmulos. Os combatentes são adolescentes esfarrapados, de sarongue e colete; estão armados com varas longas e usam sandálias feitas de borracha de pneu. Eles se levantam enquanto o capitão Yasin e Filsan escalam em sua direção.

– São só vocês? – pergunta o capitão Yasin.

O líder da milícia é alto e esquelético, e uma boina verde lhe obscurece os olhos.

– Não, somos mais, mas eles estão cuidando dos animais que ainda têm. – Sua voz é áspera, seca.

– Esta é a cabo Adan Ali, ela também vai trabalhar com vocês.

Eles olham de esguelha na direção de Filsan.

– Precisamos saber quantos de vocês há antes de providenciarmos armas adequadas.

– Quando tivermos nossas armas, apareceremos abertamente. Antes não. – O líder desenha imagens na areia enquanto fala: linhas retas, sóis, morros, chifres curvos. – Estamos esperando que vocês nos digam o que querem de nós.

Os adolescentes, com os braços sobre os ombros uns dos outros, observam Filsan com interesse benigno; têm os membros esguios de corredores de maratona, mas estão engaiolados nesta prisão de areia e pedra.

– Você deve reunir o máximo de homens possível. Organizá-los. Discipliná-los pra que possam trabalhar conosco e manter este país íntegro – responde o capitão Yasin.

– Isso vai acontecer. – O líder pigarreia e cospe em seu desenho. – O que nos darão por enquanto? E quando vão nos ajudar a ter nossas terras de volta?

Os adolescentes se inclinam para a frente, a fim de ouvir a resposta.

– Sejam pacientes. Vamos separar mais rações pra vocês, mas há pouco que possamos fazer até recebermos todo o equipamento de que precisamos.

Filsan ergue a vista com ar de troça.

Os líderes meneiam a cabeça num gesto de derrota.

– Então vamos esperar. Ogaden não vai a lugar nenhum.

– Até o fim do mês, vocês terão rifles, RPGs, transporte. Esta moça vai garantir isso. – Gesticula para Filsan.

Ela não entende a que ele está se referindo. Por que dariam RPGs a estes refugiados quando a Somália já tem um dos maiores exércitos da África? O que ele está prometendo a estes homens, e por quê? Ela se pergunta se ele a arrastou para o contrabando de armas, ou para algum tipo de conspiração. Imagina o que seu pai diria se ela fosse submetida à corte marcial por causa de algo tão ordinário. Virando sobre os calcanhares, abandona a reunião e volta para o jipe. O capitão Yasin logo está ao seu lado, mas ela acelera o passo, ignorando-o.

– O que foi? – Ele a puxa pelo braço.

– Me solte! – Ela dá um puxão e se solta, não se preocupando com o fato de ele ser seu superior.

– Espere, Filsan! Qual é o problema?

– Eu vou denunciar você! Pode cometer os crimes que quiser, mas não vai me levar junto.

– Que crimes?

– Não pense que sou burra. Posso ser mulher, mas não vou ser enganada com tanta facilidade.

– Do que você está falando?

Filsan para abruptamente e baixa a voz.

– Você está vendendo armas.

Ele se inclina para trás, gargalhando.

– Você está louca! Vender armas? A eles? E como me pagariam?

– Então por que eles vão receber granadas lançadas por foguete destinadas ao exército?

Ele a puxa para perto.

– Porque é isso que o governo quer. Nós não podemos falar sobre isso aqui. – Ele a pega de novo pelo braço e a conduz para o carro. – Entre no jipe. Não posso lhe contar tudo, mas vou contar o que sei.

Eles se afastam de Saba'ad em silêncio, e só quando chegam à estrada longa e vazia para Hargeisa o capitão Yasin se sente à vontade para falar.

– O governo decidiu que a situação atual é insustentável. Se a FLN continuar a atacar uma aldeia aqui, um batalhão ali, outras milícias de clã serão encorajadas, e logo nós estaremos lutando em vinte frentes.

Filsan nunca o viu tão sério. Observa seu perfil pronunciado e sente aquele velho desejo por ele rastejar dentro de si.

– Eles, toda a liderança de Mogadíscio e também de Hargeisa, decidiram que é preciso haver uma mudança.

– Que tipo de mudança?

– Um fim pra tudo isto. A população inteira tem que ser reassentada para impedir que os terroristas assumam o controle.

– Esvaziar Hargeisa?

– Todas as cidades... Hargeisa, Burao, Berbera... qualquer lugar que a FLN possa tomar. – Ele enxuga com o pulso o lábio superior.

– Quando isso vai acontecer?

– Não está confirmado.

Parece inacreditável, definitivo demais, mas poderia ser uma melhoria neste constante jogo de esgotamento. A população local poderia viver mais livremente em uma área controlada pelo governo; é uma solução extrema, mas estes são tempos extremos.

– Como sabe disso?

O capitão Yasin sorri.

– Ah, você não sabe que faço parte da panelinha?

– E quando o resto de nós será informado?

– Quando for absolutamente necessário, e, Filsan, por favor, você não pode contar a ninguém sobre isso, senão nós dois vamos acabar na cadeia. – Ele diz ao olhar para ela pelo espelho retrovisor.

– Não me insulte. Não sou uma fofoqueira do mercado. Levo meu trabalho mais a sério do que qualquer outra pessoa no departamento.

– Eu sei disso. – Ele assente com a cabeça. – Foi por isso que lhe contei.

De volta a seu quarto, Filsan é dominada pela urgência de pôr coisas em ordem. Refaz a cama, puxando os cantos dos lençóis para ficarem bem esticados, varre o piso de linóleo e passa um pano nele, tira e arruma as roupas sujas empilhadas na cadeira, limpa o peitoril da janela até que esteja livre de mosquitos mortos, recolhe os cassetes espalhados embaixo da cama e os enfia em uma gaveta, pula para a cama e limpa a lâmpada nua e, finalmente, abre a janela e dá algumas borrifadas de perfume nas roupas de cama.

Emerge de seu frenesi um pouco mais calma, mas ainda intranquila. Pensamentos lutam por atenção. Ela se sente tonta; durante tanto tempo quis que alguma coisa lhe acontecesse, qualquer coisa que penetrasse o filme que a separa do mundo exterior, e agora um acontecimento segue outro em uma torrente, fazendo-a cambalear em ondas que lhe apertam o peito.

A pilha de livros ao lado de sua cama – tratados acadêmicos sobre contrainsurgência e um exemplar de capa dura de O *príncipe*, de Maquiavel – exige sua atenção. O livro de Maquiavel foi um presente de despedida de seu pai; ela o pega, tira a poeira do retrato renascentista que há na capa e o abre. Sorri ao ver que o pai o autografou como se tivesse escrito o livro de quinhentos anos. Nenhuma dedicatória, nenhuma mensagem, apenas o floreio de sua assinatura na página de rosto. Ele lhe entregou o livro embrulhado no pacote de plástico do correio em que ele chegara e disse que ele enunciava tudo que ela precisava saber sobre as pessoas. Ela não o leu, mas o coloca ao lado do travesseiro como uma espécie de livro sagrado, um totem à sua antiga vida. Continua sem vontade de descobrir que segredos terríveis da humanidade ele contém e o guarda. Quer ler algo seco, neutro, técnico, e espera que o *Manual básico sobre contrainsurgência* a faça se concentrar.

Liga a lâmpada de cabeceira. As palavras densamente compactadas e os diagramas convolutos machucam seus olhos, mas ela se força a ler as sentenças repetidas vezes. Pequenos boxes introduzem exemplos de teorias apresentadas por Mao, Marshal Bugeaud e outros. Ela gosta dessas histórias – todo problema e conflito humano conhecidos parecem ter antecedentes, por mais antigos ou distantes que sejam; os comunistas modernos estavam imitando atos de vingança bíblicos.

O livro ajuda, seus pensamentos estão menos desordenados agora. O capitão Yasin desce para o fundo de suas preocupações. Detesta o que as mulheres se tornam quando os homens entram na vida delas. O amor parece fazer as mulheres de bobas, infinitamente mais do que faz os homens; na universidade, elas deixavam os namorados copiar seu trabalho de casa e ficavam melancolicamente na cantina, decifrando o comentário ou ato mais banal, desvalorizando-se e metamorfoseando-se, jogando fora seu futuro para casar com homens que se tornariam pouco mais que motoristas de táxi. Filsan suspeita que ela própria é racional demais para amar verdadeiramente alguém; fica constrangida só de ver casais se acariciando – como se tivessem sido lobotomizados –, mas, se a oportunidade de começar um relacionamento com o capitão Yasin aparecer, ela não vai recusá-la. Tenta evitar a expressão "última chance", mas ela se instalou em sua mente sem ser convidada.

Empurra o livro de Maquiavel para fora da cama e um pedaço de papel flutua dele, uma página de caderno com linhas azuis. Ela a recolhe do chão e reconhece a própria letra. "Querida *Hooyo*", começa o texto – ela o escrevera no ônibus para Hargeisa, na esperança de que agora que estava vivendo uma vida independente, longe do pai, poderia recomeçar com a mãe –, "fui promovida a uma nova posição em Hargeisa e estou ansiosa para ver como as pessoas vivem no norte".

Filsan se encolhe diante das próprias palavras; pode imaginar a mãe rindo delas e gritando: "Quem ela acha que se importa?"

"Tenho pensado muito na senhora e me perguntado se não é o momento de mudarmos o modo como nos comportamos uma com a outra. Sei que não teve uma vida fácil e que acredita que eu tive, mas não é esse o caso. A meu modo, eu sofri e paguei o preço pelo divórcio da senhora e *Aabbo*." O bilhete termina aí, bem quando as recriminações teriam começado. Filsan se lembra de guardá-lo no livro para terminar em um momento mais calmo. Pega um lápis da gaveta e põe o bilhete sobre o livro; age como se fizesse um exercício, primeiro listando os pontos pertinentes:

A senhora se casou com *Aabbo* por vontade própria.
A senhora decidiu deixá-lo para ficar com outro homem.

A senhora não fez nada com sua vida além de passar de um marido para outro.

A senhora não devia ficar surpresa de eu puxar a meu pai quando foi a senhora que me deixou com ele.

Eu estou disposta a perdoá-la.

Eu quero uma mãe com quem eu possa sentar e conversar de um jeito legal.

Eu vou ajudar na educação de seus filhos.

Quando eu estiver com a senhora, não quero falar sobre *Aabbo*.

Quando eu estiver com a senhora, não quero falar sobre nada do passado.

Faz quatro anos desde a última vez que se encontraram. Filsan pegou um ônibus para o distrito Wardhigley. Nada havia mudado. A casa ainda estava suja, cheia dos frutos de dois casamentos fracassados e do mais recente. Filsan sentia migalhas debaixo de si, na cadeira, as superfícies eram grudentas ao toque e as crianças babavam nos joelhos e nas mãos. Ela ficou perturbada de ver seu próprio reflexo – mais velha, mais gorda, mas ainda reconhecivelmente ela – vivendo nestas condições. Depois de colocar um refrigerante de laranja e um pires com biscoitos na frente dela, a mãe havia se retirado para a cozinha com uma vizinha, mas sua voz persistira: "A refém dele olha para mim exatamente como ele olhava"; "Você pensaria que ela pelo menos viria com dinheiro"; "Ela não parece do tipo que vai casar, o rosto parece um sapato".

"Refém dele", era como a mãe sempre a chamara. O pai de Filsan só dera o divórcio à mãe com a condição de que ela deixasse Filsan para ele. Ela aceitou a condição, mas desde então a filha se tornara seu Ogaden, seu pequeno pedaço de terra disputada. Delegações de anciãos do clã visitavam uma casa e depois a outra, para negociar acesso, para estimular a concessão, para tomar chá e pontificar. O pai de Filsan não cedia: dos cinco até os treze anos, ela foi só dele. Mas, quando ficou mais velha e começou a desenvolver o rosto e o corpo da mãe, ele começou a mandá-la durante dias para aquela casa bagunçada de tijolo de barro. O jeito como ele olhava para ela endureceu, ele parou de abraçá-la, tornou-se impaciente com sua presença. Ela parou de ser dele e passou a ser de ninguém.

Filsan rabisca os pontos que escreveu; é mais fácil deixar a mãe no passado, esta ferida está na maior parte curada, e não há nada a ganhar mexendo nela.

Na manhã seguinte, há um doce embrulhado em papel dourado em sua mesa. O capitão Yasin mantém a cabeça baixa, batendo em uma máquina de escrever com seus dedos duros e desajeitados. Filsan esconde o sorriso e senta-se na cadeira, resistindo ao impulso de lhe perguntar o que o trouxera para o trabalho tão pontualmente. Ela, conscientemente, não aplicara nenhuma maquiagem, nem mudara uma única coisa em sua aparência. Se ele a quer, terá de aceitá-la sem embelezamento ou artifícios. Espia sub-repticiamente o topo da cabeça dele e o ponto careca germinando na coroa; o doce dourado é infantil, mas mesmo assim a comove.

– Tenho más notícias – ele diz.

Ela o encara.

– A licença está cancelada. Os rebeldes derrubaram um avião na fronteira ontem à noite; encontraram mísseis terra-ar de algum lugar.

– Isso é terrível.

Ele dá de ombros.

– O fim está próximo.

* * *

O capitão Yasin sai para almoçar sozinho, mas, no fim do dia, quando os dedos de Filsan ardem do impacto nas teclas da máquina de escrever, ele se aproxima da mesa dela e pergunta o que planeja fazer à noite.

— Ler, capitão.

— Coitadinha, sua vida é só isso?

Filsan se senta, rígida.

— Não estou aqui pra me divertir. Quero fazer alguma coisa na vida.

— A vida é pra ser aproveitada.

— Pra ociosos e meninos de rua, talvez.

— Não, pra você e pra mim também. Deixe-me levá-la pra jantar.

O olhar de Filsan desce até as mãos.

— Não sei.

— Não sei? Seus livros são realmente mais interessantes do que eu?

— Tenho trabalho a fazer.

— Eu também. Vamos discutir isso enquanto comemos.

O capitão Yasin espera embaixo de um poste de luz, a cem metros do alojamento. Parece fino e anguloso em uma camisa branca, brilhante e fluorescente à luz fraca. Ela trocou de roupa e veste *jeans* de boca larga e uma túnica vermelha folgada, com um xale sobre os ombros. Eles se encontram sem jeito e apertam as mãos sob a luz de uma banca de chá próxima, a mão dela minúscula na dele.

— Roble, prazer em conhecê-la — ele sorri. É a primeira vez que diz a ela seu primeiro nome.

— Filsan, igualmente.

Caminhando ao lado dele, Filsan sente uma carga estática, como se os cabos no alto estivessem eletrificando-os levemente; surpreende-se de ver como é bom estar ao lado de um homem e saber que ele a escolheu no lugar de todas as outras mulheres.

Roble a conduz, com as mãos nos bolsos, e fala sobre os restaurantes de que gosta, os hotéis que servem bebida alcoólica, os melhores lugares para encontrar oficiais de alta patente.

Filsan assente com a cabeça educadamente e se pergunta se ele soube do incidente dela com Haaruun. Sabe que a notícia se espalhou pelos olhares e cutucadas em sua direção, mas espera profundamente que tenha escapado à atenção dele.

Ele a tira da rua quando um caminhão passa perigosamente perto; o toque de recolher é iminente, e veículos civis correm para seus destinos apesar da condição precária da rua.

Eles viram à direita em um posto de controle; ele levanta a mão em saudação ao grupo de soldados atrás da barreira e os dois entram no Lake Victoria, um restaurante ao ar livre com animais selvagens domesticados correndo pelo espaço.

O restaurante está cheio de homens uniformizados, sentados em cadeiras de plástico branco em volta de mesas distribuídas desordenadamente sobre o cascalho; lâmpadas vermelhas pendem de uma corrente de um canto a outro, e o zumbido de um gerador mascara a música de dois alto-falantes grandes.

Os homens erguem a vista de seu jogo de cartas e da comida para avaliar aquela mulher.

– Aqui está bom? – pergunta Roble, apontando para uma mesa escura embaixo de uma buganvília.

Filsan sabe o que os olhares significam. Que ela tem de ser uma puta para se deixar ver em público com um homem com quem não é casada. Eles ainda a observam quando ela se ajeita na cadeira. Um garçom de gravata-borboleta preta e sapatos com a sola solta aparece depressa ao lado de Roble. Ele pede duas Coca-Colas e uma travessa de carne de carneiro.

Aos poucos, a atenção se afasta de Filsan para o núcleo vermelho do restaurante.

– *Bedus* – Roble ri –, até parece que eles nunca viram uma mulher.

– Mal-educados, é só isso.

– Ou invejosos. – Roble acaricia o mindinho dela com o nó do dedo.

– Não faça isso. – Filsan puxa a mão para fora de seu alcance.

Ele levanta as palmas em aquiescência.

Um corço que mal chega a trinta centímetros de altura se aproxima devagar da mesa, tremendo nervosamente; Filsan pega um pistache da tigela, coloca-o na palma da mão e o oferece. O animal chega cada vez mais perto e cheira a mão de Filsan. É uma coisa de beleza sublime, os grandes olhos negros e as pálpebras extravagantes, o pelo cor de caramelo, a delicadeza dos ossos. Ele recusa o pistache e segue depressa para outra mesa.

– Por que você ainda não se casou? – ele pergunta.

– Ninguém me quis.

– E você sabe o motivo?

– Não, por quê? – Filsan sorri, surpresa; decide ser franca nesta noite, não se conter para variar.

– Porque você age como se não precisasse de ninguém.

– Eu *não* preciso de ninguém, mas isso não significa que não queira certas coisas.

– E essas coisas são...?

– Alguém ao meu lado, do meu lado, com quem eu possa dividir meus pensamentos, imagino.

Roble acende um cigarro, acrescentando mais uma alfinetada de luz ao escuro.

– Pensamentos sobre o orçamento organizacional de nosso escritório ou outros pensamentos?

– De todos os tipos. Você nem imagina como meus pensamentos são vastos e profundos.

– Ah, então você fica filosofando lá em seu quarto.

O garçom volta com uma bandeja de arroz e perna de carneiro e duas garrafas de Coca-Cola, ásperas de tanto terem sido reutilizadas.

– Às vezes, e outras vezes eu fico só desejando que alguma coisa boa aconteça em minha vida.

– Algo como eu?

Filsan ergue uma sobrancelha.

– Isso é muito arrogante.

– Concordo, mas está errado?

– Eu ainda não sei. Por que você de repente ficou tão atencioso?

– Tempo. Temos muito menos tempo do que nos damos conta, especialmente como soldados, e eu não quero esperar por nada.

Filsan ergue a garrafa até a boca, para esconder o sorriso.

– Que dramático! Mas nosso escritório é muito seguro, não?

– Por enquanto; mas não se preocupe, você tem a mim para protegê-la.

– Acho que eu seria melhor em protegê-lo.

– Com certeza você submeteria a todos com sua máquina de escrever.

Roble acompanha Filsan até o alojamento. O toque de recolher tranca os civis dentro de casa, e apenas leves odores de carvão, temperos e lampiões insinuam sua existência. A rua está escura e deserta, a não ser pelo guincho e o sussurro de gatos vira-latas à caça de ratos e pelos soldados no posto de controle, que conversam baixinho, acima do silvo de um rádio. Filsan olha para cima; o céu estendido sobre eles como um domo está alegremente estrelado; finas nuvens negras com halos brancos e prateados passam sobre a meia-lua – há ali uma cidade fervilhando de vida.

– Sabe que em noites claras a gente pode ver satélites?

– Ouvi dizer. Em Mogadíscio há luzes demais pra se ver qualquer coisa assim. – Filsan continua a olhar para o céu e tropeça em uma pedra.

Roble a pega pela cintura e a endireita; por um momento, as mãos dela pousam nas dele, e então ela as empurra.

Eles caminham lentamente para o alojamento, sem receio. Filsan se lembra de ter lido uma vez que a noite era feita para os amantes, cada um dos pares invisível para os outros. Foi em um romance que ela encontrou embaixo da cama, deixado por Rahma.

Um vento cortante corre pela rua, enfunando a camisa de algodão de Roble e obrigando Filsan a apertar mais o xale em volta do corpo. Estão quase no alojamento.

– Você deve ficar aqui, pra ninguém vê-lo – diz Filsan, virando-se e lhe estendendo a mão. – Nos vemos amanhã.

Roble ri de sua formalidade, mas aperta-lhe a mão.

Ele espera que ela ultrapasse o portão da sentinela e entre no complexo. Fora da vista, no patamar da escada, Filsan o observa virar-se e ir embora. Sente uma pontada no peito enquanto ele anda, de cabeça abaixada, para o escuro; parece solitário, tão vulnerável, presa de sejam quais forem os fantasmas e feras que possam atacá-lo. Filsan começa a soprar um beijo, mas se sente ridícula e apenas segue sua camisa branca enquanto ela desaparece na noite, como a vela de um barco cercada por ondas altas e nuvens baixas.

Em vez dos sonhos que ela esperava – ternos, à luz de velas, sublimes –, Filsan afunda em um pesadelo. Está em uma planície escura, só ela e os anciãos, eles de costas para a parede intacta de um *berked*. O vento uiva à sua volta, afastando com chicotadas as palavras que emanam de sua boca; ela não porta rifle nem pistola, mas uma grande faca serrilhada que brilha à luz acinzentada. Os robes brancos dos anciãos esvoaçam e batem contra a turbulência, mas eles estão em silêncio. Filsan levanta uma perna e dá um passo à frente, a gravidade desaparece, seu passo se torna um salto, um voo, e ela pedala desesperadamente para descer. Ao passar flutuando pelo ancião mais alto, ela lhe agarra o braço e se ancora nele. A pele dele é frígida, e em suas órbitas oculares vazias há distantes espirais rodopiantes. Filsan o toca no peito, mas não há batimento cardíaco, nenhuma exalação, nem inalação; o corpo é uma concha dura, perfeitamente preservada pelo ar lunar estéril. O *berked* atrás está cheio até a boca de cinzas brancas friáveis. O abismo além não tem estrelas, é indistinto e parece se estender até a eternidade. Filsan vê que o único abrigo possível é o interior desse corpo. Ela serra o pescoço do ancião com a faca e a pele retine como metal contra a lâmina, cuspindo fagulhas brilhantes. Com dificuldade, Filsan empurra a faca para a frente e para trás, formando bolhas na palma das mãos, até que a jugular de metal se abre. Segurando no robe do ancião, evitando o vazio de seu olhar, ela abaixa o braço e gira seu ombro dolorido. Ergue a faca mais uma vez e volta à incisão que fez; um fiapo de líquido vaza lentamente do interior oco. Pressionando um dedo nele, examina a mancha. É sangue fino, brilhante. Não vendo alternativa, ela continua a forçar a entrada, com o sangue manchando a faca, suas mãos, seu rosto. A cabeça range e cai para trás no chão. Filsan tenta se espremer através da abertura, mas não consegue encaixar mais que um braço; o sangue salpica seus dedos. Não há lugar nenhum para ir além do abismo que a traga.

* * *

Ela acorda sobressaltada e acende a luz acima da cabeça, certa de que suas mãos frias e escorregadiças estão cobertas de sangue. Ergue-as perto dos olhos e vê que estão limpas, com as mesmas linhas pardas nas palmas e os dedos rechonchudos de sempre. Descansa o rosto no travesseiro, esperando que o horror passe.

– Não seremos esquecidos tão facilmente... – os anciãos parecem dizer.

– Vou vencer vocês – ela responde e afasta os lençóis.

Deixa o alojamento sem visitar o banheiro nem a cozinha, e lava o rosto quando chega ao escritório. O sol nasce através das janelas gradeadas, e lentamente os anciãos recuam de seus pensamentos. Ela começa a trabalhar na pilha de relatórios que, por estar distraída demais, não conseguiu completar no dia anterior. Um documento particularmente volumoso contém vislumbres de um comandante rebelde avistado na Etiópia, mas também dentro da própria Somália, no Oriental Hotel, a se acreditar na Guddi. Filsan observa que eles agem como se uma informação falsa fosse melhor do que informação nenhuma, mas suas maquinações constantes contra um indivíduo, ou uma organização, tornam o trabalho dela dez vezes mais difícil.

Lá fora passa um comboio de carros de polícia, com as sirenes berrando. Filsan sai da cadeira e para ao lado da janela. Há fogo na direção do quartel do Conselho de Segurança Regional, na velha casa do comissário do distrito; os gritos dos manifestantes são abafados pelas sirenes. Uma coluna de fumaça preta paira no céu como um *jinn* gigante foragido de uma garrafa. Ela pega o telefone e disca o número de Birjeeh; um sinal de ocupado soa e ela volta à janela. Naquela coluna de fumaça, vê semanas de trabalho e investigações; quem quer que tenha ateado fogo ao prédio desafiou o governo: se puderam chegar a um local tão seguro, não há lugar em que não consigam penetrar.

Roble entra ao lado do coronel Magan, o promotor do Tribunal Militar Itinerante. Filsan acha que pode ver uma insinuação de sorriso no rosto do coronel quando ele senta animadamente atrás da mesa de Roble. Uma falha no Conselho de Segurança Regional pode ser uma vitória para ele.

– Alguma destas porcarias funciona? – Magan grita enquanto bate nas teclas do telefone.

Ela tenta captar o olhar de Roble, mas ele está olhando para o coronel com expressão preocupada.

– Mudo. – O coronel Magan põe o fone no gancho, puxa a cadeira para mais perto da mesa e faz um gesto para que se ponham diante dele. Tem o rosto de uma ave de rapina: olhos pequenos, nariz ameaçador em formato de anzol. O coronel entrelaça os dedos sinuosos e apoia o queixo nos nós dos dedos.

Filsan está em posição de sentido na frente dele e, nervosa, segura as mãos nas costas.

– Precisamos controlar esta situação. O fogo no prédio do conselho é apenas uma distração. O verdadeiro desastre aconteceu ontem à noite na prisão de Mandera – bate os nós dos dedos na mandíbula e aspira profundamente –, que os rebeldes atacaram e de onde libertaram a maioria dos prisioneiros.

Roble finalmente olha para ela, que o encara, ansiosa.

– As estradas para o leste estão fechadas por enquanto e todas as unidades de infantaria da área foram enviadas pra fronteira pra impedir que a FLN continue mandando seus camaradas pra fora do país. Vocês terão serviço de patrulha sete vezes por semana e receberão instruções adicionais assim que eu as tiver. Estarei em reuniões em Birjeeh pelo resto do dia. Quero que você, capitão Yasin, identifique o máximo de colaboradores que puder e descubra o que eles sabem sobre a fuga da prisão.

* * *

A máquina rangente e desajeitada do Exército Nacional da Somália é acionada depois do ataque à prisão. Em quatro semanas, as milícias de Saba'ad recebem seus lançadores de granada e um instrutor para ensinar a usá-los, mais milícias são recrutadas em campos pelo deserto e Filsan toma providências para que divisões de soldados de Beledweyne, Kismayu, Merka, Galkayo e Mogadíscio sejam aquarteladas em prédios do governo em Hargeisa, incluído o escritório deles próprios. Roble fala sem parar ao telefone, com uma caneta atrás da orelha, organizando a transferência regular de armas de Mogadíscio para Hargeisa. O único respiro que eles têm é a patrulha de segurança que conduzem no bairro Guryo Samo, todos os dias, entre três e seis horas da tarde. As organizações de segurança foram divididas em unidades fragmentadas, competindo umas com as outras para desencavar as raízes da FLN, informação guardada como tesouro e não compartilhada. Eles passam três horas sozinhos, vagando para um lado e para outro por ruas tão arenosas que suas botas fedem até os cadarços, ignorados por todos afora as crianças, que fogem quando eles se aproximam. É a primeira vez que Filsan carrega um rifle desde Salahley, e o peso dele parece agourento, o poder dentro dos canos, molas e martelos mais difícil de ignorar à medida que ela o muda constantemente de lado.

O bairro tem uma atmosfera sonolenta; eles brincam sobre caírem vítimas de um feitiço adormecedor, mas às vezes bocejam tanto que isso parece mesmo possível. Compram refrigerantes de uma banca sob um salgueiro, usando vales emitidos pelo governo, para desprazer silencioso, mas evidente, do vendedor. Depois de cada patrulha, cambaleiam de volta ao alojamento à luz aquarelada, passando por um pomar coberto de vegetação, com flores frágeis caindo sobre o muro e balançando a cabeça translúcida em um ritmo quase sincronizado. Roble, às vezes, recolhe as flores vermelhas e cor-de-rosa e as junta em um buquê bambo para Filsan, que ela então esconde debaixo da túnica e recupera em seu quarto, puxando os caules esmagados e úmidos de entre os seios.

* * *

Quatrocentos rebeldes da prisão de Mandera são apanhados em quinze dias, na maioria velhos desdentados que pretendem manter seus segredos trancados nos ossos chacoalhantes. Filsan e Roble são instruídos a interrogar um homem, Umar Farey, de Guryo Samo, suspeito de organizar reuniões antirrevolucionárias dentro de seu hotel. No antigo arsenal de Birjeeh, Roble revela uma queda por violência que Filsan não esperava. Enquanto ela fica sentada diante de uma máquina de escrever, jogando uma pergunta atrás da outra para o hoteleiro, Roble anda em volta do homem, disparando socos com precisão. A certa altura, Filsan começa a rir. Cobre a boca e deixa passar a sensação, mas o detido lembra-lhe um personagem de desenho animado em choque; ela pode imaginar pássaros chilreantes em volta da cabeça dele. Umar Farey tenta parecer indiferente aos golpes, girando a cabeça rigidamente de volta para a frente a cada vez, focando nela os olhos injetados com expressão vazia. Ela consegue sentir os anciãos se inclinando sobre seu ombro para espiar as páginas que datilografou, e o ar que exalam em seu pescoço faz cócegas num grau enfurecedor; ela se vira e grita:

— Pelo amor de Deus, me deixem em paz!

— Qual é o problema? — dispara Roble.

— Desculpe. — Ela abaixa a cabeça.

O interrogatório dura mais uma hora, mas eles não obtêm nenhuma informação valiosa. O prisioneiro é escoltado de volta à sua cela com o nariz sangrando, e Filsan enrola os nós dos dedos inchados de Roble em seu lenço e compra de um mascate um saco de gelo para que ele o pressione no local. Toca-o com nervosismo, tirando a poeira de sua camisa e verificando a intervalos regulares a mão machucada, mas ele está anormalmente taciturno.

– Com quem você estava falando lá? – ele diz finalmente, quando caminham de volta ao escritório.

Filsan pisca rapidamente e sorri um sorriso falso.

– Ninguém.

– E por que você estava rindo?

– Ele parecia ridículo, o prisioneiro.

– Mas isso não nos fez exatamente parecer profissionais, não é? – Roble diz com dureza. – E não é só isso. Às vezes pego você fitando o vazio durante minutos, sua mente está em algum lugar, completamente alheia.

– Eu faço isso? – Filsan sente o rosto queimar, quase como se uma máscara tivesse sido arrancada.

– Você não é como nenhuma outra mulher que eu conheci. – Ele sorri, mas não há suavidade em suas palavras. Olha para ela como se fosse louca.

Filsan segue obediente atrás dele, de cabeça baixa, imaginando há quanto tempo ele pensa isso dela. Olha-o furtivamente, tentando ler sua expressão; seus olhos estão apertados e os lábios, fechados numa linha firme, mas este tem sido seu aspecto normal ultimamente. Ela se mantém calada, esperando que o humor dele mude; talvez o interrogatório o tenha azedado e ele só precise de tempo para esquecer o hoteleiro teimoso e suas mentiras.

Roble mal troca palavras com Filsan a tarde inteira e se esconde atrás de uma barricada de papéis em sua mesa. No começo da noite, a distância entre eles diminui e ele concorda em acompanhá-la até em casa. Quando chegam ao posto de controle mais próximo do alojamento dela, já anoiteceu; os soldados estão amontoados em torno do rádio, jovens esguios com sobretudos de lã feitos para combatentes russos ou alemães corpulentos. A única luz vem de uma lanterna fraca que emite círculos minguantes de luz branca. O grupo se desfaz à chegada deles, bate continência para Robles e olha Filsan de cima a baixo, de cima a baixo.

– Houve um ataque a Burao, capitão – diz o jovem com a lanterna; seu rosto está na sombra, e Filsan só consegue ver dele os dentes tortos e o queixinho pontudo.

– Quando? – vocifera Roble, puxando o rádio da mão de um soldado; o alto-falante emite apenas estática.

– Não está claro, senhor, talvez há umas duas horas. Há combates graves, centenas de rebeldes sitiaram a cidade. – A voz dele soa como se ainda não tivesse se formado plenamente, ou talvez ele simplesmente não consiga encontrar as palavras para descrever a situação em que foi atirado.

– Onde está seu comandante?

– Foi chamado a Birjeeh. Eles acreditam que mais rebeldes estão a caminho de Hargeisa, e ele está organizando reforços para assegurar nossa área.

Filsan agarra com força seu rifle.

– Tenho que ficar até que o oficial deles volte. – Roble puxa a correia de seu rifle por cima da cabeça e muda o rádio para outro canal, onde vozes quase inaudíveis conversam em acrônimos.

– Também vou ficar, capitão. – Filsan toma posição atrás da barra de metal do posto de controle.

– Cabo, volte pro seu alojamento e espere por novas ordens. – Ele se vira de costas para ela e segura o receptor perto do ouvido, antes de perguntar a um soldado: – De que tipo de números estamos falando exatamente em Burao?

– Não temos ideia, senhor, as comunicações falham o tempo todo.

Filsan se aproxima de Roble e lhe sussurra ao ouvido:

– Quero ficar com você.

– Vá, Filsan, isto é sério.

Olhando-o nos olhos, ela sente um surto repentino de ódio por ele. O que o faz pensar que é melhor do que ela?

– Eu vou, capitão.

– Acompanhe-a até em casa – ele ordena a ninguém em particular, mas ela marcha em frente sem esperar.

A rua é uma faixa clara cercada por árvores pretas, muros pretos, ausências pretas onde deveria haver vidas. São só sete da noite, mas não há nenhum som além da batida surda de suas botas.

Ela olha por cima do ombro, vê um soldado do posto de controle seguindo-a desanimadamente, à distância; a presença dele a irrita mais e ela acelera o passo, prometendo-se que nunca mais vai olhar para Roble, que lhe ensinará uma lição por humilhá-la. Sabe que vai vê-lo em sua mesa no dia seguinte, descrevendo animadamente como o ataque rebelde foi cruelmente derrotado em Burao.

Não dá atenção quando a moita ao seu lado parece sussurrar e mudar; seus olhos estão fixos no lado virado para o alojamento e não registram as moitas se erguendo do chão. Afasta um cacho de cabelo da testa e ajusta a correia do rifle para que a arma pare de bater em sua coxa. A única coisa que deseja é um banho e depois dormir.

Filsan atribui o ruído de um galho quebrado atrás dela a um animal desgarrado, o aroma de suor almiscarado a seu longo dia de atividade física, mas uma dúvida momentânea a faz parar e se virar.

Jinns com galhos entrelaçados na cabeça e nos braços estão espalhados pela rua; ela estende a mão para tocar uma das figuras e fica surpresa de sentir carne de verdade contra os dedos.

– Levante as mãos – o *jinn* exige com sotaque de Hargeisa; depois encosta um Kalashnikov no rosto dela.

Parte 3

A porta de Kawsar aguenta três batidas pesadas antes de ser arrombada e abrir. Ela se vira e vê um soldado adolescente vestido com uma jaqueta de camuflagem em seu quarto; seus olhares se cruzam por um instante antes de ele se retirar. A porta se encaixa de volta no lugar, mas a fechadura está destroçada, dependurada nos próprios parafusos.

– E então? – diz uma voz atrás dele.

– Revistado, nada lá dentro. Vamos.

Ela se pergunta se ele a viu, ou se pensou que um cadáver o olhara nos olhos. Como ela mesma saberia se tivesse morrido? Não há ninguém para lamentar ou chorar ao lado dela. Nenhum vizinho veio verificar como estava, e por isso ela sabe que eles estão mortos ou foram embora.

Sua cabeça está latejando e a garganta dói. Enche um copo com água empoeirada da jarra e verifica o pacote de analgésicos. Apenas cinco. Ela os engole. Ainda há passos do lado de fora da janela, botas pesadas no concreto. Os soldados estão rindo, a delícia misteriosa de meninos brincando. Provavelmente, estão mexendo na roupa de baixo no quarto de Maryam.

Kawsar apoia o rosto na fronha úmida com estampa de acácias; lágrimas caem dos galhos finos como se fossem folhas. Ela se sente zonza, com imagens sépia e sons ocos trazidos do solo oceânico de sua mente: o ruído surdo de botas de policiais enquanto eles desfilam diante do comissário distrital em Salahley. Ela adorava esse som quando era jovem, lembra-se de levar para a varanda os pratos do desjejum em uma tigela, para poder ouvir o baque dos pés de seu marido no saibro; ele chegava até ela acima do canto dos pássaros, dos pratos de metal retinindo e dos comandos gritados pelo sargento britânico. Os policiais eram belos, seus cabelos, lustrosos e repartidos com precisão de lado; seus uniformes cheiravam a detergente e sabão. Kawsar vestira o novo marido, Farah, como se ele fosse uma boneca, lavando e passando suas roupas a cada dia, engraxando suas botas à noite com cera Kiwi. Orgulhava-se da aparência dele, assim como de sua própria. Eles planejavam retomar seu país dos britânicos e ter uma bela aparência enquanto o faziam.

Toma mais um gole de água e recita a prece para os mortos. Pode aceitar uma bala simples – não há necessidade de eles desperdiçarem seu tempo com uma idosa –, mas teme que eles a puxem para fora da cama, ou tentem fazê-la se levantar. Pretende oferecer-lhes o ouro e o dinheiro que estão embaixo do colchão, se eles prometerem não movê-la. É uma vigília patética. Ela põe o rádio perto do ouvido, abaixa o volume e o liga. Durante anos, as ondas de rádio foram a linha de frente na guerra entre o ditador e os rebeldes, mas agora a voz de Oodweyne sai mais vívida do alto-falante, mais incisiva, mais clara e mais triunfante a cada palavra.

– Cidadãos, fomos levados a uma ação extrema, mas decisiva. Apelamos a nossos camaradas do norte que buscassem meios pacíficos de resolver nossas diferenças; imploramos a eles que não permitissem que nossa soberania fosse minada por inimigos do povo somali e seus colaboradores. Nossa tolerância em face do terrorismo nos granjeou a simpatia do mundo, até o presidente dos Estados Unidos está enviando ajuda para erradicar a ameaça que estamos enfrentando: um navio da marinha americana deve chegar a qualquer momento ao porto de Berbera com os suprimentos necessários. Temos os meios e alcançaremos uma vitória nunca vista em nossa história, e todos os antirrevolucionários aprenderão amargamente o que significa desafiar a autoridade e o progresso.

Antes que o anúncio seja repetido, Kawsar desliga a voz dele. Não é tão doloroso morrer quando tudo que ela conhece está morrendo ao redor. É como se o mundo tivesse sido construído apenas para ela e estivesse sendo desmantelado enquanto ela parte. Uma vez, tarde da noite, no final dos anos 1960, no Teatro Nacional de Mogadíscio, Kawsar estava sentada, esperando que Farah voltasse à mesa. Ela havia implorado que ele a levasse para passear enquanto estivessem na capital para o treinamento policial dele, mas, em todos os lugares aonde iam, sua atenção era roubada pelos amigos da Liga da Juventude Somali. Ela observava desconsoladamente, enquanto faxineiros varriam o chão e funcionários do teatro desmontavam a cidade que parecera tão viva apenas minutos antes. Aprendizes de carpinteiro imberbes, que roubavam amêndoas de tijolos dourados de *halwa* de verdade, arrastavam para fora do palco a banca de confeitos do comediante. Um fundo de cenário com um pôr do sol pintado, flutuando com pássaros escuros, foi enrolado e enfiado com todo o cuidado em um tubo de papelão por outro rapaz. Kawsar, que tinha sido a primeira a construir um bangalô na October Road, também o veria ser forçado a voltar a seu estado original, com as casas niveladas ao solo de modo que as árvores de zimbro e os babuínos pudessem retornar.

Os olhos de Deqo se abrem bruscamente dentro de seu tambor. Parece que homens com martelos estão batendo nele por fora. *Pá, pá, pá.* Ela se agacha e olha para fora, mas não há ninguém ali, só o costumeiro círculo de árvores silenciosas. Mas os golpes continuam, e Deqo sai do tambor para investigar. Ela não vê alma viva há semanas, pois evitara a cidade e o mercado para não encontrar o velho. Seus cabelos estão desgrenhados e irremediavelmente cheios de nós, e sua pele aparece através dos buracos no vestido, agora retalhado, que ela usava ao fugir da casa de Nasra. Sua boca está esfolada devido à dieta de frutas verdes duras, e perdeu cada grama de peso que havia ganhado em Hargeisa; agora mais alta, magra e esbelta, ela não ouve os próprios passos quando caminha, parece flutuar sobre a terra sem deixar marcas. Os clarões no céu são bem-vindos; quanto mais chuva cai, maior seu estoque de água para beber no balde da pilha de lixo debaixo da ponte, do qual se apropriou.

Ao olhar de soslaio para cima, ela percebe o modo estranho como o raio se propaga; parece subir do chão em vez de descer, e o trovão é ao mesmo tempo gutural e metálico. Um avião precipita-se com estrondo para o alto, ela tropeça e cai nos arbustos, assustada. Quando se aproxima da ponte de concreto acima do canal, o chão estrondeia sob a procissão de tanques verde-escuros que a atravessam lentamente de norte a sul; ela imagina que deve estar havendo mais um desfile no estádio, mais um dia de soldados, discursos e danças. Depois que os tanques passam, a ponte fica vazia e Deqo escala o barranco até ela. Verifica o sul, na direção do aeroporto, e o norte, na direção do teatro: aqui e ali há colunas de fumaça e tudo está sinistramente quieto, afora as explosões misteriosas que ela ouvira do canal.

Curiosa, segue para o *suuq*, para perguntar a uma das mulheres do mercado o que está acontecendo. Espera que ele esteja aberto como sempre, com as mulheres dos cestos à esquerda e os vendedores de verduras à direita, as ambulantes da idade dela andando entre eles, vendendo salgadinhos e cigarros a granel, transformando o mercado central em uma densa confusão de cabeças e braços.

Só quando se aproxima da enorme bandeira azul e branca pintada na lateral do escritório do governo local – a mesma imagem que viu em fragmentos através da multidão, mas que agora é revelada em sua inteireza manchada pela chuva – Deqo se dá conta de que está no coração do *suuq*. Mesas emborcadas, caixotes e silêncio substituem o mundo que ela conheceu, e a única companhia são os gatos descarnados e cheios de pulgas que, agachados sob um toldo, lambem desesperadamente uma poça escura de sangue.

Deqo vasculha o chão à procura de uma migalha para comer, mas só há cascas de amendoim espalhadas e verduras pisoteadas. Pegando a viela adjacente ao edifício municipal, ela logo chega a um posto de controle. Soldados de casaco e calças de camuflagem amarelos montam guarda, mas uma mulher de uniforme e boina cáqui faz sinal para que Deqo se aproxime.

– Ponha as mãos pra cima. De onde você vem?

– Do mercado. – Deqo aponta para trás. – Onde estão todos os comerciantes, *Jaalle*?

– Alguns estão nos morros. Quem é você? Onde está sua família?

– Eu sou órfã, de Saba'ad.

– Abaixe os braços.

Deqo os abaixa devagar.

– Estou com fome, *Jaalle*, onde consigo encontrar um pouco de comida?

A mulher caminha até outro soldado, discute alguma coisa e volta em sua companhia.

– Se você estiver disposta a fazer uma coisa pra nós, podemos lhe dar comida.

Deqo protege os olhos do sol com a mão e assente com a cabeça.

– Siga-nos.

A mulher conduz Deqo e o soldado na direção do bairro abastado, do outro lado do canal. Agachados e com os rifles levantados, eles espiam em volta das esquinas antes de seguir adiante. Um rádio no cinto da mulher emite ruídos, e ela o desliga.

– Está vendo aquelas casas no fim da rua? – Ela aponta para duas *villas* enormes, com os portões escancarados. – Quero que vá ver se há pessoas lá dentro.

– Só isso? – pergunta Deqo.

– Só isso, e então vamos lhe dar alguma coisa pra comer.

Enquanto avança na ponta dos pés, imitando os soldados, Deqo vê que os muros do jardim das *villas* estão perfurados de buracos, crateras do tamanho de pneus de caminhão. As casas em si não estão danificadas, e há carros novos e reluzentes estacionados à frente. Ansiosa, Deqo olha para trás, para os soldados, que rapidamente somem de vista. Ela entra no complexo da *villa* um pouco menor e para ao lado de uma bicicleta de criança abandonada, esperando que alguém a confronte; pássaros farfalham, armas disparam ao longe, mas não aparece ninguém. A *villa* caiada tem uma varanda telhada com colunas que leva a uma porta dupla de vidro. Ela entra. Conta sete aposentos, além do banheiro e de uma cozinha grande. Uma luz está acesa em um dos quartos, mas ela não sabe como apagá-la. Os aposentos ainda cheiram à família a que pertencem, uma estranha combinação de sabão para lavar roupa, temperos e crianças.

A *villa* maior, vizinha, também parece vazia, mas há pegadas de terra no tapete. Deqo recolhe um projétil de baixo da mesa de centro e o segura como uma espécie de talismã enquanto inspeciona os aposentos. Há duas televisões na casa, uma na sala de estar e uma no quarto maior; o reflexo de Deqo é captado e observado por seus olhos pretos. A cozinha está cheia de pacotes de comida que não reconhece.

Corre de volta para os soldados, que acenam para ela da esquina.

– Viu alguém? – a mulher pergunta, impaciente.

– Não, estão vazias.

– Tem certeza de que não viu ninguém? Diga a verdade.

– Olhei em todos os aposentos.

– O que é isso na sua mão?

Deqo desdobra os dedos e revela o projétil. A soldado o pega e sussurra alguma coisa no ouvido de seu companheiro.

– Eu a encontrei na casa maior. Debaixo de uma mesa.

A soldado troca o projétil por um chocolate derretido que tira do bolso.

– Siga seu caminho – ordena, antes que eles se retirem na direção de onde vieram, verificando cada caminho, como ladrões.

Roble disse que viera correndo assim que ouvira os gritos. Filsan tinha sido cercada por um bando disparatado; dois velhos – um de roupa cáqui, o outro num casaco de safári – e dois adolescentes vestidos com *jeans* e camisas de colarinho grande.

– Passe a arma – o homem de cáqui exigiu, com o rifle apontado para ela.

Filsan ficou absolutamente imóvel, incapaz de reagir. Foi como se tudo que aprendera a tivesse abandonado.

Um dos garotos engatilhou seu Kalashnikov, e o som do metal causou um sobressalto no corpo de Filsan. Ela olhou para o cano e viu seu próprio fim; então berrou para que Roble viesse até ela.

Antes de o jovem atirador ter tempo de acionar o fuzil, um tiro vindo da direção do posto de controle o derrubou com uma bala nas costas.

Os rebeldes passaram a se defender, e a presença de Filsan de repente tornou-se desimportante enquanto ela mergulhava na sarjeta onde eles tinham se escondido. A troca de tiros frenética terminou em segundos, deixando três membros da FLN mortos e o homem de cáqui foragido, perseguido na noite pelos soldados.

Roble saltou e puxou Filsan dos espinhos; seu coração batia forte contra as costelas, e o momento foi estragado apenas pelo cheiro de cocô de cachorro nas botas dela. Protegida pelos braços dele, chocada mas ilesa, Filsan caminhou de volta ao posto de controle; toda a hostilidade entre eles evaporara. Totalmente na sombra, ele era apenas o esboço do que um homem deve ser, e ela se agarrava a ele, apertando-se cada vez mais contra seu corpo. Sentia-se fora de si, de um jeito alegre e animalesco, despida de todas as suas reticências e de todos os seus modos; queria se fundir a ele, *tornar-se* ele. Mas Roble a fez sentar no barril do posto de controle, entregou-lhe a lanterna e virou-se para o radiotransmissor, gritando ordens de reforço imediato; seus olhos inspecionavam, temerosos, todas as direções. Foram separados nessa mesma noite; ele foi enviado a um posto de controle nos morros nos arredores da cidade e ela foi despachada para Birjeeh, a fim de ajudar a coordenar os Pioneiros da Vitória com as tropas que já estavam em Hargeisa.

Nos dias seguintes, a cada vez que Filsan vê um caminhão militar em disparada pelas ruas, com corpos uniformizados prostrados na traseira, sente um calafrio ao pensar que Roble pode estar entre eles. Longe de ser repelidos e expulsos da cidade, os combatentes da FLN cresceram em número e se entrincheiraram. Centenas de rebeldes voltaram do exílio nas terras de vegetação rasteira da Etiópia, de seus covis no deserto, carregando nas costas as armas recuperadas. Combatentes veteranos, cujos nomes e fotos salpicam dossiês de homens procurados, vieram para desencadear a devastação, e sua aparente ressurreição é um chamado às armas para milhares de jovens irados da cidade.

No posto de controle mais próximo ao Teatro Nacional, Filsan supervisiona o movimento para o estrategicamente importante centro da cidade. A maioria dos moradores fugiu nas primeiras horas do bombardeio, mas alguns extraviados permanecem: os aleijados e os idosos, os pacientes despejados do hospital quando ele foi requisitado pelos militares, as crianças de rua e os loucos libertos do asilo por um golpe de morteiro. Filsan liga o rádio e ouve que os rebeldes cortaram o abastecimento de água do hospital e que é preciso trazer água de caminhão imediatamente para os soldados feridos que estão ali.

Dois membros dos Pioneiros da Vitória, Ahmed e Jimaale, estão estacionados no posto de controle para ajudar a identificar simpatizantes da FLN; os anos de bisbilhotagem finalmente dão resultado, e eles sabem tudo sobre todos: família, clã, bairro, ocupação, ligações. Parecem revigorados, com bolsos estufados de relógios e dinheiro confiscados em outros postos de controle; ficam pedindo aos recrutas que lhes deem uma arma, mas Filsan proíbe.

Um grupo de civis se aproxima lentamente da barreira, com trouxas de lençol nas costas. O único homem entre eles tem cerca de doze anos e luta para manobrar uma carroça cheia dos seus pertences mundanos.

Eles param ao lado da barricada e esperam.

– De onde vocês vêm? – pergunta Filsan.

– Iftiin – diz uma jovem com uma faixa atravessada na cabeça para segurar a carga nas costas. Ela parece liderar o grupo, enquanto a mulher mais velha se encosta no muro, arfando.

– Como você se chama e quem são estas pessoas?

– Nurto Abdillahi Yusuf. Estes são minha mãe e meus irmãos. – Ela acena para trás sem voltar a cabeça.

– O pai dela trabalhava no cinema; são uma conhecida família *anti*. Examinem a carroça; provavelmente estão dando suprimentos aos inimigos – grita Ahmed, correndo ele próprio para a carroça.

– Pare – ordena Filsan, antes de cortar as cordas que prendem no lugar o conteúdo da carroça. Ela o inspeciona: um colchão de espuma, um saco de papel com remédios, sacos de farinha e arroz, um fogareiro *girgire*, e então algo que a surpreende.

Tira o revólver do buraco em que ele estava escondido, dentro do colchão.

– Aí está – exclama Jimaale. – Apanhada com a boca na botija.

– É pra nos proteger de bandidos, somos apenas mulheres e crianças, precisamos de alguma coisa pra nossa segurança – implora Nurto.

– Quem lhe deu? – Filsan examina o revólver; é um velho modelo da polícia.

– É nosso há anos, meu pai o comprou depois que invadiram nossa casa, nos anos 1970, todo mundo tem um, bêbados e cheiradores de cola estavam invadindo à noite.

– Mentirosa! Mentirosa! – Jimaale empurra a moça. – É uma *anti*! Por que não chamar a polícia se você foi roubada?

– Vimos você em protestos contra o governo, não pode mentir pra nós. – Ahmed a derruba no chão com um chute.

Filsan o empurra para longe.

– Levem-nas para Birjeeh. Eles vão descobrir a verdade.

Ahmed e Jimaale puxam as trouxas das costas delas enquanto Filsan amarra os pulsos de Nurto e, em seguida, os da mãe dela. Os filhos empurram as mãos de Filsan, mas ela resiste, batendo neles, e ordena que dois recrutas mais jovens levem toda a família para o quartel. Enquanto seus vultos recuam, ocorre a Filsan que é irônico eles terem adiado a fuga para poder pegar o máximo possível de pertences e agora esses mesmos pertences impedirem sua fuga.

O ruído do rádio interrompe os pensamentos de Filsan; do outro lado da linha está o tenente Hashi, o oficial de logística, ordenando que se desloque para o posto de controle ao lado da estação de rádio. Ela deixa Ahmed e Jimaale saquear o que quiserem da carroça e corre para a posição seguinte.

* * *

Kawsar ouve fragmentos do caos lá fora: o raspar do zinco quando ele é puxado das casas vizinhas, o *umpf* de canhões de cano longo disparando atrás do hotel, a aproximação agourenta de passos no pátio. Sente que sua morte é iminente; está fria, e seu coração bate preguiçoso, desesperançado. Um peso pressiona a cama para baixo, e ela vira a cabeça. Farah está sentado ali, vestido em seu terno favorito de risca de giz de ombro estreito; ele se inclina para trás e solta um suspiro interminável.

– Quem teria pensado que chegaria a isto?

É tão bom ouvir sua voz profunda e clara que lágrimas abruptas surgem em seus olhos.

– *Kawsar-yaaro*, pequena Kawsar, você lutou demais sem mim. Deixe tudo pra trás agora. – Ele sorri, e ela se lembra da covinha rasa em cada uma de suas bochechas. – Estávamos esperando por você.

Provocativa, Hodan vem caminhando da cozinha, sorrindo o sorriso do pai e trajando um vestido de casamento de cetim, que se amontoa no chão à sua volta.

– Me leve com você. – Kawsar estende os braços e se ergue o máximo possível.

Enquanto Hodan se aproxima, Kawsar observa seu rosto luminoso e perfeito desaparecer, até que não vê nada além de partículas de pó flutuando no ar. Ela se vira para Farah, mas a cama está vazia. Kawsar deixa cair os braços e grita, amaldiçoando-se: por que não pode ao menos ter uma morte simples depois de uma vida tão longa e tão complicada? O que é esta provação que é obrigada a suportar? Se tivesse uma faca, ela mesma poria um fim nisso.

* * *

Deqo desvia e volta às *villas*. As árvores estão nuas; todos os pássaros fugiram, deixando em sua esteira um silêncio agourento. Ela quer ver de novo aquelas cozinhas maravilhosas, tocar os utensílios de cobre cintilantes e esvaziar aqueles armários sobrecarregados de pacotes exóticos e misteriosos. O baque gutural de morteiros ribomba atrás dela, e Deqo aumenta a velocidade, mantendo-se perto do muro e escondendo-se sob a sombra dos abundantes arbustos de buganvília rosa. Desviando-se para entrar na *villa* maior, ela sobe depressa os degraus de concreto e entra no vestíbulo frio, com piso de lajotas verdes. Uma poltrona pesada com estrutura de madeira está suficientemente perto da porta para ser arrastada e servir de barricada. O ventilador no teto se move com a mudança de ar que ela trouxe, mas o resto da casa está lugubremente calmo. Vastos lençóis cobrem o restante da mobília, poeira e insetos mortos já se juntam nas ranhuras do piso.

Deqo anda pelo corredor e entra na cozinha. Armários pintados de branco dominam uma parede e escondem as panelas, facas e provisões que teriam lotado o piso da cozinha de Nasra. Uma esteira de palha ao lado da janela tem a impressão escura de um corpo claramente visível; dois chinelos de plástico e um *caday* são os únicos outros lembretes da empregada doméstica que vivia e trabalhava neste aposento. Em vez de um *girgire* improvisado, ela tinha um fogão permanente a carvão para preparar refeições, com quatro bocas redondas e um forno que deve ter abreviado em várias horas seu trabalho. Uma enorme pia esmaltada contém os pratos sujos que a família usou antes de fugir. Deqo cutuca o molho vermelho endurecido que está em um dos pratos e passa o dedo pela língua; o gosto ainda é bom. Duas torneiras grandes gotejam sobre a louça, e ela decide lavá-la como uma espécie de pagamento pela hospitalidade inconsciente da família. Com dificuldade, vira as torneiras duras e a água jorra, clara e abundante;

um pano e um prato cheio de detergente estão ao seu alcance, e em poucos momentos a pia está vazia.

Sacudindo as mãos para secá-las, Deqo fica maravilhada de ver como todo este luxo foi escondido dela. O trabalho em um lugar assim não é trabalho; não há baldes para arrastar desde a bomba de água, nem instáveis pilhas de panelas e facas das quais se esquivar. A cozinha tem pé-direito alto, duas janelas amplas que formam um funil pelo qual entra o sol do meio-dia e paredes amarelo-claras que jogam uma luz suave sobre tudo. Três panelas de cobre gigantes pendem da parede, e seus fundos inconstantes lançam feixes de raios dourados na pele de Deqo. Ela respira fundo, sabendo que encontrou seu lugar.

Abrindo o armário mais próximo, enche os braços de pacotes de biscoitos importados que vira no mercado, mas nunca comeu. Enfiando uma garrafa de licor debaixo do braço, segue para um dos quartos. Escolhe o maior deles e joga o que acumulou sobre o acolchoado de seda rosa que cobre a gigantesca cama; é como se reclinar sobre uma nuvem, flutuar magicamente sobre um tapete. Estende os membros em forma de estrela e então os puxa para um lado e para outro, acariciando a seda e enviando ondas de prazer espinha acima. Abrindo a garrafa com a boca, cospe a tampa e bebe em grandes goles o líquido escuro, grosso e doce como caramelo. Esticando a mão até o pacote de biscoitos aberto, ela pega três e os enfia na boca, deixando cair migalhas no corpo e sacudindo-as sem cuidado na cama e no chão. Está livre para fazer o que quiser sem ser castigada, orientada ou observada.

Acordando em um quarto turvo e estranho, cheio de sombras e recessos escuros, Deqo entra em pânico diante da sensação de umidade em suas pernas. Pula da cama e encontra uma poça de licor vermelho-escuro borrifada no acolchoado. Agarrando a garrafa pegajosa, ela se xinga por tornar o lugar tão sujo tão rapidamente.

Arranca a coberta da cama e, para seu alívio, vê que os lençóis embaixo continuam intactos: entrouxando o acolchoado nos braços, ela o leva para o banheiro, a fim de lavá-lo depois.

Nenhum som da guerra além das paredes parece penetrar na casa; ela ecoa e zumbe e tiquetaqueia como se Deqo tivesse sido engolida por um gigante e ficado presa entre suas costelas. Deqo dança e escorrega sobre o piso de lajotas; sente-se completamente segura, escondida, em companhia apenas dos próprios passos. A luz vaza por baixo de uma porta, e ela se lembra dos outros quartos, cada um deles tão bem mobiliado quanto aquele em que ela dormiu. Abre a porta e descobre o quarto vivo com sombras flutuantes, monstruosas, cobrindo cada parede. Deqo olha para cima e vê seis mariposas brancas batendo as asas entre a lâmpada e o quebra-luz floral. Pergunta-se se esta é a única luz que elas conseguiram localizar, se o resto da cidade caiu em uma sombra sem vida, e se, como ela, elas estão com medo do que possa acontecer nesta escuridão.

Aproximando-se da janela, nota o buraco na rede antimosquito através do qual as mariposas devem ter entrado. Faltam só alguns momentos para que a noite caia e um golpe de azul aguado separe o céu meditativo da terra taciturna. Clarões distantes sobem como estrelas, mas deixam em sua esteira um vapor verde doentio. É um mundo estranho que está sendo destruído, ao qual ela não pertence e pelo qual não tem nenhuma sensação de pertencimento. Depois de dar as costas para a janela e fechar a cortina, Deqo se volta para a chave no guarda-roupa; a fechadura estala como um nó de dedo rígido, e as portas com espelhos grossos se abrem. O guarda-roupa está lotado de roupas, com o cabideiro de metal arqueado sob seu peso e o fundo coberto de filas e mais filas de sapatos. Deqo pega um par de sapatos de salto alto prateados e enfia neles os pés, deixando um espaço do tamanho de seu punho atrás do calcanhar. Percebe lantejoulas entre as camadas de roupas e puxa a peça, uma espécie de blusa de manga curta carregada de enfeites, com uma palmeira realçada em contas coloridas na frente. Um chapéu preto de aba larga completa o visual, e Deqo recua para se olhar no espelho; pela primeira vez, gosta da garota que lhe sorri.

Depois de um par de horas sem movimento no posto de controle do cinema, chega mais uma ordem de Hashi, desta vez dizendo a Filsan que se junte a Roble na estrada para a cidade etíope de Jigjiga. Um jipe vem recolhê-la e ela salta para dentro dele, ansiosa, apesar do perigo do distrito em que vão entrar. Centenas de rebeldes estão escondidos nos morros em volta de Hargeisa, e a troca de tiros entre eles e os soldados reverbera no vale. Filsan protege o nariz contra a fumaça acre que vem de casas queimadas e sobe o vidro da janela. Não há nada para levar a Roble, nem sequer uma garrafa de Coca-Cola; o único conforto que tem a oferecer é sua presença, e espera que isso seja suficiente. Pequenos pontos escalam os morros quando o jipe passa; os refugiados se assemelham a nada mais que trouxas de cobertores multicoloridos deslocando-se em colunas como formigas.

– Deviam ficar na cama em vez de morrer aqui – o motorista diz com um sotaque que a faz lembrar de casa.

Filsan se vira para ele, de repente interessada.

– Quando chegou de Mogadíscio?

– Faz três dias. Quase não dormi, só dirigi, dirigi, dirigi. – Gesticula com a mão como se cortasse a estrada.

– Como estão as coisas por lá?

– Difíceis, a cidade está cheia de refugiados do norte.

Não é com isso que Filsan se preocupa; ela quer saber se surgiram cantores novos em sua ausência, se o café da Lido ainda está aberto, se a recepção da televisão melhorou alguma coisa.

Ele lhe conta que nasceu em Wardhügley, mas foi criado em Hamar Weyne, estudou em uma escola da qual ela só ouviu falar vagamente e trabalhou como mecânico antes de entrar no exército. Eles não têm família, conhecidos ou interesses em comum, e a conversa logo chega ao fim.

O jipe sai da estrada asfaltada e sobe uma trilha de terra nos morros.

– Não consigo chegar mais perto do que isto, basta você seguir a curva pra direita e os verá.

Filsan enxuga a sobrancelha, esperando não estar com má aparência, nem cheirando mal. Não é assim que ela escolheria reunir-se a ele, mas é melhor do que esperar.

De repente, lá está ele, encostado num bloco de rocha com um binóculo nos olhos; ela para, a fim de desfrutar de sua visão, calmo e despreocupado, enquanto o estrondo de disparos de metralhadora contra a rocha retine a apenas dezenas de metros. Depois de muito tempo, ele nota Filsan, com o binóculo ainda no rosto, e um sorriso amplo se abre embaixo da barba de quatro dias. Abre os braços, apesar de saber que ela não vai cair neles; em vez disso, ela corre e aperta com as duas mãos a mão dele.

– Bem-vinda, bem-vinda, *Jaalle*! – Ele a aponta para os outros. – Este é o cabo Abbas, e estes são os soldados Samatar e Pequeno Abdi. O Grande Abdi está descansando atrás do matacão.

Ela os cumprimenta, e eles, brincando, batem os calcanhares e ficam em posição de sentido.

– Trouxe alguma coisa pra comer? – pergunta Abbas.

– Sinto muito, eu também não comi.

– Vamos morrer de fome aqui, eu juro – ele geme.

Filsan olha para Roble.

– Quando foi a última vez que você foi à cidade?

– Faz dois dias, parece um matadouro! Eles ficam nos dizendo só mais algumas horas, só mais algumas horas, mas ninguém veio nos ajudar, quer dizer, além de você.

– Não me mandaram trazer nenhuma provisão. – Ela remexe ostensivamente os bolsos procurando algum chocolate.

– A culpa não é sua – Roble bate de leve em seu ombro. – Pelo menos nós não tivemos nenhum problema.

– Nenhum?

– Nada. Temos só observado pelo binóculo... é melhor do que estar no cinema. Pegue, dê uma olhada. – Roble levanta o binóculo do pescoço e o passa a Filsan.

Por uma vez, Hargeisa parece bela; o céu é um nevoeiro incomum de rosa e púrpura, com nuvens tingidas de fumaça e telhados de folhas de flandres que parecem piscinas de ouro refletindo o imenso sol poente alaranjado. A devastação se perde em sombras profundas. Ela leva o binóculo aos olhos e esquadrinha o horizonte até que algo entra em foco: um trecho de estrada e as rodas de um carro. O Toyota cor de vinho para no acostamento e cerca de oito civis são vomitados dele. Outros refugiados correm pela estrada e, depois, dão alguns passos resfolegantes antes de retomar a fuga. Voltando a mirar o carro, ela vê um pai escoltar sua jovem filha – uma menina de cinco ou seis anos em um vestido manchado – até o arbusto na trilha, para urinar; ele a ergue pelos braços e mantém os pés longe, com medo de respingos. Uma chuva de morteiros cai nas proximidades, um deles a apenas alguns metros de onde estão o pai e a filha, e todos os passageiros saem pulando dos arbustos e correm de volta ao carro. O pai dispara atrás deles e faz gestos desesperados para que a menina o siga. Ela corre aos tropeços atrás dele, puxando a calcinha para cima com a mão. O pai pula para dentro bem no momento em que o carro começa a andar; segura a porta aberta, mas o motorista acelera, deixando a menininha atrás da cortina de fumaça do escapamento. Mais mísseis caem, mas a menina não interrompe sua perseguição até ser engolfada em uma saraivada de disparos de foguete Katyusha. Filsan solta o binóculo, sem acreditar que o pai tenha abandonado a filha à morte. O carro, agora apenas um ponto escuro, continua a seguir pela estrada tortuosa em direção à Etiópia.

Ela se imagina no lugar da menina e sente uma saudade repentina do pai, vendo-o claramente em sua mente com um copo de uísque na frente da televisão, o pé direito debaixo da coxa esquerda. Apesar de toda a severidade, ele nunca a teria abandonado assim. Ela ignorou as duas últimas ligações telefônicas que ele fez para o quartel; quer que ela seja transferida de volta para Mogadíscio, para longe da guerra.

O sol se põe, as silhuetas dos morros lembram espinhas dorsais nas costas de um lagarto, e a cidade no interior do vale é iluminada aqui e ali por fogueiras. Chegou um comunicado declarando que todos eles devem ser liberados do posto de controle para receber instruções em Birjeeh, e agora esperam, soprando ar quente nas mãos congeladas. Abbas e o Pequeno Abdi juntam galhos e fazem uma fogueira deplorável, e Roble e Filsan estão aconchegados, juntos, em silêncio. O Grande Abdi se aproxima e pede um cigarro; está tremendo e esquelético em uma camisa de manga curta. Roble lhe dá seu maço semivazio. Por fim, ouvem o rangido de pneus no pedrisco, e cinco soldados carregados com rifles de assalto e um lança-granadas chegam para substituí-los.

Eles seguem devagar de volta a Hargeisa, sem acender os faróis, esperando não atrair a atenção dos rebeldes ou do fogo amigo de recrutas nervosos, cada vez mais comum. Filsan bate com o corpo em Roble quando o jipe passa por um buraco atrás do outro; estão espremidos na traseira, fora de vista, e ele põe o braço sobre os ombros dela. Ela pega o rifle dele e o apoia na lateral, junto com o seu. Um matraquear de projéteis luminosos lança luzes brancas no céu; Filsan se lembra dos baratos fogos de artifício chineses, ocasionalmente disparados em seu bairro durante o Eid. O branco dos olhos de Roble brilha por um segundo à luz do clarão de um posto de controle e depois se apaga.

– A lua vai brilhar forte esta noite – ele diz baixinho.

– Como você sabe?

– Nós, velhos nômades, conhecemos esses mistérios.

Ela o cutuca de leve nas costelas com o cotovelo.

– Você sabe tanto quanto eu, e isso é nada.

– Você vai ver. Deixe passar umas duas horas e vai achar que há holofotes acima de nós.

– Daqui a duas horas vou estar dormindo em minha cama, e não olhando para a lua como uma boba.

– Bom, eu vou estar junto com os outros bobos no nosso clube social da meia-noite.

O jipe freia de repente, e Filsan bate a boca no joelho de Roble.

– Que foi isso? – grita o motorista.

– O quê?

– Alguma coisa acaba de ser jogada contra o para-brisa.

– Então não pare! Siga em frente.

– Vá! – gritam os outros soldados.

Filsan sente gosto de sangue e passa o dedo na área ardente da língua.

Um clarão ilumina a mancha vermelha em seu dedo indicador. Menos de um segundo depois, um elefante tromba com o jipe; é o que parece a Filsan, um enorme elefante zangado colidindo com eles, arremessando-a e a Roble na estrada.

Estatelada, apertando o coração como se ele pudesse se mover, volta-se para Roble e estende o braço.

– Levante-se, Roble. Levante-se.

Nenhuma resposta.

– Quantos? – alguém berra.

– Sete, estão todos no chão! – grita outro.

Tirando os pedriscos do corpo, Filsan tateia à volta e agarra a correia de uma submetralhadora que fora expelida do veículo, puxando-a para perto de si.

Passos correm em sua direção, vozes dão ordens ininteligíveis, lanternas perscrutam o enorme ferimento nas costas de Roble.

– Abbas? Abdi? Vocês conseguem me ouvir? – ela fala em voz baixa e áspera.

– Estou aqui, cabo – sussurra o Grande Abdi. – Ainda estou aqui. Prepare-se.

Os rebeldes começam a disparar antes que ela consiga distinguir algum deles. Ela dispara em direção a uma rajada de balas na escuridão, para além das lanternas. Seu aperto é fraco, e o coice faz a arma saltar nos braços de Filsan.

– Vocês vão pro inferno – berra um dos atiradores.

Eles apagam todas as lanternas e avançam em disparada.

Filsan não para de atirar. Sua arma cospe balas e, diferentemente do que aconteceu em Salahley, tudo parece real: seu coração bate forte, está ciente do menor som, sente-se como um animal prestes a ser dilacerado. O cheiro de carne queimada chega até onde se encontra, e ela prende a respiração.

Em algum lugar ao seu lado, o Grande Abdi também está atirando. Balas sibilam, batem na carroceria do jipe e atingem a areia com um golpe fraco. Os rebeldes estão a cerca de quatro metros de distância; ela não consegue saber quantos há, mas precisa manter essa distância, e arrasta o Kalashnikov de Roble para mais perto, para usá-lo quando seu pente de balas se esgotar.

– Fui atingido – grita um dos rebeldes.

Uma lanterna é acesa e logo apagada, mas isso é o suficiente para que Filsan veja a figura que apareceu brevemente: um jovem ossudo de óculos que poderia ser qualquer um dos estudantes de ciências da universidade que ela frequentou. Aperta o gatilho e dispara, mirando nele em particular.

O fogo dos rebeldes diminui. Os olhos de Filsan se ajustam à escuridão e ela consegue distinguir duas silhuetas, uma se arrastando e outra cambaleando desesperadamente atrás.

– Não pare, cabo, não pare. – O Grande Abdi está em algum lugar atrás dela, com a voz mais fraca.

Ela não precisa de nenhum estímulo. A preservação de sua vida pequena e inconsequente – a vida à qual tantas vezes quis dar fim – é agora a única coisa que importa.

Outra camada se acrescenta à cacofonia quando um veículo derrapa e para atrás do jipe.

Ainda disparando, Filsan olha para trás para ver se chegaram mais rebeldes, mas trata-se de uma unidade de soldados em um carro de transporte blindado. Ela continua a atirar, com o corpo inteiro tremendo de alívio e medo.

Os soldados se espalham em volta do jipe e logo dois rebeldes caem e batem no chão; os outros tentam se fundir com a escuridão da qual surgiram, mas são perseguidos a pé.

Enquanto um tiroteio ecoa ao seu redor, Filsan rasteja sobre as mãos e os joelhos até Roble. Seus olhos e seus lábios estão abertos como se ele tivesse sido apanhado no meio de uma frase. Ela põe dois dedos em sua jugular e pressiona com força. Nada.

Depois de cinco tentativas, a televisão é finalmente ligada; vozes alarmantes vindas da caixa de madeira fazem Deqo se esconder debaixo da cama. O rosto de uma mulher enche a tela; ela sorri de modo conspirativo e fala diretamente a Deqo.

– Temos um grande programa para você. De agora até as dez horas você vai ser divertida por comediantes, embalada por cantores e comovida por poetas. Reúna a família e os vizinhos, prepare uma jarra de chá e deixe as preocupações de lado.

– Tá bom – responde Deqo, espiando a imagem.

– Nosso primeiro convidado é bem conhecido de todos vocês. Por favor, deem as boas-vindas ao xeique Sharif.

A tela se expande para incluir o xeique Sharif, o espalhafatoso cenário cor de laranja e as cabeças da animada audiência. Para surpresa de Deqo, o xeique Sharif está vestido como um nômade pobre em um *ma'awis* e um colete, no meio do teatro elegante, e tem um *caday* enfiado na boca; ele entra correndo, apertando os olhos para se proteger dos holofotes.

– Tirem essas coisas de mim, não consigo ver para onde estou indo – ele grita, mantendo uma mão sobre os olhos e tropeçando com exagero.

Deqo ri junto com o auditório.

– *Joow*! Eu não conheço você? – Ele aponta para um homem na primeira fileira. – Você não é sobrinho do melhor amigo do primo da cunhada de Hassan Madoobe? É claro que é! Não foi sua mãe que foi atropelada por avestruzes?

A câmera focaliza o membro da plateia que está rindo e sacudindo a cabeça.

– É claro que foi! Trouxe todo o seu *reer* com você esta noite? O lugar está tão apertado quanto a bolsa em que minha mulher guarda seus dólares do mercado negro.

– Por que você está contando nossos negócios a um estranho? – berra uma voz áspera nos bastidores.

O púbico dá vivas, e então uma idosa, décadas mais velha do que o xeique Sharif, surge brandindo uma bengala na direção dele, caçando-o pelo palco enquanto ele implora por ajuda.

– *Tollai*! Ninguém vai pará-la? Moço do avestruz, venha segurá--la! É isto que acontece quando você deixa o *miyi*, sua hombridade fica lá com os ossos de camelo.

Entre as risadas, Deqo percebe uma comoção perto da janela. Sai de debaixo da cama e puxa a cortina para o lado.

Quatro homens perseguem uma figura solitária, de terno.

– Pare já!

– Eu sou inocente! Juro por minha fé – o fugitivo grita, mas continua a correr.

– Atirem! – ordena o capitão, e os soldados obedecem.

Deqo vê quando as balas atingem as costas do homem, fazendo--o contorcer-se em uma posição selvagem, depois em outra. Suas pernas o levam ainda por uma boa distância antes que caia morto, de joelhos, ao lado da porta da *villa*.

– Jure por sua fé agora! – exclama um soldado.

Deqo considera a morte dele com o mesmo alheamento que tem em relação ao programa de televisão. Não compreende por que esses homens adultos estão atormentando uns aos outros e é grata pelo vidro que a separa deles.

Voltando ao programa, assiste, impassível, às proezas do xeique Sharif e de sua mulher, até que uma cantora entra no palco. Ela reconhece as canções dos cassetes que Nasra costumava pôr para tocar, mas esta mulher as torna mais tristes e mais lentas. Deqo pega uma banana excessivamente madura e um pacote de pirulitos da cozinha e assiste ao resto do *show* de variedades até que neve branca cai sobre a tela. Dorme com a televisão ligada, banhada em luz azul e acalmada pelo silêncio.

* * *

Uma caminhonete leva Filsan e o Grande Abdi ao hospital, junto com os corpos de Roble, do Pequeno Abdi, de Abbas, de Samatar e do motorista sem nome. O piso do veículo está lavado de sangue, principalmente do pescoço do motorista, pois uma parte da granada do foguete quase lhe arrancou a cabeça. Roble está deitado de costas, olhando para a lua, brilhante como ele havia previsto. A onda de adrenalina deixou Filsan, e agora ela sente o ferimento do tiro no quadril; aperta as calças e o sangue vaza entre seus dedos.

Correntes retinem quando o portão principal do hospital se abre para eles; um auxiliar de azul a ajuda a descer pela traseira, enquanto o Grande Abdi é levado de maca. Ele travou uma batalha contra um pedaço de músculo para fora do abdome, mas agora chora como uma criança, implorando ajuda a Deus, aos médicos, à mãe. Filsan se segura no auxiliar enquanto a caminhonete segue devagar para o necrotério, e seu coração implode como se carregado de dinamite. Ela sacode a cabeça, incrédula, desejando um jeito de voltar no tempo apenas meia hora para mudar este desfecho.

– Vamos, vamos, não é seguro aqui fora – adverte o auxiliar.

Ele a conduz para a ala de emergência. Eles têm de escolher o caminho com cuidado entre as camas e os feridos no chão, aos quais estão presos tubos variados. Uma enfermeira de uniforme cor-de-rosa os direciona para uma cama descolorida no canto, com uma cortina em volta para dar privacidade. A mulher de meia-idade dispensa bruscamente o auxiliar e diz a Filsan para se deitar, depois puxa a cortina, produzindo um ruído de facas sendo amoladas, e pergunta o que há de errado com ela.

– Meu quadril. – Ela se retrai.

A enfermeira arranca-lhe as calças e abaixa a calcinha, cutucando a ferida inchada com as mãos nuas.

– É só um ferimento superficial.

– Por favor, me dê alguma coisa pra dor.

– O que você me dá em troca?

– Olhe no bolso da minha calça.

A enfermeira fuça todos os bolsos até que encontra o rolo de notas pequenas de xelim; conta o dinheiro com dedos ensanguentados e depois enfia tudo no cós das próprias calças.

– Vou conseguir alguma coisa pra você – sussurra.

Se é assim que eles tratam os vivos, o que devem estar fazendo com os mortos no necrotério?, pensa Filsan. Estariam mãos gananciosas já vasculhando as roupas de Roble? Roubariam o relógio do qual ele tinha orgulho ou arrancariam o dente de prata de sua boca? A certeza de que fariam isso a deixa nauseada. Não há nada com que cobrir o corpo, então ela tenta puxar as calças para cima, mas cai de volta na cama, preferindo expor o chumaço de pelo desarrumado abaixo da barriga à dor que lembra um saca-rolha perfurando seu quadril.

O médico chega, com o rosto parcialmente escondido atrás de uma máscara – como uma mulher árabe –, o jaleco tingido do marrom de sangue seco. Ele sutura rapidamente o ferimento. Não parece ver a nudez de Filsan e trabalha mecanicamente, sem contato oral ou visual. No fim, a enfermeira faz um curativo no ferimento e lhe dá analgésicos e um cobertor encardido, para que durma debaixo dele.

A ala é ruidosa e iluminada a noite toda. Mais soldados feridos chegam e alguns partem, sendo carregados sem cerimônia para dar espaço aos vivos. O hospital da província tem apenas uma sala de cirurgia, portanto os procedimentos normalmente feitos sob anestesia geral são agora realizados com anestesia local ali mesmo, na emergência. Apertar o travesseiro em volta da cabeça não diminui os gritos e os berros dos homens que perdem um braço ou um pé a alguns metros de distância. Por volta das quatro da manhã, ainda bem desperta e sentindo-se quase louca, Filsan pede água, e pede de novo, e de novo. Puxa a cortina em volta da cama e fecha os olhos diante da luz fluorescente. O médico, cercado por todas as enfermeiras, está discutindo com o tenente Hashi.

– Esta é uma ordem do escalão mais alto. Você não tem escolha.

O médico levanta a mão, incrédulo, e sai.

– Covarde! – grita Hashi para ele. – Então a tarefa fica pra vocês, enfermeiras. Cumpram seu dever. – Ele acena para que um grupo entre na ala. Dez colegiais uniformizados e algemados passam arrastando os pés, flanqueados por quatro policiais, que lhes ordena que sigam as enfermeiras para uma antessala.

Pássaros chilreiam nas árvores lá fora, mas a sede de Filsan a impede de dormir. Ela espera que as enfermeiras reapareçam, mas elas não vêm. Por fim, o auxiliar que a trouxe entra na ala com seu andar despreocupado e ela bate na moldura de metal da cama para atrair sua atenção. Desta vez, dá uma boa olhada nele: um careca em seus trinta anos, com uma expressão obsequiosa e medrosa no rosto. Ele olha por cima do ombro antes de se inclinar e pôr a mão no antebraço dela.

– Qual é o problema, prima?

Apontando para a garganta, ela consegue grunhir:

– Água.

Ele esfrega seu ombro de um jeito íntimo do qual ela não gosta.

– Vou pegar pra você, mas precisa esperar.

– Por quê?

– Estão fazendo uma coisa meio secreta na sala.

– Você não pode nem pegar um copo de água?

– Não, não, não. Eu não quero ver.

– Ver o quê?

– As crianças, elas estão sendo sangradas.

– Elas estão doando sangue, é só isso. – Filsan fica admirada com a ignorância do homem. – Você não precisa se preocupar.

– Não! Elas estão sendo completamente sangradas. O soldado disse que elas devem ser usadas como torneiras.

– Hashi?

– Esse.

– Como torneiras? Assim elas morrem?

– Esse é o plano.

Uma briga entre cachorros vira-latas acorda Deqo. Eles rosnam ameaçadoramente, e ela esfrega os olhos e boceja alto, frustrada. Encherá um balde de água fria, dispersará os cães e voltará a dormir. A água respinga na beirada do balde e cai no pátio, mas ainda resta o suficiente para dar um susto nos cães. De cabeça baixa, mordendo o lábio, as duas mãos apertadas em volta da alça fina, não percebe os abutres empoleirados no teto até que uma sombra mergulha sobre ela e deixa cair alguma coisa perto de seus pés. Olha para baixo. Uma folha? Um pedaço de couro enrugado? Ela a recolhe, curiosa. Uma orelha humana. Deqo joga a orelha e o balde no chão e dispara de volta à varanda. Os abutres mergulham e circulam antes de se instalarem na mangueira. Ela nunca viu tantos em um só lugar; os galhos da árvore se curvam e se agitam sob seu peso.

Um cachorro branco musculoso, com manchas marrons, entra pelo portão com gotas de sangue pendendo como orvalho dos pelos de seu focinho e fareja a trilha que leva à casa. Deqo agarra a vassoura que está encostada na parede e a brande.

– *Bax*! Fora! Fora! – ela grita, enfiando as cerdas da vassoura no focinho rosado do animal.

Ele para, ganindo algumas vezes, depois sai para a rua. Ela corre atrás e joga algumas pedras em seu traseiro.

– Fique aí fora.

Então vê o fugitivo: rasgado, ensanguentado, mas ainda elegante em seu terno e gravata. Bate a vassoura na parede até que o grupo abandone seu festim. Evita olhar o rosto do homem e se concentra nos lustrosos mocassins pretos em seus pés, decorados com uma corrente dourada. *Sapatos de casamento*, pensa. Os cachorros rosnam sua impaciência, mas mantêm distância. A barriga rotunda do homem pressiona os botões da camisa, e já há um cheiro, doce e repugnante ao mesmo tempo. Deqo tira os sapatos dos pés – são bons demais para desperdiçá-los –, encosta-os na parede e então começa a cavar um buraco na areia com o cabo da vassoura. Os cachorros observam, curiosos, mas não interferem. Ela nunca vai conseguir cavar um buraco fundo o suficiente para evitar que eles o peguem, mas pode pelo menos lhe dar a dignidade de um enterro. Cerca de meio metro abaixo, desiste e se ajoelha para descansar. Seus olhos caem acidentalmente no rosto do homem, quando ele desaba para a frente. Os cachorros lhe arrancaram o nariz e expuseram o osso embaixo da face esquerda. A orelha também se foi. A parte não danificada do rosto é a de um rico de quarenta e tantos anos, pele clara, o tipo de homem que voltara recentemente do exterior para encontrar uma esposa, ou talvez construir uma *villa* ostentosa perto da mãe com o dinheiro que poupara.

Jogando a vassoura no chão, Deqo agarra o cinto de couro do homem e tenta arrastá-lo para a beira da cova. É como arrastar pedra; ela puxa de novo o cinto, mas o corpo rígido não sai do lugar. Passando por cima dele, empurra com as mãos suas costas perfuradas de bala, e depois com os pés; é como as brincadeiras que ela e Anab costumavam fazer em Saba'ad, lutas em que uma atacava e a outra rolava, embolada, e resistia. Rindo um pouco, imaginando que o homem está apenas fingindo estar morto, ela empurra a bunda dele. Não adianta nada; tinha pelo menos o dobro do peso dela quando vivia e agora tem sobre si a carga inerte da morte. Mas Deqo aprendeu a ser persistente; não há nenhum problema para o qual não consiga achar uma solução com seus meios limitados. Anda em volta do homem, imaginando o melhor jeito de deslocá--lo pelos poucos centímetros até o túmulo. Se ao menos pudesse erguê-lo pelo tronco, poderia usar seu peso para arremessá-lo. Segurando a vassoura, ela a enfia debaixo do corpo e o levanta; ele se desloca devagar, devagar, devagar, e então rola sobre a barriga. Ela tenta de novo, e desta vez ele tomba na sepultura.

Suando e com um fedor de carne podre nas mãos, Deqo varre grandes quantidades de areia fina sobre ele, primeiro escondendo o rosto, depois o tronco, e finalmente as pernas compridas. Está feito. Arranca um maço de flores da buganvília rosa e a planta sobre a cabeça dele.

– Pronto! – exclama.

As crianças são retiradas da antessala em duplas. Uma mão cai da maca, tão sem vida e amarela quanto uma folha no outono. Filsan observa, mesmerizada, as enfermeiras entrarem e saírem da sala de coleta de sangue sem quase esboçar reação. Elas seguram bolsas escarlate nos dedos – aparentemente destinadas ao centro de cirurgia – e seguem pela ala sorrindo para os pacientes. Siga as ordens. Siga as ordens. Siga as ordens. Este é o código sob o qual foram educadas, e ele sobrevive até que o fardo da culpa lhes quebre a espinha. Seu pai, provavelmente, explicaria os atos delas como necessidades da guerra, mas para Filsan elas se assemelham aos canibais de histórias antigas: totalmente comuns, mas irrevogavelmente depravadas.

O auxiliar volta com um copo de água.

– Já acabou lá? – Aponta com a cabeça para a antessala.

– Falta um.

Ela engole a água.

– Que Alá tenha misericórdia de sua alma – ele diz, e sai empurrando sua maca guinchante.

Ela não sabe se ele está se referindo aos estudantes ou às enfermeiras.

Sua mente viaja para a última criança além da porta de madeira crua da sala das enfermeiras. Naquela idade, ela planejava se tornar piloto da empresa aérea nacional da Somália, uma fantasia que nunca decolou, mas que na época parecia real, possível e insubstituível. No momento em que teve idade suficiente para se candidatar à universidade, seu pai era objeto de demasiada suspeita para poder influenciar os professores de aviação. Ela imagina a agulha entrando no braço fino do estudante, o sangue marrom grosso escoando dele, lentamente, sem dor, mas de forma letal. Quando percebem que a vida os está deixando? Que, apesar da incandescência e do barulho de sua curta existência, a morte está apertando seus tendões em volta deles?

Filsan é ao mesmo tempo atraída e repelida pelo que acontece naquela sala. Será que tem coragem de se oferecer para ocupar o lugar daquele adolescente? Ou deve apenas se submeter a um futuro de cabelos cada vez mais grisalhos, sentada ao lado do pai em poltronas parelhas? Ela toma a decisão quando a porta se abre num solavanco e o último cadáver é carregado para fora nos braços de um auxiliar; é uma menina, com uma longa trança preta balançando embaixo dela, os punhos livres de algemas, a expressão no rosto calma e angelical.

Filsan sai da cama; os comprimidos reduziram sua dor o bastante para que consiga seguir o auxiliar.

* * *

Hora de ir embora, pensa Deqo. Ela não tem medo da morte, mas a ideia de seu corpo sendo comido pelos carniceiros da cidade a afugenta da solidão confortável que desfrutou com tanta displicência. Pessoas – tanto o perigo como o refúgio podem ser encontrados entre as pessoas. Os pertences recém-descobertos ela não pode abandonar – os sapatos, os vestidos, as latas de comida, o espelho compacto; faz uma trouxa deles com um lenço e a amarra com um nó, para escondê-los de olhos invejosos. É hora de voltar a Saba'ad, ao mingau granuloso, à poeira e à espera interminável.

Deqo arruma as várias bagunças que fez, despedindo-se de cada aposento e fechando as portas respeitosamente. Os abutres deixaram a mangueira, mas, ao chegar à rua, ela vê dois deles sobre os joelhos descobertos do homem que ela enterrou; os cachorros devem ter descoberto a metade inferior e então a abandonado, e agora as aves bicam vigorosamente as coxas. Deqo caminha penosamente na direção oposta.

A rua está cheia de milicianos, vestidos metade em *whodead* e metade em roupa de camuflagem, despojando as casas de forma tão profissional quanto os trabalhadores das empresas de mudança: três homens baixos carregam na cabeça um enorme guarda-roupa até um caminhão próximo, enquanto um garoto arranca o teto de zinco de uma banca de samosas.

Deqo evita os postos de controle, mas, conversando, consegue passar pelos que não pode evitar. Seu estado de desamparo é suficiente para convencer os soldados de que é quem diz ser. Ainda há alguns cafés e casas de chá abertos para alimentar os militares, mas, de resto, todos os lugares foram abandonados. Ela perde a orientação de onde está em relação ao canal e olha em volta, em busca de algo que possa guiá-la para fora da cidade, até que chega a um belo bairro com cabras que berram, lamuriantes, nos quintais.

O sol passou do zênite, e Deqo sente o suor escorrendo pela testa. Ela se encosta a um bangalô e nota um pomar em frente, com árvores frutíferas altas acenando para ela, acima do muro com cacos de vidro. Há um portão de madeira baixo. Ela o transpõe com um salto. É como estar de volta ao canal, mas mais asseado e com um cheiro mais doce. O chão está apinhado de romãs, tamarindos e mamões. Enche a saia e depois senta-se à sombra de uma árvore, a fim de comer um mamão amarelo enrugado, cuspindo as sementes pretas viscosas o mais longe que consegue. Alguém trabalhou com afinco neste pomar; não há nenhum arbusto, lugares sem uso ou mangueiras quebradas e pedaços de metal empilhados a um canto. Pássaros tecelões cantam nos ninhos acima, e flores com formato de campânulas vicejam ao alcance da mão.

Curiosa e encorajada pela paz do pomar, Deqo rasteja na direção do pequeno bangalô pintado de azul e espia através de uma rachadura na porta dos fundos um corredor escuro e vazio. As grades da janela da cozinha são projetadas para impedir a entrada de ladrões, mas largas o suficiente para que ela passe; deixa cair sua trouxa no chão e entra com cuidado, tocando com os pés, primeiro, um monte de panelas.

Um estrépito na cozinha, talvez uma tampa de panela dançando como um címbalo antes de fazer as pazes com a terra; Kawsar volta a cabeça para a porta semiaberta da cozinha.

– Venham, estou pronta – diz com uma voz que não parece a sua.

A porta da cozinha se abre devagar, sarcástica, mas ninguém aparece. Uma vez, ela encontrou um ladrão na cozinha e o segurou com força enquanto ele tentava escapar pelos fundos; brigou com ele, e agora está ansiosa para enfrentar os soldados.

– *Soobax*! Apareçam! – ela grita.

Ainda nada se mexe. Kawsar agarra o copo e o lança com toda a força na porta da cozinha. O copo se estilhaça contra a maçaneta e um arco-íris cintila quando os cacos caem ao chão.

Uma figura encurvada surge, como se atraída pelos tons amarelos, vermelhos e azuis que Kawsar fez aparecer como que por encanto. É uma forma pequena e indistinta. Uma menina com tranças desfiadas e de avental vermelho-sangue, escondendo as mãos nas costas como se desfilasse.

– Hodan? – Ela está com raiva desta vez, farta de ser torturada pela filha.

O rosto da menina está virado para baixo, o queixo pressionado no pescoço, com um leque de cílios pretos escondendo os olhos. Desta vez ela não desaparece.

– Me responda – exige Kawsar, com o coração batendo mais forte. Procura ferimentos na menina, mas não há nenhum; está só se fingindo de muda.

– Saia de minha casa, se você não vai falar. – Kawsar aponta um dedo rígido para a porta da frente.

A menina não responde, nem se move um centímetro. Seus pés estão descalços e empoeirados, as pernas compridas brotam como ervas daninhas entre o piso rachado, mas sua semelhança com Hodan é certa: o rosto em forma de coração, as covinhas, o corpo que parece de junco, tudo pertence à sua filha.

– Cuidado para não pisar no vidro – diz Kawsar, suavizando o tom da voz.

A menina estica os dedos dos pés, altera seu equilíbrio, mas fica enraizada no mesmo lugar. Seu avental tem alguns rasgos na lateral.

Kawsar respira fundo.

– O que você quer de mim?

– Só quero descansar. – A voz não é a de Hodan; é mais grave e mais cansada.

– Então descanse. – Kawsar faz um gesto na direção do colchão de Nurto.

A menina caminha até o colchão e senta, empurrando timidamente a saia para baixo, entre os joelhos, quando cruza as pernas. Morde com nervosismo o lábio inferior, como Kawsar costumava fazer quando criança.

– Como você se chama?

– Deqo.

– De onde vem?

– Do canal – ela diz, decidindo que a velha preferiria ouvir isso do que Saba'ad.

– Onde está sua família?

– Sou só eu. – A menina a fita.

Kawsar sente um peso quando ouve essas palavras.

– Como vou saber que você não está aqui pra me roubar?

Deqo encolhe os ombros, de repente mal-humorada e cansada das perguntas. Tira a sujeira de debaixo das unhas.

Os olhos de Kawsar a avaliam, dos pequenos dedos dos pés aos cabelos sem brilho e embaraçados na cabeça. Ela parece uma daquelas crianças parasitárias resistentes, nascidas em tempos de fome, provavelmente trazida da Etiópia quando tinha apenas algumas semanas de idade e alimentada com água da chuva e açúcar, mantida viva por uma vontade já dura como aço e adulta.

O quarto da velha parece um túmulo, rançoso do ar estagnado e coberto de pó. Deqo a observa por algum tempo antes de deixar a segurança da cozinha. Ela a lembra aquelas velhas encarquilhadas de Saba'ad que realizam cerimônias em suas minúsculas *buuls*; com nomes como Sheikha Jinnow, ou Hajiya Halima, são as que sabem como sangrar, curar doenças com queimaduras, diagnosticar e remediar a miríade de indisposições que afligem constantemente as infelizes mulheres do campo de refugiados. Sua santidade vem da peregrinação a túmulos de santos e do milagre de sua longevidade. Deqo supõe que esta velha deva estar tão convencida de sua proximidade com Deus que não sente necessidade de fugir como todos os outros; sobrevive rezando preces sozinha e está esperando que a poeira assente lentamente e a sepulte em seu próprio santuário. Então Deqo entra no quarto, e imediatamente reconhece quem encontrou.

Kawsar limpa a garganta e arruma nervosamente os lençóis da cama.

– Agora você deve ir embora; este não é o momento pra chá e conversa.

A atenção de Deqo de repente aumenta.

– Eu não tenho nenhum lugar pra onde ir.

Kawsar pensa que mesmo a criança cheiradora de cola mais esfarrapada iria correndo para sua família, com medo destas bombas, mas talvez Deqo não tenha medo porque sua família está perto, saqueando as casas dos vizinhos juntamente com os soldados.

– E o que você espera que eu faça quando os soldados chegarem?

– Não há nenhum por perto. Nós vamos ficar seguras por um bom tempo.

Kawsar ergue a sobrancelha diante do presunçoso "nós" e sente uma onda de travessura crescer dentro dela.

– O que *nós* vamos fazer até eles chegarem? – ela diz com um sorriso. – Jogar *shax*? Caçar um *garangar* pela rua? Trançar o cabelo uma da outra?

– Sim, a senhora poderia trançar meu cabelo, por favor? – Deqo responde, ansiosa, levando a mão à cabeça como se para esconder sua bagunça.

Kawsar sente uma vibração de prazer diante da franqueza da menina, uma espécie de calor que cuidar das necessidades de uma criança sempre lhe dera, uma sensação que ela quase esquecera.

– Pegue o óleo para cabelo e o pente na penteadeira.

Deqo entrega os objetos a ela.

– Sente abaixo de mim – ordena Kawsar.

A menina senta alegremente no chão; exala fruta e suor.

– Deveríamos lavá-lo, mas não tem importância. – Kawsar separa as velhas tranças, alisando entre os dedos o cabelo macio mas sujo de Deqo, massageando o couro cabeludo com óleo de jasmim enquanto Deqo brinca distraidamente com a tampa do vidro.

As palavras de uma antiga canção soam na mente de Kawsar: "O amor, o amor não é justo, atrás dele sempre vêm as lágrimas".

– Posso ficar um tempo aqui? – pergunta Deqo.

O coração de Kawsar bate forte, sua respiração é rasa e silenciosa. Ela quer que o tempo acabe neste momento, para que não haja nada no mundo entre seus dedos ágeis e o cabelo da menina para tecer em seda. *Deve haver uma feiticeira corcunda e desdentada em algum lugar que entrelaça todas estas pessoas disparatadas*, pensa Kawsar, *que joga esta menina para perto de mim enquanto famílias são despedaçadas*.

Descansando uma das mãos nas costas negras e sinuosas de Deqo, ela sente o calor da alma da menina através do óleo na palma da mão, suave e viva como um ovo. Duvida que esta incandescência possa simplesmente desaparecer. Se elas fossem mortas bem aqui, suas almas continuariam como são: o velho espírito trançando e o jovem, esperando inquieto? É capaz de imaginar isso, o silêncio e a paz, uma fonte de inveja para quem por ali passasse – batalhando com a raiva e o caos da vida – e, por acaso, olhasse através da janela gradeada.

Filsan corre pelos corredores atrás do auxiliar e da estudante morta, vozes desencarnadas passam voando como pássaros, fragmentos de luz do sol filtram-se através das janelas empoeiradas. O auxiliar para, e ela gela. Ele entra em uma sala, e ela sabe pelo fedor que chegaram ao necrotério.

Ele volta de mãos vazias, e ela dá um espiada pela porta que se fecha. Não há nenhum outro funcionário do hospital lá dentro, e ela segura a porta e entra. Há corpos empilhados no chão, até três em alguns lugares, em vários estágios de decomposição. Seus olhos procuram o rosto de Roble, mas voltam o tempo todo para a jovem cujo corpo estreito está esticado em uma prateleira, acima dos outros. Filsan percebe os depósitos de metal em um dos lados da sala ladrilhada de branco e os abre metodicamente, de cima à esquerda até embaixo à direita. Os rostos parecem modelos de cera: um facsímile de uma velha aqui, um funcionário público rico ali, um bebê recém-nascido espremido ao lado da mãe. Ela abre a última porta desesperadamente, esperando ao mesmo tempo encontrá-lo e não encontrá-lo, mas lá está ele.

Embrulharam Roble de modo decente, em um pano branco, deixando só um losango descoberto em torno do rosto. Ele parece ter envelhecido vinte anos em uma noite; o rosto está encovado; os lábios, largos e flácidos; as órbitas dos olhos, fundas e escuras. Não há sangue, nenhum ferimento visível; ela toca a sobrancelha dele e arruma-lhe o cabelo, e a frieza de sua pele é a única prova convincente de que se foi. Ela passa a ponta de um dedo sobre o lábio inferior de Roble e então vira a cabeça para beijá-lo na boca, com seu nariz roçando no queixo dele; o primeiro beijo da vida de Filsan amortece sua carne e seu espírito. Abre os olhos para os azulejos mortuários, para o encardido nas maçanetas do refrigerador, para as veias belamente marmorizadas na mão de um cadáver, que espera sobre uma laje de concreto.

– Logo vou estar com você. – Filsan empurra a maçaneta e devolve Roble à sua residência.

Tremendo muito, incapaz de suportar o mau cheiro, ela se despe até ficar só com a roupa de baixo ensanguentada e joga o uniforme a um canto. Despe uma mulher morta – semelhante a uma professora, com óculos de aros grossos – e tira seu *diric* colorido, seu xale e suas sandálias delicadas, deixando visíveis os machucados no corpo nu, como acusações engalanadas.

Sai cambaleando pela janela para o sol brilhante do pátio do hospital, repleto de ervas daninhas. Ajusta o véu para lhe cobrir o nariz e a boca e abaixa bem a cabeça. Pondo cuidadosamente um pé na frente do outro, sabe que talvez seja morta antes que o dia acabe, ou como desertora ou como uma mulher solitária no meio de um campo de batalha, mas não pode permanecer ali, custe o que custar.

– Apenas ande, ande, ande – murmura.

Ao lado do muro que divide o hospital principal da ala de psiquiatria, há um emaranhado de arbustos e pedaços descartados de arame farpado, além do qual fica o prédio do incinerador. Ela observa em volta antes de entrar em uma sombra ao lado da cabine de concreto; esforça-se em suas sandálias leves para subir até o teto baixo e dali para o muro. Resvalando, cai pesadamente de costas na rua.

A rua está vazia, com marcas de esteiras de tanque visíveis como as pegadas de um gigante. Filsan se limpa e vira para leste, na direção do bairro que costumava patrulhar com Roble. Há mais de cinquenta postos de controle espalhados pela cidade – ela ajudou a decidir a localização de todos eles –, e, mesmo que consiga evitá-los todos, ainda é preciso fugir de morteiros, bombas de fragmentação e bombardeiros. Vê um aglomerado de pessoas alguns metros à frente, agachadas contra o muro do hospital, com calças cinza visíveis aqui e um *diric* de cores intensas ali. Esconde-se, certifica-se de que não há nenhum soldado com elas e avança. O grupo está imóvel e em silêncio; Filsan imagina que estão feridos ou cansados demais para seguir na direção do hospital.

Mais alguns passos e a verdade se revela: trinta cadáveres empilhados um sobre o outro, seus membros emaranhados e congelados em formas grotescas. Alguns têm sangue fresco na pele, enquanto outros já estão descoloridos e inchados: coxas avolumadas, rostos púrpura, pele esticada e lustrosa onde as blusas estão escancaradas. Todos têm muitos ferimentos de bala, afora um homem cuja garganta está aberta por um corte, com a rígida arquitetura do pescoço seccionada e revelada.

Filsan protege o nariz contra o cheiro e as moscas extasiadas. Olha para um dos rostos por um momento, depois para outro, até que reconhece a família que deteve no posto de controle; todos estão aqui agora, a mãe coxa, as três menininhas, o adolescente com sua carroça de mão sobrecarregada e a jovem de queixo pronunciado que liderava todos eles. Filsan tenta se lembrar do nome dela. Luul? Nura? Os olhos da moça ainda estão abertos, a cabeça jogada para trás em choque, os braços estendidos para as irmãs. Parece, pelo borrifo de sangue no muro, que foram executados aqui. Filsan não sente culpa nem remorso ao olhar para os corpos, e sim uma curiosidade insaciável e um desejo de saber quando e onde a própria morte virá e que expressão ela usará para enfrentá-la. Nunca foi como as outras pessoas, e os cadáveres confirmam que não há lugar para ela nesta terra; está condenada a ser nada mais que uma das servas da morte.

Examina o céu em busca de aviões e apura os ouvidos, em busca de tanques. Tudo está calmo. Vira em um beco apinhado de excrementos de animais e o atravessa até o beco seguinte, e depois o próximo.

– Por que você me abandonou? – pergunta Kawsar depois de olhar para Deqo por um bom tempo.

Deqo morde o lábio superior, olhando para baixo com ar de culpa; ela se lembra daquele dia no estádio em fragmentos, não em pensamentos, nem sentimentos, apenas imagens momentâneas de dança, depois golpes, e então o vento nos cabelos enquanto fugia.

– Eu não sei, estava com medo.

– Não cuidei bem de você?

Deqo meneia a cabeça.

– Havia mais alguma coisa que eu pudesse ter feito?

Deqo sacode a cabeça.

Kawsar solta o ar com força, e seus olhos lentamente se enchem de lágrimas.

– Senti tanto sua falta!

Deqo sobe na beirada da cama e enxuga as lágrimas.

– Eu sinto muito – sussurra, contente de ter deixado uma impressão tão funda na velha.

– Você me deixou sem nada além de um coração vazio – soluça Kawsar. – Agora é tarde demais para me confortar.

Deqo continua a afagar a face de Kawsar.

– Não é tarde demais, eu posso ajudá-la. Vou tirar a senhora daqui.

Em poucas horas, Deqo tirara os lençóis sujos da cama, alimentara Kawsar com uma lata de atum e lhe passara uma toalha molhada no rosto e nos braços. Cuidar dela afastou a guerra de sua mente.

– É tarde demais – Kawsar repete sem parar, chorando amargamente.

Deqo se reclina na cama e espera que as lágrimas passem, sabendo que isso sempre acontece. Aprendera com a enfermeira Doreen em Saba'ad: assim como as tempestades vêm depressa e pesadas antes de deixar o céu claro, o mesmo acontece com as lágrimas.

Os soluços de Kawsar aumentam e então param; seu rosto avermelhado e contorcido parece infantil, cheio de pensamentos confusos.

Deqo desvia o olhar timidamente, enquanto Kawsar aos poucos se recompõe. Ela senta, cruza as pernas sob a cama e passa a mão na cabeça, pelas tranças apertadas e doloridas.

– Quero levar a senhora comigo para Saba'ad.

Silêncio.

– Ficaremos seguras lá, todo mundo vai pensar que a senhora é minha avó. A enfermeira Doreen vai ajudá-la.

Nenhuma resposta.

Deqo vira a cabeça e vê Kawsar de olhos fechados. Dando um pulo, ela encosta o ouvido em sua boca e sente na pele o ar morno da respiração.

– Então durma. – Afaga a mão salpicada de manchas avermelhadas.

Inquieta, Deqo olha para fora por uma janela que tem uma bela rachadura diagonal de um canto a outro; bastaria uma leve pressão e o vidro se partiria em dois. Vê o vento sacudindo os filamentos de uma árvore *miri-miri* e quer sentir essa brisa no rosto.

Saindo para a rua, vira à direita, na direção contrária àquela de onde veio. Três cadáveres estragam a cena pacífica; a *miri-miri*, a buganvília e o junípero não conseguem cobrir o odor da decomposição dos corpos. Solta uma cabra que foi deixada amarrada a um poste e a criatura cai de joelhos, exausta, olhando para Deqo com olhos arregalados de terror. Ela sai andando, deixa o animal a seu próprio destino. A *dukaan* local foi arrombada e saqueada, há latas amassadas de leite condensado e de feijão enfiadas na areia. Deqo entra e descobre o corpo ensanguentado do dono da loja atrás do balcão, com um casquete de orações na cabeça e um punhado de vales militares inúteis presos entre os dedos. Examina os produtos no chão e junta sacos de doces, garrafas de refrigerante e batatas *chips* na saia.

Perdida, crestada, Filsan inclina a cabeça contra o muro enegrecido de fumaça e ofega em movimentos longos e entrecortados. Sai cambaleando para a rua e entra no campo de visão de um posto de controle. Armas são apontadas para ela, e ela ergue as mãos, derrotada. Há ainda dez metros entre eles, e Filsan pensa no que está prestes a acontecer: um deles vai reconhecê-la e informar pelo rádio que pegaram uma desertora; se tiver sorte, vão mandá-la para uma prisão no sul; se não tiver, será executada em Birjeeh. Rejeitando as duas possibilidades, dispara para um beco escuro e avança o mais rápido que consegue, e sua dor é momentaneamente aliviada pela adrenalina que lhe corre nas veias. Os soldados a perseguem, mas não atiram, provavelmente porque são jovens demais e ainda assustados com suas armas; estão se aproximando; ela se vira e vê um deles a apenas cinco metros. Enfia-se no espaço minúsculo entre dois prédios e sai em outro beco; corre para o retângulo de luz brilhante no fim dele e sai em uma rua conhecida. Ouvindo as botas dos soldados atrás, ela continua o mais depressa que consegue até cair atrás da parede de zinco de uma *dukaan*. Um rosto aparece em uma fenda no metal e uma menina refugiada, com uma coleção de itens saqueados, pisca para ela. Filsan se vira de costas e deseja que ela vá embora.

– Ei, *yaari*! Para onde aquela mulher correu? – grita um soldado.

Filsan prende a respiração.

– Ela foi por ali – diz a menina.

– Onde? Me mostre.

Ela se adianta, pisando forte.

– Naquela esquina, está vendo?

– Camaradas, sigam-me – ele grita para trás, e as botas do exército saem em disparada.

O olho de cílios longos aparece de novo na fenda.

– Eles se foram.

Ela faz um gesto para que Filsan a siga e a conduz para a segurança de um pequeno bangalô azul.

Uma velha está enterrada nos lençóis da cama, com a parte inferior do rosto coberta por um cobertor. Exala um cheiro que faz Filsan sufocar.

– É sua avó? – Filsan sussurra.

– Sim. Estou cuidando dela. Quem é você?

– Filsan.

– Por que eles estavam atrás de você?

– Porque eu era um deles.

– E agora?

– Eu sou uma de vocês.

Kawsar se agita enquanto Filsan está no banheiro. Murmura palavras indistintas e geme antes de abrir os olhos. Deqo está impaciente ao lado dela, esperando o momento de lhe contar sobre a estranha.

– O que aconteceu?

Deqo olha por cima do ombro.

– Eu trouxe uma mulher pra cá enquanto a senhora estava dormindo.

– Quem é ela?

– Ela era soldado.

Kawsar se ergue, apoiada nos cotovelos, e passa as mãos no rosto.

– Ela não lhe deu um nome?

– Filsan.

– Está sozinha?

– Sim.

Ouve-se o som de passos acompanhado pelo roçar de um *diric* comprido arrastado sobre as lajotas. Então Filsan aparece: esquelética, desgrenhada, humilhada, mas inconfundível.

Deqo olha de uma mulher para a outra enquanto elas trocam olhares fixos, frios.

– Você veio terminar a tarefa? – diz finalmente Kawsar.

Filsan ergue as mãos; se em negação ou rendição, é difícil saber.

Deqo nota que o rosto de Kawsar se congestionou de um vermelho forte e que seus olhos têm um brilho vítreo.

– Olhe o que você fez comigo! – Puxa os lençóis para revelar as pernas arruinadas, descoloridas em trechos de pele descascada.

A cabeça de Filsan se abaixa um pouco.

– Está satisfeita agora que seus amigos decidiram mandar todos nós pro inferno?

Deqo se aproxima de Kawsar e ergue os braços como se para protegê-la.

– O que você fez pra ela?

Os soluços de Filsan são desajeitados, resistentes, sua boca se aperta para contê-los. A expressão de emoção parece lhe causar dor.

– Me perdoe, me perdoe, me perdoe – as palavras a sacodem.

Kawsar enrijece o maxilar e a observa sem pena.

– Só Deus pode perdoar você. – Tem a voz calma, mas gelada. – Por que está aqui? Agora eles estão caçando você?

– Eu desertei.

– Então eles podem vir aqui atrás de você?

– Talvez.

– Saia! Não traga mais problema do que nós já temos.

– Deixe ela ficar – Deqo implora, agarrando a mão de Kawsar. Vira-se para Filsan. – Você não pode deixar ela morrer. Você me deve isso.

Envergonhada, Filsan se aproxima da cama, e Kawsar se retrai.

– A senhora não consegue andar de jeito nenhum? – ela pergunta.

– Nem um passo.

– Eu sempre pago uma dívida. Vou fazer o que essa criança pedir.

Kawsar olha em volta do quarto, seu túmulo, e, pela janela, para o céu vermelho pairando sobre os esqueletos de um mundo conhecido. Se for com elas, verá exatamente o que aconteceu à sua cidade, sentirá o cheiro da destruição, sentirá seu gosto. Se ficar, só conhecerá o próprio fim.

– Vou com vocês.

Um sorriso largo ilumina o rosto de Deqo.

O coração de Kawsar começa a bater forte; ela quer escapar, mas agora surge a culpa de pôr em risco a vida da menina, medo da soldado e do que ela própria vai descobrir lá fora, e uma emoção estranha, muito estranha, de declarar o que ela quer, em vez do que acha que outros precisam.

Elas ficam num silêncio desajeitado até o cair da noite, e então, à luz de uma lua cheia, abrem e compartilham três latas de atum. Seu caminhar na escuridão lembra a Kawsar gatos vira-latas farejando uma despensa. Sua audição é tão aguçada que a respiração rasa, a mastigação e até a batida regular do coração delas parecem ensurdecedoras. É mais fácil não vê-las; seu destino está nas mãos de uma moleca maltrapilha e uma desertora bruta manchada de sangue. Deqo enche com água todos os cantis que consegue encontrar, enquanto Filsan fica parada no meio do quarto, quase catatônica. Depois de ordenar os pensamentos, ela espia pela janela, em seguida abre um pouco a porta da frente e sai com cuidado para o pátio. Deqo observa pela fechadura e guia Filsan quando esta volta com um carrinho de mão. Tirando as cobertas da cama, elas alinham o carrinho que Raage usava para entregar baguetes de um metro de comprimento às donas de casa locais. Kawsar sente partes macias de sua pele vazando fluido nos lençóis, enquanto se desloca para mais perto da beirada do colchão.

– Chega de cobertas, eu não sou um ovo. Segurem-me pelos braços.

Filsan guia o carrinho de mão para a cama e, tateando, põe um braço em volta das costas de Kawsar. Seu toque não é tão desagradável quanto Kawsar pensava que seria; é só uma mão, nem boa nem má em si, mas forte quando a desloca para dentro do carrinho.

Deqo a cobre com o último cobertor e põe os cantis nos pequenos espaços ao lado dela.

– Levante o colchão e pegue a caixa embaixo dele.

Filsan pega o baú de madeira, coloca-o no chão e deixa o colchão cair. O baú contém o dinheiro que Kawsar poupara desde que Hodan morreu – os aluguéis que recebeu das casas que Farah construiu e a pequena pensão da polícia que herdara deveriam ser um montante considerável, mas seu valor despencara com o do xelim somali.

– Me dê. – Kawsar aperta a caixa contra o peito e se lembra de que a chave está escondida dentro da moldura da tapeçaria na parede. Aponta para ela e Deqo a desengancha do prego, o que faz a chave cair no chão.

– Você a pegou?

– Sim! – Deqo se levanta num pulo triunfante e solta a chave na palma da mão de Kawsar.

– Peguem roupas quentes do guarda-roupa. – Kawsar se sente sem jeito e boba dando-lhes ordens de um trono idiota, mas tenta manter autoridade na voz.

– Não, nós não queremos ficar sobrecarregadas. – Filsan fala gentilmente, mas há certa tensão em sua voz.

– Então peguem só um suéter – insiste Kawsar, apontando o dedo para o guarda-roupa.

Deqo obedece à instrução de Kawsar e empilha roupas quentes, sabendo bem como uma noite no deserto pode ser fria.

Filsan segura o carrinho de mão, erguendo-o um pouco.

– Que tal?

Kawsar segura-se nas bordas, com medo de estar prestes a ser despejada, mas contém o nervosismo.

– Está ótimo, vamos aproveitar a oportunidade.

Com Deqo na frente e Filsan empurrando atrás, Kawsar finalmente deixa o bangalô. Lembra um lagarto que rastejou para fora da toca: pele escamada, olhos semiabertos, sem saber o que pode encontrar. Depois do pátio de concreto, elas afundam na areia da October Road, em uma paisagem lunar que parece surreal, mas familiar. Kawsar se vira para seu bangalô e dá um adeus agridoce às suas paredes azul-aflição.

Elas se deslocam devagar, como se na água; Filsan empurra o carrinho com o corpo inteiro e tropeça repetidamente. Kawsar se encolhe sob o cobertor e tenta remontar os estilhaços quebrados do bairro destruído em algo que reconheça. A lojinha excepcionalmente arrumada de Raage fora saqueada; a cabra de Maryam arfa semimorta, deitada de lado; o hotel de Umar Farey recebeu uma barragem intensa de morteiros, a maior parte das janelas verdes está estilhaçada e enegrecida; os cassetes do salão de vídeo foram esmagados, e fitas flutuam nas árvores como bandeiras de luto; um fogo queima lentamente no teto da casa de Fadumo. Deqo puxa o carrinho para a esquerda, para longe dos três corpos deitados de barriga para baixo. Kawsar põe a mão nos olhos para evitar a visão, mas sente-se atraída, reconhecendo Maryam e dois de seus filhos através das fendas entre seus dedos. Nem Deqo nem Filsan olham na direção deles. Kawsar diz uma prece pela família, com vergonha de não poder nem parar para enterrá-los. Maryam, com sua bolsa de pele de jacaré cheia de remédios, merecia mais do que este país deu a ela e aos filhos. Agora ele os reduzira a couro e carne para os urubus bicarem. Kawsar sente-se humilhada diante daquela visão. Tudo em que acreditava já não importa: religião, tradição, civilização foram varridas. Hodan estava certa de ter ido quando foi.

Afora o tiroteio errático e o estrépito distante de caminhões cruzando a Hargeisa Bridge, parece que os soldados e os rebeldes esgotaram uns aos outros. A primeira orgia de violência fora encenada; agora é hora de enterrar corpos, cuidar dos ferimentos, pôr em dia o sono. O luar é tão claro que Kawsar consegue ver até o fim da rua, onde pequenas sombras aveludadas se amontoam embaixo de arbustos, como *jinns*. Os tanques, os aviões, os helicópteros, os veículos blindados e os canhões foram postos para dormir, e os poucos pássaros canoros que não fugiram começam a gorjear, cantando uns para os outros canções desorientadas, desesperadas, para se consolarem. Eles terão de ser os poetas que registrarão o que aconteceu aqui, a indignação lhes soprará do peito e lhes estancará a garganta, as notas lamentosas grudarão nas árvores e cairão, se a vida retornar, como poeira sobre cabeças que prefeririam esquecer.

Filsan empurra com mais força o carrinho, para mantê-lo andando; a velha frágil parece pesar uma tonelada, e a força necessária para deslocá-la sobre o chão grosseiro faz com que seus braços se contraiam incontrolavelmente. Ondas de dor sobem e descem por sua espinha, e ela as aguenta em silêncio, vendo-as como parte da retribuição que tem de fazer, uma purificação, embora não espiritual. A dor piora, começando na sola dos pés e subindo até o alto da cabeça. Ofegando, suando, ela conduz Kawsar para fora de Guryo Samo e chega ao trecho de terra arborizado, um oásis de areia, acácias e peças mecânicas descartadas. A roda inteira afunda na areia fina, e cabe a Deqo desenterrá-la enquanto Filsan recupera o fôlego. São mais cinco ou seis quilômetros antes que cheguem a alguma das estradas que partem de Hargeisa. Se tiverem sorte, chegarão lá antes do amanhecer. Caso contrário, certamente serão descobertas pelo exército. Deqo passa entre elas um cantil de água e depois arremessa o recipiente vazio nos aloés.

Os pensamentos de Filsan voltam ao pai, adormecido na casa vazia em Mogadíscio; este é o maior intervalo que já houve na comunicação entre eles. Ela ignorara as ligações do pai por duas semanas, mas ouve constantemente a voz dele na cabeça, o tom contido mas desdenhoso: "O que você sabe?" e "Não seja tão imbecil" passam o tempo todo pela mente de Filsan. No fundo ela sabe que se voltou irrevogavelmente contra ele; odeia como se curvava e se encolhia em sua presença. Não há meios de enxugar o sangue dela agora, mas pode dar as costas àquela antiga vida.

Filsan se esforça para empurrar o carrinho, mordendo o lábio inferior, reunindo o resto de suas forças como uma mula chicoteada. Desviando à esquerda e à direita, elas progridem lentamente até o bairro pobre do outro lado do oásis. Ali, as casas de galhos e pano queimaram até virar cinza – não encontrando nada para pilhar, o grupo avançado de soldados esmagou, rasgou e incinerou até a última coisa que ferreiros, limpadores de latrina e sapateiros deixaram para trás. Sandálias de dedo *whodead* de cinco xelins queimam nas ruínas.

Filsan passa por cima dos escombros e põe a mão no ombro de Kawsar, a fim de se equilibrar nos pés. Kawsar reage com um olhar acusador, como se julgasse Filsan pessoalmente responsável pelo que vê.

Deqo anda alguns metros adiante, examinando o horizonte, olhando para trás a intervalos de poucos segundos para verificar se ainda estão com ela.

– Não vá por aí, lá só há animais selvagens. Precisamos subir o morro para chegar à estrada principal – Kawsar grita.

Filsan empurra o carrinho para a crista do morro e, quando Kawsar está nivelada em segurança, desaba de costas. Elas caminharam a noite inteira e, agora, o céu azul diáfano gira em círculos vertiginosos acima dela. Empurra o cantil para longe e fecha os olhos.

– Vamos, a estrada está à vista – ordena Kawsar.

– Não consigo...

– Já há luz, não podemos ficar aqui.

Filsan não responde, mas cobre os olhos, tentando afastar a imagem de suas companheiras e da situação.

Deqo, incansável, pula, impaciente, sem sair do lugar.

– Vou olhar a estrada – ela grita.

– Fale baixo – Kawsar lhe sussurra.

Durante os dez minutos em que Deqo fica longe, Filsan adormece. A menina volta e a acorda, sacudindo-a rudemente. Esticando as mãos suadas e cheias de bolhas sobre os varais do carrinho, ela segue grogue, enquanto Deqo se sacode e aponta para alguma coisa à frente.

A quinze metros de distância surge um caminhão com a boleia aberta apinhada de refugiados e caixotes de *qat*. Ele encosta com o motor ligado, e um homem que está mastigando um palito de fósforo se aproxima delas. O contrabandista de *qat* tem cerca de trinta anos, uma cicatriz funda no rosto e o cabelo despenteado e desigual.

– Meio milhão de xelins para levar vocês todas à fronteira da Etiópia.

Kawsar destranca o baú que leva nos braços e tira tudo dele. Acrescente-se a isso os anéis de ouro que está usando e talvez seja o suficiente.

Filsan fica parada atrás, impotente, enquanto Kawsar tira os anéis e passa tudo para o contrabandista.

Ele enfia o palito de fósforo atrás da orelha e conta a bolada, mostrando os dentes verdes e dourados; depois resmunga em assentimento e toma o carrinho da mão de Filsan, correndo com Kawsar como se ela não tivesse peso, erguendo-a em seguida até a boleia. Os passageiros rabugentos se deslocam um pouco, mas ninguém oferece ajuda enquanto ela grita de dor. Deqo pula para o seu lado, e então Filsan rasteja para bordo bem no momento em que o caminhão sai em velocidade.

Os contrabandistas dirigem o mais depressa que seu veículo de quarenta anos é capaz, deixando a estrada e seguindo por trilhas, para evitar todos os postos de controle; os traficantes de *qat* vão confortáveis na cabine enquanto os refugiados são jogados de um lado para outro, quebrando os dentes nas grades de metal, batendo o nariz em cabeças, machucando costelas nos caixotes de *qat*. Uma grávida em frente a Deqo chora enquanto o sangue escorre entre suas pernas. Em duas horas, eles atravessam o deserto do Haud e entram em uma faixa de selva etíope; os refugiados recebem ordens de desembarcar num lugar desolado, Harta Sheikh, enquanto o caminhão prossegue para Dire Dawa. Os contrabandistas depositam Kawsar debaixo de uma árvore.

– Bem ali, o campo é bem ali – o homem de dentes de ouro berra, apontando ao longe.

Filsan fica com Kawsar. Seguindo outros refugiados, Deqo caminha por meia hora até parar e ficar imóvel. De um lado a outro, o horizonte está coberto de *buuls*, agarrados tão rente ao chão que parecem dunas ondulando no calor do deserto. Saba'ad caberia cinco vezes nesta extensão. Ela leva uma hora para chegar ao campo. Ele está cheio de homens de terno, mulheres em *dirics* floridos e crianças chorando e coçando os piolhos dos cabelos. Alguns dos homens carregam nas mãos a lona azul da ONU, mas a maior parte das estruturas é montada com pano e galhos, algumas bem construídas por pessoas que já foram nômades, outras mal se mantendo em pé. O campo é novo demais para ter bombas de água, postos médicos ou latrinas, e ainda há vegetação – aloés, eufórbias, acácias – para que as pessoas a ataquem em busca de lenha ou madeira de construção. Uma fila se forma ao lado da única tenda oficial, e Deqo entra nela, retomando a postura impaciente e inquisitiva que tinha em Saba'ad.

Por fim ela entra e é chamada com um aceno por uma mulher etíope com uma cruz tatuada na testa. Há um livro de registro branco sobre a mesa de madeira, e os olhos castanhos da mulher se estreitam atrás dos óculos.

– Nome? – Ela fala um somali ciciante.

– Deqo.

– Idade?

– Mais ou menos dez.

– Está sozinha?

– Não.

– Com quem você veio?

Deqo faz uma pausa de um segundo para explicar a situação, mas então conta a mentira que seu coração quer contar.

– Minha mãe e minha avó.

– Onde elas estão?

– Fora do campo; elas precisam de ajuda, minha avó não consegue andar.

– Nós vamos conseguir alguém pra ajudar você. – A mulher manda Deqo sair para o lado com um gesto, e então um jovem somali com sorriso largo, vestindo uma camiseta com um texto em inglês, aproxima-se.

Ele põe a mão no ombro de Deqo com gentileza e a leva para fora da tenda. Pega uma cadeira de rodas, e ela o guia para onde Filsan e Kawsar estão esperando. Deqo está de volta ao mundo que lhe é familiar; a guerra e todo o tempo passado em Hargeisa foram apenas uma tentativa complicada de alcançar o que sempre quis: uma família, por mais improvisada que fosse.

AGRADECIMENTOS

Gostaria de agradecer a minha mãe, Zahra Farah Kahin, de cujas histórias este livro se originou; e a meu pai, Jama Guure Mohamed, por seu apoio firme. A Dahabo Mire, Nadifo Cilmi Qassim, Fadumo Mohamed, Ayan Mahamoud, Jama Muuse Jama, Adan Abokor, Aden Ismail, Edna Adan, Fadumo Warsame, Assey Hassan, Ahmed Ibrahim Awale, Siciid Jamac, Hodan Mohamed, Amran Ali e Ikraam Jama – todos me estimularam a seguir em frente, mesmo nos momentos mais difíceis. À Authors' Foundation, a Robert Elliott, a Scott Brown e a todos os colegas, amigos e familiares, por sua paciência. A Clare Hey, Courtney Hodell e Ben Mason: *mahadsanid*.

Estas obras foram inestimáveis para este livro:

Somalia – the Untold Story: War through the Eyes of Somali Women, editado por Judith Gardner e Judy El Bushra.

Somalia: A Government at War with its Own People, do Africa Watch Committee.

Environment in Crisis, de Ahmed Ibrahim Awale.

Sharks and Soldiers, de Ahmed Omar Askar.

The Mourning Tree, de Mohamed Barud Ali.

A Note on my Teacher's Group, de Jama Musse Jama.

Daughters of Africa, editado por Margaret Busby.

A letra de *Shimbiryahow* foi inspirada em uma canção de Hussein Aw Farah.

/Tordesilhas   /TordesilhasLivros

/eTordesilhas   /TordesilhasLivros

Este livro foi composto com a família tipográfica
Electra LT Std para os textos.
Impresso para a Tordesilhas Livros em 2021.